台灣の讀者の皆さんへのコメント

海を越えて旅したことのない私の書いた小説が、
海を越えて多くの讀者の皆様のもとに屆いていることを、
心から嬉しく思っています。
この作品も、どうぞお楽しみいただけますように！

致親愛的台灣讀者

從未出國旅行的我，
這次很高興自己寫的小說能跨海與許多讀者見面，
希望這部作品能帶給您無上的閱讀樂趣。

宮部みゆき

鴿笛草

宮部美幸

王華懋◉譯

宮部美幸

作品集／70
MIYABE MIYUKI

鳩笛草

Contents

導讀

進入「宮部美幸館」，就是進入最具原創力與當下性的新新羅浮宮

張亦絢

宮部美幸並不是不容錯過的推理作家——她是不容錯過的作家。她不只值得我們在休閒時光中，一飽推理之福，也爲眾人締造了具有共同語言的交流平台，讓我們得以探討當代的倫理與社會課題。

在這篇導讀中，我派給自己的任務，是在高達六十餘部作品中，挑出若干作品，介紹給兩類讀者，一是還未開始閱讀宮部美幸者；二是面對她龐大的創作體系，雖曾閱讀一二，但對進一步涉獵，感到難有頭緒的讀者。

入門：名不虛傳的基本款

在入門作品上，我推薦《無止境的殺人》、《魔術的耳語》與《理由》。

《無止境的殺人》：對於必須在課業或工作忙碌時間中，抽空閱讀的讀者，短篇集使我們可以自行調配閱讀的節奏——小說其實具備我們在小學時代都曾拿到過的作文題目旨趣：假如我是×××——本作可看成「假如我是某某的錢包」的十種變奏。擬人化的錢包是敘述者。如何在看似同一主題下，變化出不同的內容，本作也有「趣味作文與閱讀」的色彩，是青春期讀者就適讀的想像力之作。短篇進階則推《希望莊》。從短篇銜接至較易讀的長篇，《逝去的王國之城》則是特

別溫馨的誠摯之作。

《魔術的耳語》：這雖不是作者的首作，但卻是作者在初試啼聲階段，一鳴驚人的代表作。北上次郎以〈閱讀小說的最高幸福〉讚譽，我隔了二十年後重讀，依然認爲如此盛讚，並非過譽。媚工、心智控制、影像——分別代表了古老非正式的「兩性常識」、傳統學科心理學或醫學、以至商業新科技三大面向的操縱現象及後遺症——這三個基本關懷，會在宮部往後的作品，比如《聖彼得的送葬隊伍》中，不斷深入。雖是作者的原點之作，也已大破大立。

《理由》：與《火車》同享大量愛好者的名作；雖然沒有明顯資料顯示，是枝裕和的《小偷家族》受到《理由》一書的影響，但兩者除了有所相通，寫於一九九九年的《理由》更是充分顯露宮部美幸高度預見性天才的作品。住宅、金融與土地——社會派有興趣的主題，偶爾會得到若干作家略嫌枯燥的處理——《理由》則以「無論如何都猜不到」的懸疑與驚悚，令人連一分鐘也不乏味地，就看完了批判經濟體系的上乘戲劇。說它是「推理大師爲你／妳解說經濟學」，還是稍微窄化了這部小說。除了推理經典的地位之外，也建議讀者在過癮的解謎外，注意本作中，無論本格或社會派中，都較少使用的荒謬諷刺手法。

冷門？尺度特別的奇特收穫

接著我想推三部有可能「被猶豫」的作品，分別是：《所羅門的僞證》、《落櫻繽紛》、與《蒲生邸事件》。

《所羅門的僞證》：傳統的宮部美幸迷，都未必排斥她的大長篇，比如若干《模仿犯》的讀者非但不抱怨長度，反而倍受感動。分成三部、九十萬字的《所羅門僞證》可能令人遲疑，節奏太慢？眞有必要？事實上，後兩部完全不是拖拉前作的兩度作續，三部都是堅實縝密的推理。最後一部的模擬法庭，更是將推理擴充至校園成長小說與法庭小說的漂亮出擊：宮部美幸最厲害的「對腦也對心說話」，更是發揮得淋漓盡致。此作還可視爲新世紀的「青春冒險小說」。說到冒險，過去的未成年人會漂到荒島或異鄉，然而現代社會的面貌已大爲改變：最危險的地方，就在「哪都不能去」的學校家庭中。誰會比宮部美幸更適合寫青春版的「環遊人性八十天」？少年少女之於宮部美幸，恰如黑猩猩之於珍古德，或工人之於馬克斯，三部曲可說是「最長也最社會派的宮部美幸」。

《落櫻繽紛》：「療癒的時代劇」，本作的若干讀者會說。但我有另個大力推薦的理由，我認爲，這是通往，小說家從何而來的祕境之書。除了書前引言與偶一爲之的書名，宮部美幸鮮少吊書袋。然而，若非讀過本書，不會知道，她對被遺忘的古書與其中知識的領悟與珍視。如果想知道，小說家讀什麼書與怎麼讀，本書絕對會使你／你驚豔之餘，深受啓發。

《蒲生邸事件》：儘管「蒲生邸」三字略令人感到有距離，然而，融合奇幻、科幻、歷史、愛情元素的本作，卻可說是一舉得到推理圈內外矚目，極可能是擁護者背景最爲多元的名盤。如果對「二二六事件」等歷史名詞卻步，可以完全放下不必要的擔憂。跳脫了「你非關心不可」與「你知道也沒用」兩大陣營的簡化教條，這本小說才會那麼引人入勝。我會形容本書是「最特殊也最親民的宮部美幸」。

以上三部，代表了宮部美幸最恢宏、最不畏冷門與最勇於嘗試的三種特質，它們有那麼一點點專門的味道，但絕對值得挑戰。

中間門：看似一般的重量級

最後，不是只想入門、也還不想太過專門——介於兩者之間的讀者，我想推薦《誰？》、《獵捕史奈克》與《三鬼》三本。

《誰？》：小編輯與大企業的千金成婚，隨時被叫「小白臉」的杉村三郎成爲系列作中，業餘到專業的偵探。看似完全沒有犯罪氣氛的日常中，案中案、案外案——至少有三案會互相交織連鎖——其中還包括一向被認爲不易處理的陳年舊案。喜歡生活況味與懸疑犯罪的兩種讀者，都容易進入；宮部美幸還同時展現了在《樂園》中，她非常擅長的親子或手足家庭悲劇。動機遠比行爲更值得了解——這不但是推理小說的法則，也是討論道德發展的基本認識：不是故意的犯罪、不得已的犯罪與不爲人知的犯罪，爲何發生？又如何影響周邊的人？除了層次井然，小說還帶出了「少女勞動者會被誰剝削？」等記憶死角。儘管案案相連，殘酷中卻非無情，是典型「不犯罪外，也要學會自我保護與生活」的「宮部伴你成長」書。

《獵捕史奈克》：主線包括了《悲嘆之門》或《龍眠》都著墨過的「復仇可不可？」問題。節奏快、結局奇，曾在《魔術的耳語》中出現的「媚工經濟」，會以相反性別的結構出現。本作是在各種宮部之長上，再加上槍隻知識的亮眼佳構。光是讀宮部美幸揭露的「槍有什麼」，就已值回票價——何況還有離奇又合理的布局，使得有如公路電影般的追逐，兼有動作片與心理劇的力道。雖然不同年齡層的男人互助，也還是宮部美幸筆下的風景，但此作中宮部美幸對女性的關愛，已非零星或一閃而過，而有更加溢於言表的顯現。

《三鬼》：《本所深川不可思議草紙》的細緻已非常可觀，《三鬼》驚世駭俗的好，並不只是深刻運用恐怖與妖怪的元素。它牽涉到透過各式各樣的細節，探討舊日本的社會組織與內部殖民。以兼作書名的〈三鬼〉一篇爲例，從窮藩栗山藩到窮村洞森村，令人戰慄的不只是「悲慘世界」，而是形成如此局面背後「不知不動也不思」的權力系統。這是在森鷗外〈高瀨舟〉與〈山椒大夫〉譜系上，更冷峻、更尖銳也可說更投入的揭露——看似「過去事」，但弱勢者被放逐、遺棄、隔離並產生互殘自噬的課題，可一點都不「過去式」。雖然此作最令我想出聲驚呼「萬萬不可錯過」，不代表其他宮部的時代推理，未有其他不及詳述的優點。

透過這種爆發力與續航性，宮部美幸一方面示範了文學的敬業；在另一方面，由於她的思考結構具有高度的獨立性與社會批判力，也令人發覺，她已大大改寫了向來只強調「服從與辦事」的「敬業」二字的涵意。在不知不覺中，宮部美幸已將「敬業」轉化爲一系列包含自發、游擊、守望相助精神的傳世好故事。

進入「宮部美幸館」，就是進入最具原創力與當下性的新新羅浮宮。

本文作者簡介

張亦絢

巴黎第三大學電影及視聽研究所碩士。早期作品，曾入選同志文學選與台灣文學選。另著有《我們沿河冒險》（國片優良劇本佳作）、《晚間娛樂：推理不必入門書》、《小道消息》、《看電影的慾望》，長篇小說《愛的不久時：南特／巴黎回憶錄》（台北國際書展大賞入圍）、《永別書：在我不在的時代》（台北國際書展大賞入圍）。二〇一九起，在BIOS Monthly撰寫影評專欄「麻煩電影一下」。

總導讀——傅博

宮部美幸的推理文學世界「增補版」

日本當代國民作家宮部美幸

近年來在日本的雜誌上，偶爾會看到尊稱宮部美幸爲國民作家。怎樣才能榮獲這個名譽呢？好像沒有確切的答案，然而綜觀過去被尊稱爲國民作家的作家生涯便不難看出國民作家的共同特徵。

明治維新（一八六八）一百多年以來，被尊稱爲國民作家的爲數不多，夏目漱石和吉川英治是最早期的國民作家。夏目漱石是純文學大師，其作品具大眾性，一九一六年逝世至今，已歷九十年，其作品在書店仍然可見，代表作有《我是貓》、《少爺》等等。吉川英治是大眾文學大師，其作品有濃厚的思想性，對二次大戰戰敗的日本國民發揮了鼓舞的作用，其著作等身，代表作有《宮本武藏》、《新・平家物語》等等。

屬於戰後世代的國民作家有松本清張和司馬遼太郎。松本清張是社會派推理文學大師，其寫作範圍十分廣泛，除了推理小說之外，對日本古代史研究、挖掘昭和史等，留下不可磨滅的貢獻。司馬遼太郎是歷史文學大師，早期創作時代小說，之後撰寫歷史小說和文化論。這兩位作家的共同特徵是，著作豐富、作品領域廣泛、質與量兼俱。他們的思想對一九六〇年代後的日本文化發揮了影響力。

上述四位之外，日本推理小說之父江戶川亂步、時代小說大師山本周五郎，以及文學史上創作量最多、男女老少人人喜愛的赤川次郎也榮獲國民作家的尊稱。

綜觀以上的國民作家，其必備條件似乎是著作豐富、多傑作；作品具藝術性、思想性、社會性、娛樂性、普遍性；讀者不分男女，長期受到廣泛的老、中、青、少、勞動者以及知識分子的閱讀。

宮部美幸出道至今未滿二十年，共出版了四十三部作品，包括四十萬字以上的巨篇八部、長篇二十四部、中篇集四部、短篇集十三部，非小說類有繪本兩冊、隨筆一冊、對談集一冊。以平均每年出版兩冊的數量來說，在日本並非多產作家，但是令人佩服的是，其寫作題材廣泛、多樣，品質又高，幾乎沒有失敗之作。所獲得的文學獎與同世代作家相較，名列第一，該得的獎都拿光了。質的成功與量成比例，是宮部美幸文學的最大武器，也是獲得國民作家之稱的最大因素。

宮部美幸，本名矢部美幸，一九六〇年十二月二十三日生於東京都江東區深川。東京都立墨田川高中畢業之後，到速記學校學習速記，並在法律事務所上班，負責速記，吸收了很多法律知識。一九八四年四月起在講談社主辦的娛樂小說教室學習創作。

一九八七年，〈鄰人的犯罪〉獲第二十六屆《ＡＬＬ讀物》推理小說新人獎，〈鎌鼬〉獲第十二屆歷史文學獎佳作。一位新人，同年以不同領域的作品獲得兩種徵文比賽獎項實爲罕見。

前者是透過一名少年的觀點，以幽默輕鬆的筆調記述和舅舅、妹妹三人綁架小狗的計畫所引發的意外事件，是一篇以意外收場取勝的青春推理佳作，文風具有赤川次郎的味道。後者是以德川幕府時代的江戶（今東京）爲時空背景的時代推理小說。故事記述一名少女追查試刀殺人的凶手之經過，全篇洋溢懸疑、冒險的氣氛。

要認識一位作家的本質，最好的方法就是閱讀其全部的作品。當其著作豐厚，無暇全部閱讀時，則是先閱讀其處女作，因為作家的原點就在處女作。以宮部美幸為例，其作品裡的偵探，不管是系列偵探或個案偵探，很少是職業偵探，大多是基於好奇心，欲知發生在自己周遭的事件眞相，而做起偵探的業餘偵探，這些主角在推理小說是少年，在時代小說則是少女。其文體幽默輕鬆，故事收場不陰冷而十分溫馨，這些特徵在其雙線處女作之中已明顯呈現。

繼處女作之後的作品路線，即須視該作家的思惟了；有的一生堅持一條主線，不改作風，只追求同一主題，日本的推理小說家大多屬於這種單線作家——解謎、冷硬、懸疑、冒險、犯罪等各有專職作家。

另一種作家就不單純了，嘗試各種領域的小說，屬於這種複線型的推理作家不多，宮部美幸即是罕見的複線型全方位推理作家。她發表不同領域的處女作——推理小說和時代小說——同時獲得肯定，登龍推理文壇之後，此雙線成為宮部美幸的創作主軸。

一九八九年，宮部美幸以《魔術的耳語》獲得第二屆日本推理懸疑小說大獎，拓寬了創作路線，由此確立推理作家的地位，並成為暢銷作家。

宮部美幸作品的三大系統

這次宮部美幸授權獨步文化出版社，發行台灣版「宮部美幸作品集」二十七部（二十三部中有四部分爲上下兩冊），筆者以這二十三部爲主，按其類型分別簡介如下。

要完整歸類全方位作家宮部美幸的作品實非易事，然其作品主題是推理則毋庸置疑。筆者綜合故事的時空背景以及現實與非現實的題材，將它分爲三大系統。第一類爲推理小說，第二類時代小說，第三類奇幻小說，而每系統可再依其內容細分爲幾種系列。

一、推理小說系統的作品

宮部美幸的出道與新本格派崛起（一九八七年）是同一時期，早期作品除可能受此影響之外，文體、人物設定、作品架構等，可就是受到赤川次郎的影響了。所以她早期的推理小說大多屬於青春解謎的推理小說；許多短篇沒有陰險的殺人事件登場，大多是以日常生活中的家庭糾紛爲主題，屬於日常之謎系列的推理小說不少。屬於本系列的有：

1.《鄰人的犯罪》（短篇集，一九九〇年一月出版）收錄處女作以及之後發表的青春推理短篇四篇。早期推理短篇的代表作。

2.《完美的藍——阿正事件簿之一》（長篇，一九八九年二月出版／獨步文化版．宮部美幸作品集01——以下只記集號）「元警犬系列」第一集。透過一隻退休警犬「阿正」的觀點，描述牠與現在的主人——蓮見偵探事務所調查員加代子——的辦案過程。故事是阿正和加代子找到離家出走的少年，在將少年帶回家的途中，目睹高中棒球明星球員（少年的哥哥）被潑汽油燒死的過程。在搜查過程中浮現的製藥公司的陰謀是什麼？「完美的藍」是藥品名。具社會派氣氛。

3.《阿正當家——阿正事件簿之二》（連作短篇集，一九九七年十一月出版／16）「前警犬系列」第二集。收錄〈動人心弦〉等五個短篇，在第五篇〈阿正的辯白〉裡，宮部美幸以事件委託人登場。

4.《這一夜，誰能安睡？》（長篇，一九九二年二月出版／06）「島崎俊彥系列」第一集。透過中學一年級生緒方雅男的觀點，記述與同學島崎俊彥一同調查一名股市投機商贈與雅男的母親五億圓後，接獲恐嚇電話、父親離家出走等事件的眞相，事件意外展開、溫馨收場。

5.《少年島崎不思議事件簿》（長篇，一九九五年五月出版／13）「島崎俊彥系列」第二集。在秋天的某個晚上，雅男和俊男兩人參加白河公園的蟲鳴會，主要是因爲雅男想看所喜歡的工藤小姐一眼，但是到了公園門口，卻碰到殺人事件，被害人是工藤的表姊，於是兩人開始調查眞相，發現事件背後的賣春組織。具社會派氣氛。

6.《無止境的殺人》（長篇，一九九二年九月出版／08）將錢包擬人化，由十個錢包輪流講自己所見的主人行爲而構成一部解謎的推理小說。人的最大欲望是金錢，作者功力非凡，藉由放錢的錢包揭開十個不同的人格，而構成解謎之作，是一部由連作構成的異色作品。

7.《繼父》（連作短篇集，一九九三年三月出版／09）「繼父系列」第一集。一個行竊失風的小偷，摔落至一對十三歲雙胞胎兄弟家裡，這對兄弟的父母失和，留下孩子各自離家出走，於是兄弟倆要求小偷當他們的爸爸，否則就報警，將他送進監獄，小偷不得已，承諾兄弟倆當繼父。不久，在這奇妙的家庭裡，發生七件奇妙的事件，他們全力以赴解決這七件案件。典型的幽默推理小說集。

8.《寂寞獵人》（連作短篇集，一九九三年十月出版／11）「田邊書店系列」第一集。以第三人稱多觀點記述在田邊舊書店周遭所發生的與書有關的謎團六篇。各篇主題迥異，有命案、有日常之謎、有異常心理、有懸疑。解謎者是田邊舊書店店主岩永幸吉和孫子稔。文體幽默輕鬆，但是收場不一定明朗，有的很嚴肅。

9.《誰？》（長篇，二〇〇三年十一月出版／30）「杉村三郎系列」第一集。今多企業集團會長今多嘉親之司機梶田信夫被自行車撞死，信夫有兩個未出嫁的女兒，聰美與梨子。梨子向今多會長提議，要出版父親的傳記，以找出嫌犯。於是，今多要求在集團廣報室上班的女婿杉村三郎協助姊妹倆出書事務。聰美卻反對出書，杉村認爲兩姊妹不睦，藏有玄機，他深入調查，果然……

10.《無名毒》（長篇，二〇〇六年八月出版／31）「杉村三郎系列」第二集。今多企業集團廣報室臨時僱用的女職員原田泉與總編吵架，寄出一封黑函後，即告失蹤。原田的性格原來就稍有異常，今多會長要求杉村三郎調查眞相。杉村到處尋找原田的過程中，認識曾經調查過原田的私家偵探北見一郎，之後杉村在北見家裡遇到「隨機連環毒殺案」第四名犧牲者的孫女古屋美知香，於是捲入毒殺事件的漩渦中。杉村探案的特徵是，在今多會長叫他處理公務上的糾紛過程中，因其正義感使他去解決另外的事件。

以上十部可歸類爲解謎推理小說，而從文體和重要登場人物等來歸類則是屬於幽默推理、青春推理爲多。屬於這個系列的另有以下兩部。

11.《地下街的雨》（短篇集，一九九四年四月出版／66）。

12.《人質卡農》（短篇集，一九九六年一月出版）。

以下九部的題材、內容比較嚴肅，犯罪規模大，呈現作者的社會意識。有懸疑推理、有社會派推理、有報導文體的犯罪小說。

13.《魔術的耳語》（長篇，一九八九年十二月出版／02）獲第二屆日本推理懸疑小說大獎的社會派推理傑作。三起看似互不相干的年輕女性的死亡案件，和正在進行的第四起案件如何演變成連續殺人案。十六歲的少年日下守，爲了證實被逮捕的叔叔無罪，挑戰事件背後的魔術師的陰謀。宮部美幸早期代表作。

14.《Level 7》（長篇，一九九〇年九月出版／03）一對年輕男女在醒來之後失去記憶，手臂上被印上「Level 7」；一名高中女生在日記留下「到了 Level 7 會不會回不來」之後離奇失蹤。尋找自我的男女，和尋找失蹤女高中生的眞行寺悅子醫師相遇，一起追查 Level 7 的陰謀。兩個事件錯綜複雜，發展爲殺人事件。宮部後期的奇幻推理小說的先驅之作、早期代表作。

15.《獵捕史奈克》（長篇，一九九二年六月出版／07）持散彈槍闖入大飯店婚宴的年輕女子關沼慶子、欲利用慶子所持的槍犯案的中年男子織口邦男、欲阻止邦男陰謀的青年佐倉修治、欲去探望臥病妻子的優柔寡斷的神谷尙之、承辦本案的黑澤洋次刑警，這群各有不同目的的人相互交錯，故事向金澤之地收束。是一部上乘的懸疑推理小說。

16.《火車》（長篇，一九九二年七月出版）榮獲第六屆山本周五郎獎。停職中的刑警本間俊介受親戚栗坂和也之託，尋找失蹤的未婚妻關根彰子，在尋人的過程中，發現信用卡破產猶如地獄般的現實社會，是一部揭發社會黑暗的社會派推理傑作，宮部第二期的代表作。

17.《理由》（長篇，一九九八年六月出版）二〇〇一年榮獲第一百二十屆直木獎和第十七屆日本冒險小說協會大獎。東京荒川區的超高大樓的四十樓發生全家四人被殺害的事件。然而這被殺的四人並非此宅的住戶，而這四人也不是同一家族，沒有任何血緣關係。他們爲何僞裝成家人一起生活？他們到底是什麼人？又想做什麼？重重的謎團讓事件複雜化，事件的眞相是什麼？一部報導文學形式的社會派推理傑作。宮部第二期的代表作。

18.《模仿犯》（百萬字長篇，二〇〇一年四月出版）同時榮獲第五十五屆每日出版文化獎特別獎，二〇〇二年同時榮獲第五屆司馬遼太郎獎和二〇〇一年度藝術選獎文部科學大臣獎文學部門獎。在公園的垃圾堆裡，同時發現女性的右手腕與一名失蹤女性的皮包，不久凶手打電話到電視公司和失主家中，果然在凶手所指示的地點發現已經化爲白骨的女性屍體，是利用電視新聞的劇場型犯罪。不久，表面上連續殺人案一起終結，之後卻意外展開新局面。是一部揭發現代社會問題的犯罪小說，宮部文學截至目前爲止的最高傑作，推理文學史上的不朽名著。

19.《R・P・G》（長篇，二〇〇一年八月出版／22）在食品公司上班的所田良介於杉並區的建築工地被刺死，在他的屍體上找到三天前在澀谷區被絞殺的大學女生今井直子身上所發現的同樣纖維，於是兩個轄區的警察組成共同搜查總部，而曾經在《模仿犯》登場的武上悅郎則與在《十字火焰》登場的石津知佳子連袂登場。是一部現今在網路上流行的虛擬家族遊戲爲主題的社會派推理小說。

宮部美幸的社會派推理作品尚有：

20.《刑警家的孩子》（長篇，一九九〇年四月出版／65）。

21.《不需要回答》（短篇集，一九九一年十月出版／37）。

二、時代小說系統的作品

時代小說是與現代小說和推理小說鼎足而立的三大大眾文學。凡是以明治維新之前爲時代背景的小說，總稱爲時代小說或歷史・時代小說。

時代小說視其題材、登場人物、主題等再細分爲市井、人情、股旅（以浪子的流浪爲主題）、劍豪、歷史（以歷史上的實際人物爲主題）、忍法（以特殊工夫的武鬥爲主題）、捕物等小說。

捕物小說又稱捕物帳、捕物帖、捕者帳等，近年推理小說的範疇不斷擴大，將捕物小說稱爲時代推理小說，歸爲推理小說的子領域之一。捕物小說的創作形式是日本獨有，其起源比日本推理小說早六年。一九一七年，岡本綺堂（劇作家、劇評家、小說家）發表《半七捕物帳》的首篇作〈阿文的魂魄〉，是公認的捕物小說原點。

據作者回憶，執筆《半七捕物帳》的動機是要塑造日本的福爾摩斯——半七，同時欲將故事背景的江戶的人情和風物以小說形式留給後世。之後，很多作家模仿《半七捕物帳》的形式，創作了很多捕物小說。

由此可知，捕物小說與推理小說的不同之處是以江戶的人情、風物爲經，謎團、推理爲緯而構成的小說。因此，捕物小說分爲以人情、風物爲主，與謎團、推理取勝的兩個系統。前者的代表作是野村胡堂的《錢形平次捕物帳》，後者即以《半七捕物帳》爲代表。

宮部美幸的時代小說有十一部，大多屬於以人情、風物取勝的捕物小說。

22.《本所深川不可思議草紙》（連作短篇集，一九九一年四月出版／05）「茂七系列」第一集。榮獲第十三屆吉川英治文學新人獎。江戶的平民住宅區本所深川，有七件不可思議的事象，作者以此七事象爲題材，結合犯罪，構成七篇捕物小說。破案的是回向院捕吏茂七，但是他不是主角，每篇另有主角，大多是未滿二十歲的少女。以人情、風物取勝的時代推理佳作。

23.《幻色江戶曆》（連作短篇集，一九九四年八月出版／12）以江戶十二個月的風物詩爲題，結合犯罪、怪異構成十二篇故事。以人情、風物取勝的時代推理小說。

24.《最初物語》（連作短篇集，一九九五年七月出版，二〇〇一年六月出版珍藏版，增補一篇作品／21）「茂七系列」第二集。以茂七爲主角，記述七篇茂七與部下系吉和權三辦案的經過，作者在每篇另有記述與故事沒有直接關係的季節食物掌故，介紹江戶風物詩。人情、風物、謎團、推理並重的時代推理小說。

25.《顫動岩——通靈阿初捕物帳1》（長篇，一九九三年九月出版／10）「阿初系列」第一集。破案的主角是一名具有通靈能力的十六歲少女阿初，她看得見普通人看不見的東西，而且一般人聽不到的聲音也聽得到。某日，深川發生死人附身事件，幾乎與此同時，武士住宅裡的岩石開始顫動。這兩件靈異事件是否有關聯？背後有什麼陰謀？一部以怪異取勝的時代推理小說。

26.《天狗風——通靈阿初捕物帳2》（長篇，一九九七年十一月出版／15）「阿初系列」第二集。天亮颳起大風時，少女一個一個地消失，十七歲的阿初在追查少女連續失蹤案的過程中遇到邪惡的天狗。天狗的眞相是什麼？其陰謀是什麼？也是以怪異取勝的時代推理小說。

27.《糊塗蟲》（長篇，二〇〇〇年四月出版／19．20）「糊塗蟲系列」第一集。深川北町的鐵瓶大雜院發生殺人事件後，住民相繼失蹤，是連續殺人案？抑或另有陰謀？負責辦案的是怕麻煩的小官井筒平四郎，協助他破案的是聰明的美少年弓之助。本故事架構很特別，作者先在冒頭分別記述五則故事，然後以一篇長篇與之結合，構成完整的長篇小說。以人情、推理並重的時代推理傑作。

28.《終日》（長篇，二〇〇五年一月出版／26・27）「糊塗蟲系列」第二集。故事架構與第一集一樣，在冒頭先記述四則故事，然後與長篇結合。負責辦案的是糊塗蟲井筒平四郎，協助破案的除了弓之助之外，回向院茂七的部下政五郎也登場，作者企圖把本系列複雜化，或許將來作者會將幾個系列納爲一大系列。也是人情、推理並重的時代推理小說。

以上三系列都是屬於時代推理小說。案發地點都在深川，但是每系列各具特色，有以風情詩取勝，也有以人際關係取勝，也有怪異現象取勝，作者實爲用心良苦。宮部美幸另有四部不同風格的時代小說。

29.《扮鬼臉》（長篇，二〇〇二年三月出版／23）深川的料理店「舟屋」主人的獨生女阿鈴發燒病倒，某日一個小女孩來到其病榻旁，對她扮鬼臉，之後在阿鈴的病榻旁連續發生可怕又可笑的不可思議的事，於是阿鈴與他人看不見的靈異交流。一部令人感動的時代奇幻小說佳作。

30.《怪》（奇幻短篇集，二〇〇〇年七月出版／67）。

31.《鎌鼬》（人情短篇集，一九九二年一月出版／69）。

32.《忍耐箱》（人情短篇集，一九九六年十一月出版／41）。

33.《孤宿之人》（長篇，二〇〇五年出版／28・29）。

三、奇幻小說系統的作品

史蒂芬·金的恐怖小說和奇幻小說《哈利波特》成爲世界暢銷書後，原處於日本大眾文學邊緣的奇幻小說獲得成長發展的機會，漸漸確立其獨立地位，而宮部美幸的奇幻小說就在這欣欣向榮的機運中誕生。她的奇幻作品特徵是超越領域與推理小說結合。

34.《龍眠》（長篇，一九九一年二月出版／04）榮獲第四十五屆日本推理作家協會獎的長篇獎。週刊記者高坂昭吾在颱風夜駕車回東京的途中遇到十五歲的少年稻村慎司，少年告訴記者：「我具有超能力。」他能夠透視他人心理，慎司爲了證明自己的超能力，談起幾個鐘頭前發生的事件眞相，從此兩人被捲入陰謀。是一部以超能力爲題材的奇幻推理傑作，宮部早期代表作。

35.《十字火焰》（長篇，一九九八年十一月出版／17·18）青木淳子具有「念力放火」的超能力。有一天她撞見了四名年輕人欲殺害人，淳子手腕交叉從掌中噴出火焰殺害了其中的三個人，另一個逃走了。勘查現場的石津知佳子刑警，發現焚燒屍體的情況與去年的燒殺案十分類似。也是一部以超能力爲題材的奇幻推理大作。

36.《蒲生邸事件》（長篇，一九九六年十月出版／14）榮獲第十八屆日本ＳＦ大獎。尾崎孝史爲了應考升學補習班上京，其投宿的飯店發生火災，因而被一名具有「時間旅行」的超能力者平田次郎搭救到一九三六年二月二十六日的二·二六事件（近衛軍叛亂事件）現場，兩名來自未來的訪客能否阻止起義而改變歷史？也是一部以超能力爲題材的奇幻推理大作。

37.《勇者物語——Brave Story》（八十萬字長篇，二〇〇三年三月出版／24·25）念小學五年級的三谷亘的父母不和，正在鬧離婚，有一天他幻聽到少女的聲音，決心改變不幸的雙親命運，打開幽靈大廈的門，進入「幻界」到「命運之塔」。全書是記述三谷亘的冒險歷程。一部異界冒險小說大作。

除了以上四部大作之外，屬於奇幻小說的作品尚有以下四部：

38.《鳩笛草》（中篇集，一九九五年九月出版／70）。

39.《僞夢1》（中篇集，二〇〇一年十一月出版）。

40.《僞夢2》（中篇集，二〇〇三年三月出版）。

41.《ＩＣＯ——霧之城》（長篇，二〇〇四年六月出版）。

以上三十九部是小說。另有四部非小說類從略。

如此將宮部美幸自一九八六年出道以來，一直到二〇〇五年底所出版的作品，歸類爲三系統後，再按時序排列，便很容易看出作者二十年來的創作軌跡，也可預見今後的創作方向。請讀者欣賞現代，期待未來。

二〇〇七・十二・十二

本文作者簡介

傅博

文藝評論家。另有筆名島崎博、黃淮。一九三三年出生，台南市人。於早稻田大學研究所專攻金融經濟。在日二十五年以島崎博之名撰寫作家書誌、文化時評等。曾任推理雜誌《幻影城》總編輯。一九七九年底回台定居。主編「日本十大推理名著全集」、「日本推理名著大展」、「日本名探推理系列」以及「日本文學選集」（合計四十冊，希代出版）。二〇〇九年出版《謎詭・偵探・推理——日本推理作家與作品》（獨步文化），是台灣最具權威的日本推理小說評論文集。

直到此身腐朽

1

在通往新開橋，俗稱的「都電大道」與永代大道的十字路口，生平第四次、同時亦是致命的一次心臟病發作時，麻生定子正打算順路去商店街的蔬果店買蜜柑。唯一留下的親人，也就是孫女智子會知道這件事，是因爲定子緊握在掌心的便條紙上，以她的筆跡寫著「蜜柑」。

即使死亡的瞬間，定子的腦中閃過其他想法，也未能留存於世。就算趕到現場的急救員在斷氣的定子臉上，發現無法單純以對死亡的恐懼來解釋的痙攣表情，背後的理由也沒留下來。留在世上的，只有「蜜柑」兩個字。

心臟病發作時，定子是獨自一人。她剛看完耳鼻喉科，走在回家的路上。約莫十年前起，每個月去診所接受聽力檢查並調整助聽器，已成爲定子的習慣。

智子要自己別把這件事想得太嚴重。守靈和喪禮期間，到場的親戚和祖母的親友、智子的朋友等等，也有人如此勸慰。如果再晚五分鐘離開耳鼻喉科診所、如果在候診室多坐五分鐘，隔著一道門就有醫生。定子在十字路口倒下時，走在後方的年輕小姐失聲尖叫，抓住男伴，蹲下來叫個沒完，而駕車的中年業務員甚至沒發現斑馬線有人倒下，納悶著爲什麼都紅燈了，行人還不快點讓開，不耐煩地狂按喇叭。如果在場的不是這些烏合之眾，而是能做出適切處置的醫生，定子也許就不會死於心臟病發作——人們皆如是想。

但智子很快就把這樣的想法逐出內心，速度快得連自己都感到意外。當然，這並不容易，她費了一番工夫。不過，凡事周到的定子兩年前遇上第三次輕微的心臟病發作，住院了半個月，出院以後說的一番話，對智子的心態轉換幫助相當大。

「智子，奶奶遲早會走。」當時祖母笑著說。

「到時候只剩下妳一個人，奶奶擔心得不得了，可是，再怎麼擔心，奶奶早晚都得留下妳先走。」

「奶奶，別說不吉利的話。」還是高中生的智子說：「我不願意去想那樣的事。」

智子清楚祖母的心臟裡有一顆炸彈。定子自己並不知道，但主治醫生宮坂特意單獨找來智子，毫不隱瞞地告知祖母的病情。因此，定子鄭重其事的口吻，挑起了智子內心的恐懼。

「說出這種話，奶奶是不是又哪裡不舒服？」

定子笑著搖搖頭：「多虧有宮坂醫生，我身體狀況很不錯。」

「那就好……」

「可是，智子啊，奶奶早晚還是會留下妳先走，所以妳要牢牢記住……」

「不要現在就講那些啦，到時候再講好嗎？」

「到時候或許我已沒辦法說話，寫遺書又麻煩，畢竟奶奶大字不識得幾個，才想趁機說一說。老人家就需要這麼做。」

然後，定子繼續道：

「聽著，智子，妳和奶奶相依爲命，現下應該很難找到像妳這樣純粹由奶奶養大的孩子了。我們偶爾會吵架，妳一度想離家出走，我都知道。」

高二的暑假，智子將一些衣物、以自己名義開戶的存摺（餘額二十萬六千二百十一圓）、從小就格外寶貝的熊布偶塞進行李袋裡，存放在車站的寄物櫃，等待離家出走的機會，但最後放棄了——確實有過這麼一件事，智子垂下頭。

「不知道奶奶怎麼發現的，但我的確曾想離家出走。」

當時，智子厭倦和祖母一起生活。學校很無聊，她也有種小僧入定的灑脫心態，覺得不管再怎麼努力得到好成績，像她這種父母早逝、家庭殘缺的女孩，也不可能有什麼光明的未來。既然如此，趁現在去想去的地方、做想做的事，豈不是更好？

「這樣啊，但妳爲什麼沒走？」

定子一問，智子忍俊不禁。沒錯，當時她很受傷，如今卻覺得像一場笑話。

「相約離家出走、努力賺錢一起生活的夥伴——那時候跟我最要好的手帕交，臨時變卦了。」

智子可以明確指出當時的遠大計畫是在哪一環節告吹。是在廁所裡，而且是那個好友家的廁所。理由很簡單，好友的生理期來了。因此，離家出走的理由煙消霧散。這下，得知她疑似懷孕的消息時，態度冰冷得宛如隆冬半夜的馬桶坐墊般的男友想必鬆了一口氣，但智子的希望落空，離家獨立的氣勢也消失無蹤。

聽到這個內幕，定子哈哈大笑，連補過的臼齒都能看得一清二楚。

「原來在我不知道的地方，妳也吃了不少苦。」

「拿回寄物櫃裡的旅行袋，偷偷回家後，我覺得遭遇了這輩子最嚴重的挫敗。」

「是吧、是吧。」

祖母愉快地笑著，智子也笑了。半晌，兩人才收住笑，祖母接著說：

「不過，妳和奶奶總算能和睦過日子，所以要留下妳先走，奶奶很難過，剩妳一個人，想必十分寂寞。」

祖母又回到一本正經的態度。

「奶奶……」

「哎，先聽我說完。奶奶一離開，處理喪禮等後事的期間，不免會有人跑來跟妳亂嚼舌根。人們往往愛管閒事，一定會有人自以爲是地說什麼如果妳更小心照顧奶奶，奶奶應該可以長命百歲之類的話。」

祖母皺起眉頭，滿臉嫌惡。

「還有，奶奶最怕妳會責怪自己。要是奶奶不巧在妳外出的時候走了，妳八成會想：要是我沒出門，奶奶或許不會死。絕對沒這種事。智子，生死有命，完全是上天注定。妳小時候以那樣悲慘的方式失去了父母，應該很明白這個道理，比一般的孩子更明白。不過，奶奶要再提醒妳一次，命運是違抗不了的，智子。」

祖母一字一頓地強調「命運」兩個字。命、運。

「奶奶和妳相依為命，一起努力走到這裡，妳要好好記住，不管奶奶在哪裡、是怎樣過世的，當下腦袋裡想的都只有：啊，和智子度過的日子真開心、智子就算只有一個人，也會努力得到幸福吧。離別雖然寂寞，但智子肯定沒問題——只有這些想法，不可能有其他念頭。妳要相信奶奶——」

在成為現實的祖母的喪禮期間，智子仰望著祖母的遺照，一次又一次在心中默念祖母當時說的這番話。奶奶不希望我自責，奶奶希望我相信她的話——於是，智子克服了祖母死後最難熬的一個月。

然而，走出心中的隧道後，等待著她的卻是令人沮喪的現實難關。那就是遺產稅。

跟祖母一起生活起居、屋齡二十五年的木造雙層住宅，以及約二十坪的土地。若干銀行存款和簡易保險的死亡給付五百萬圓。智子得到這些財產。有些親戚跑來指手畫腳，但智子毫不猶豫地直接到區公所的諮詢窗口，請求介紹稅理士。

那名稅理士姓佐佐木，年紀和智子去世的父親差不多，人中處留著一撮精心打理的小鬍子。那撮宛如小刷子的小鬍子，彷彿在說「我會用這把小刷子迅速拂去世上煩瑣的雜事」。智子十分欣賞這撮小鬍子和稅理士乾脆不繞彎子的個性，在處理煩人的金錢計算和文件上輕鬆了不少。

佐佐木說，智子是唯一的繼承人，這一點毋庸置疑。土地和建築物都是祖母的名義。原本的名義是祖父，祖父過世後，全由祖母繼承，直至今日。

「令祖父是何時過世的？」稅理士問。

「聽說在我出生前就過世了。」

「這樣啊。當時這個地區的路線價還不高，所以令祖母付得起遺產稅吧。」

「其實正確的順序，應該是父親繼承祖母繼承的土地，再由我繼承。」

「令尊和令堂是在妳幾歲的時候過世的？」

「八歲。是車禍過世的。」

「眞是遺憾。」

開車的是父親，母親坐在副駕駛座。車子以時速一百公里在深夜的京葉道路上狂飆，衝撞中央分隔島，兩人都喪生了。智子差點脫口而出：當時我坐在後座，**只有我倖存**。

但智子沒說出來。如果說出來，對方想必會不曉得該怎麼直視她。爲了智子莫大的不幸、爲了她與父母的分淺緣薄，她不想再收到這個好脾氣的稅理士、這個約莫擁有平和美滿又明亮的家庭的人，更多的同情。

然而，她仍在心中悄悄呢喃：所以我早就習慣大家會有這種反應。

最後一次核算結束，佐佐木稅理士神情有些黯然地說「看來必須賣掉房子，才有辦法付清遺產稅」時，智子也沒有預期中震驚。

「我有心理準備。」她點點頭，接著問：「我有多少時間呢？我得找一下往後的住處，整理屋子也是一項大工程。」

「半年。」稅理士回答。「不要緊，妳慢慢來。況且，支付稅金以後，剩下的錢應該足夠買一戶小公寓。」

智子稍微睜圓了眼睛，接著微笑：「意思是，以一個今年剛要滿二十一歲的粉領族來說，算是成為超級富婆了吧？」

佐佐木稅理士默默微笑。他似乎察覺智子接下來要說什麼。

「只不過，我是孤單的小富婆。」

「麻生小姐還年輕啊。」稅理士說道。

房屋和公寓的買賣，智子委託佐佐木稅理士熟識的不動產公司處理。她只需要慢慢收拾屋子、整理行李，等到好買家出現，隨時都能交出屋子。

這天稅理士回去以後，智子走出屋子南側聊備一格的小庭院。她趿上祖母的拖鞋，腦袋放空半晌，接著走到庭院角落的置物櫃型小倉庫，取出小鏟子和空花盆。

祖母喜歡花草，卻不喜歡照顧，技術也不好。她會心血來潮在花店店頭或廟會小攤買下仙客來或伽藍菜盆栽，但只有開花期間會賞玩。花一謝，她便將盆裡的土挖乾淨，丟在庭院，花盆則收進小倉庫。由於如此反覆上演，小倉庫裡堆疊著大大小小近十個花盆。智子從中挑了個較大的花盆，拿鏟子挖起庭院的泥土裝進去。

挖著挖著，她的心情漸漸平靜。在新的住處安頓下來後，就用這盆子種點什麼苗吧。奶奶喜歡的杜鵑花或許不錯。不，不要杜鵑花——

（還是蜜柑？）

種蜜柑苗嗎？請教花店的人，學習讓果苗順利長大的訣竅。

祖母最後想買的蜜柑。她握在掌心的紙條，由急救員交給急診處護士，再交到趕達醫院的智子手中。祖母的遺言。買蜜柑回家吧。

奶奶打算買蜜柑回家，和我一起吃。吃完把皮曬乾，加進泡澡水裡，種子丟到庭院。嘴裡說著「種子撒在院子，或許會冒出芽」，卻一次也不曾當眞。不過，這次我來認眞從樹苗種起吧。種成連公寓陽台都快容納不下的大樹吧。

智子拿鏟子挖著庭院的土，頭一回不必顧忌旁人的目光，打從心底放聲悲泣。

2

定子的喪禮過了兩個月左右，佐佐木稅理士帶著不動產公司的負責人來訪。

意外的是，負責人是位女士。看上去年近四十，身形苗條高䠷，穿著智子絕對不可能駕馭的俐落套裝。長髮率性地紮在腦後，處處摻雜著發亮的白髮，彷彿一束黑絲裡摻雜了金絲。約莫是上了黃色的半永久染髮劑。

「敝姓須藤。」報上姓名的聲音略帶沙啞。她向智子伸出手，要求握手，就像在美國電影中看到的那樣。手掌乾爽，強而有力。

遞過來的名片上，在姓名「須藤逸子」的旁邊，只印著公司名稱。沒有職銜嗎？驚訝可能寫在智子臉上了，逸子坦然接受，抿嘴一笑：

「其實，這是我的公司。」

「須藤小姐的公司？」

那麼，她是社長？

「不過，只有五名員工。我從佐佐木先生那裡聽到麻生小姐的事，心想由女性員工來承辦比較好，不巧的是，我們只有一名負責電腦事務的女性員工，所以我親自出馬。」

如果您有疑慮，可以請人進行調查，費用由我們負擔——逸子說。

「爲麻生小姐買賣土地，是一筆大生意，提供這點服務是應當的，我們也想博得您的信任。」

「第一次買賣不動產，當然會感到不安。」佐佐木稅理士插話。「如果麻生小姐肯定我的工作表現，應該也會中意須藤小姐。」

智子盯著逸子的名片，觀察她剪裁合身的套裝，鑑賞穿著五公分高跟鞋的姣好腿部線條之後，露出微笑：

「麻煩您了。」

反正總得相信什麼人，將這些事託付出去才行。不管來的是誰，都順其自然地接受吧。

這天逸子檢查屋子內外，查看古老的權狀，把在過來前申請的土地和建物的登記簿謄本交給智子，說明接下來的程序。這一帶鄰近都心，面對公有道路，又是轉角，應該能賣到很不錯的價錢——逸子乾脆的口吻，以及提到業界專業術語時，一定會詳加解釋的做法，贏得了智子的好感。

佐佐木稅理士與人有約先離開了，隔著起居室老舊的桌子，兩人面對面喝著咖啡，逸子開口：

「這次的土地買賣，麻生小姐個人有必須徵詢意見的對象嗎？」

重音放在「個人」上，智子立刻意會逸子眞正想問的是什麼，總不可能是指親戚。

「很遺憾，我沒有交往的對象。」智子微笑回答。「公司的前輩和朋友十分替我擔心，但我並未詳細向他們說明。」

智子曾有接近交往的對象，但對方半年前換工作，便不再往來。大概是屬於近在身邊才有辦法開花結果的戀愛吧。

「依個人的觀點，我想說『那太好了』。」

逸子第一次沒使用敬語。

「如果已婚就另當別論，但妳這種處境的女生有男友，大多不會有好結果。比方賣出好價錢，兩人之間卻留下疙瘩，或是想維持兩人的關係，交易便談不攏。一旦扯上大筆金錢，人就會改變。更糟糕的情況是，有些人會遭到其實目標是金錢的男人擺布。」

智子緩緩點頭。實際上在公司裡，有男同事兜著圈子打探智子現在的處境，而且是先前毫無往來的男同事。大概是得知智子成爲有房階級的單身貴族，忽然對她感興趣了吧。

「感情的事，我想等全部安頓下來以後再慢慢談。」

逸子仰起白皙的喉嚨，笑道：「這樣才聰明。」

這麼說的逸子，手上也沒有婚戒。是智子太不會掩飾，還是逸子有讀心術？她看出智子眼神中的疑問。

「我離過一次婚，有個讀小學的孩子。」她笑吟吟地說。

「小學幾年級？」

「明年就升三年級了。沒大沒小的，或許因爲是女生，一張嘴巴刁鑽極了。」

智子不假思索地脫口而出：「那樣的話，是我爸媽過世那一年出生。」

逸子將咖啡杯放回碟子上，略略側頭看著智子問：

「聽說，後來妳一直和令祖母相依爲命？」

「對。我爸是獨子，我媽那邊的外祖父母早逝。不過還是有許多親戚，只是平常生活就只有我和奶奶。」

智子輕笑一下，又說：

「妳稱呼她『奶奶』或『定子奶奶』就好，用『令祖母』未免太文謅謅。」

逸子笑著點點頭，「好，我就這麼稱呼。」

感覺敞開了心房，兩人天南地北地閒談。智子詢問逸子身上的套裝品牌，同時發現就算知道是什麼牌子，價錢也不是她負擔得起的。

「虛張聲勢啦。」逸子笑道。「女人要幹這行，即使只是裝門面，也得表現出精明幹練的模樣，否則會被看扁。在這部分，我實在羨慕男人。我好想生爲男人。不管是做家事或那些所謂有女人味的事，我全都不在行。」

逸子環顧廚房裡的擺設。

「雖然是老房子，卻相當整潔。定子奶奶和妳都很愛乾淨吧？」

「正因是老房子，更必須保持乾淨。畢竟眞的是棟破屋嘛。」

「有紙門耶，好羨慕。」

聽逸子一提，智子想起每到年底，都會和祖母一起重糊紙門。一直以來，這都是理所當然的習慣，變成回憶以後，怎會如此沉重？淚水忽然滲出眼角，她別開眼，以免逸子發現。

「妳開始整理東西啦。」逸子假裝沒發現智子的淚水。

「我看到二樓到處都是紙箱……沒必要這麼急的。」

「反正都得整理啊。」

智子說著，起身重泡咖啡。

「只剩樓梯底下的儲藏室。那裡眞的像是驚奇箱。我爸媽過世後，奶奶和現在的我一樣，整理他們的遺物，捨不得丟的東西全塞進去了。上次我開門瞄了一下，馬上看出裡面放的是些什麼，砰一聲又關起來。」

逸子的目光一暗，「光是奶奶的事就夠讓人傷心了，卻得連過世的父母的回憶也一起挖出來。」

智子輕笑，「不會啦……也沒那麼難過。我早就熬過爸媽剛去世那段傷心的時期。不過，眞的如同字面上說的，像是打開驚奇箱。因爲我幾乎沒有關於爸媽的記憶。」

逸子似乎很驚訝，「他們是在妳八歲的時候過世的吧？」

「一般來說，就算在這個年紀和父母死別，應該也會記得他們。」

逸子僵硬地點點頭，「嗯，應該吧。」

「但我的情況不一樣。」

智子說明失去父母的那場車禍狀況。

「我坐在後座，一個人在車禍中倖存，可是受了重傷，而且腦部遭到嚴重撞擊，失去車禍前的記憶。」

逸子不禁瞪大眼睛，「意思是，喪失記憶嗎？」

「是啊……我到現在還是想不起以前的事。醫生說，像我這樣在車禍之類的事故中撞到頭的情況，經常會失去之前——一天或幾小時左右——的記憶，叫『逆行性失憶症』。」

「嗯，我似乎聽過。」

「只是醫生說，像我這樣撞到頭，失去長達八年、幾乎全部的記憶，極爲罕見。不過也不是忘得一乾二淨，事實上還在這裡嘛。」

智子單手敲了敲自己的頭。

「所以，不用說嬰兒時期的事，我連爸媽的臉都不記得，要看到照片才知道，眞的很可悲。」

逸子接過新沖的熱咖啡，細細地端詳智子的神情：

「連一點都不記得嗎？」

智子微微攤開雙手，「有時候會斷斷續續想起一些零碎的事，可是連續的事就……」

「這樣啊……」

「不過，或許想起美好的回憶，就會連帶想起失去這些記憶的緣由，實在太讓人難過，所以我的心強壓下來。既然如此，也沒什麼不好。」

「沒從奶奶那裡聽說嗎？」

「車禍以外的事，她會告訴我，比方我還是小嬰兒的時候，發生過哪些趣事。只是，對奶奶來說，回顧過去恐怕也不好受吧，畢竟一口氣失去了兒子和媳婦。所以，除非我吵著要聽，奶奶不太會主動開口。」

沒錯——智子想起，奶奶幾乎絕口不提過去。現在才發現這個事實，說來也奇妙，但和祖母待在一起，她從未刻意去思考這一點。因爲她覺得十分理所當然。此刻試著向逸子述說，她似乎漸漸明白祖母的心情，以及祖母不願多談往事的理由。

「所以，我一直不知道樓梯底下的儲藏室裡，收著爸媽的遺物。」

逸子重新環顧屋內，輕聲嘆息：

「對妳來說，離開這個家是莫大的損失呢。」

逸子說的沒錯，但也無可奈何。

「不賣掉房子，我只能去搶運鈔車或販毒了。」

逸子蹙起眉頭，「遺產稅的制度實在不合理。」

「以前就聽說遺產稅很重，沒想到這麼誇張。」智子笑道。「不過沒關係，我會把能夠帶走的回憶都帶走，只留下悲傷。」

看到智子的笑容，逸子似乎稍稍放下心。

「千萬不要太急著收拾啊。」她溫柔地說：「驚奇箱也是，懷著期待慢慢挖寶吧。」

「好的，我也這麼打算。」智子點點頭應道。

3

那個箱子收在儲藏室的最深處。

是比裝蜜柑的紙箱尺寸更大的紙箱。挖出這個箱子之前，智子找到裝滿幼時衣物的茶箱、幾本相簿、應該是母親以前用的琺瑯鍋等大大小小的回憶碎片，因此以爲這個箱子裡裝的也是類似物品。

整理著樓梯底下的儲藏室，智子的內心隱隱作痛。感覺像被剛開始長牙的嬰兒擰皮膚，有點舒服、搔癢，但有時下手重得讓人嚇一跳，痛得眼眶泛淚。不過，這嬰兒的指甲並不尖銳，即使用力擰捏，也不會流血。

與其他箱子不同，這個紙箱以布膠帶密封，拖出來的過程中，異樣地穩定，不像塞著形狀五花八門的東西，而是放滿書本之類方方正正的物品，並且十分沉重。

膠帶邊緣沾上十二年份的灰塵，處處結成線狀。打開蓋子前，智子先搬來吸塵器，將積在箱子上的灰塵吸乾淨。但一著手撕下膠帶，鼻腔還是發起癢，打了噴嚏。

打開蓋子時，首先看到的是一整面的「黑色」。

這是什麼？智子不禁納悶。伸手觸摸，發現是一塊塊小東西拼湊而成。察覺是黑色的背部朝上排列之後，智子總算悟出它們的眞面目。

是錄影帶，她忍不住低語。而且這麼一大堆。

智子把箱子從走廊拖進和室，在寬闊的地方將塞得滿滿的錄影帶一支支取出來，由右至左依序排列。箱子裡收著兩層錄影帶，第一層都沒貼標籤，全是智子熟悉的大帶VHS，但靠近底部的第二層，摻雜許多更小的帶子。沒錯，是小帶Beta。

另一個不同之處在於，第一層的帶子有十五支，全都沒貼標籤，但第二層的帶子有十七支（大帶七支，小帶十支），全都貼著標籤。

智子拿起最後取出的小帶，對著明亮的窗戶觀察。邊緣有些捲起、「SONY」商標褪色的標籤上，寫著極爲細小的數字：

「1977.8.12～8.13」。

智子檢查貼有標籤的其他帶子，皆以相同的筆跡，寫著格式相同的日期。但各支帶子的日期沒有關聯性，跳來跳去。

這是什麼？帶子裡錄了什麼影像？

不巧的是，智子手邊沒有小帶的播放機，只能先放棄十支小帶，從大帶裡挑一支，再跑回有電視機和錄放影機的起居室。

這支錄影帶的標籤上寫著「1979.4～」。插進帶子，按下播放鍵，電視螢幕隨即映出影像，她甚至來不及擔心這麼老舊的帶子是否還能播放。

影像的焦點模糊，鏡頭晃動，但還是能清楚看出拍到什麼。

（是我。）

是一九七九年四月，六歲的智子。

地點是這個家。智子坐在這個家的廚房椅子上。許久以前，因爲搖晃不穩，那把椅子被當成大型垃圾丟掉了。六歲的智子坐在上面，踢動雙腿。她穿著紅色連身裙和白襯衫，右膝有塊大痂。頭髮及肩，垂落額頭的劉海以紅色寬髮帶固定。

然後——智子正在抽抽噎噎。

她紅著眼眶，吸著鼻子，一副想從椅子下來的模樣。是挨罵了嗎？

這時，畫面外傳來話聲：

「智子，別哭，馬上就好了。很快就會好起來，一直都是這樣的，不是嗎？說出來，馬上就會好了。」

今年二十一歲的智子對著電視螢幕，嘴巴微張。她幾乎是反射性地抓起遙控器，按下暫停鍵。畫面靜止。

那是媽媽的聲音。

連長相都不記得，隨著車禍的撞擊，消失無蹤的有關母親的記憶，宛如打開浴室窗戶便消散的蒸氣。然而，她卻認得出，那就是母親的聲音。

「別哭，要乖喔，智子。」

影片中的母親繼續說著，像是在哄她，也像是在安撫。六歲的智子點點頭，眼角卻撲簌簌地滾下淚珠。

「好痛……」小小的唇間傳出呢喃。智子抬起胖嘟嘟的右手，按住太陽穴。

六歲的我因頭痛而哭泣。母親以攝影機拍著這樣的我，要我說出什麼——

這到底是在做什麼？智子緊盯著螢幕。相同的畫面中，對話持續著。

「是啊，頭都會痛，好討厭。」母親說。「可是，只要說出來，然後睡個午覺，不是就會好起來了嗎？」

聽到母親的話，幼小的智子再次點頭。

「再可怕的夢，也會變得不可怕，對吧？一直都是這樣的，不是嗎？」

「嗯。」

「那麼，告訴媽媽妳做了什麼夢。」

這時，疑似母親的手掠過畫面。

「爸爸拿著攝影機在那邊，不是嗎？看那邊。像平常一樣。來，加油。」

「這邊，智子。」這回男聲應道：「看這邊。」

啊，是父親的聲音。

二十一歲的智子緊握著錄影機的遙控器，目光無法從年幼的自己身上移開，一行淚水突然滑下臉頰。濕熱的淚珠滾過臉頰，落到手背上，變得冰涼。

父親在拍攝六歲的我。母親在旁邊鼓勵我，要我說出來。

父親和母親就在畫面裡。

「小智，」影片中的智子，和看著她的智子一樣淚濕雙頰，開口說了起來：「做夢了。」

「小智做了什麼夢？」是母親的聲音。

「哆啦A夢的夢。」

「哆啦A夢的夢啊。」

母親微微笑著。負責拍攝的父親似乎也笑了，畫面輕輕晃動。

「哆啦A夢陪小智玩嗎？」

「哆啦A夢沒跟我玩。」

「這樣啊。哆啦A夢在哪裡？」

「在電視機裡，還有大雄。」

「那就不是可怕的夢嘍？」

「不可怕。小智和咪咪一起看哆啦A夢。」

接著，六歲的智子在椅子上輕輕搖晃身體，像是在說話的語調加上一點音樂的程度，笨拙地唱起歌。

成年的智子坐在電視機前，臉上忍不住泛起笑意。她知道這首歌。即使是二十一歲、正值適婚年齡的女孩，在轉換電視頻道的時候，瞥見那圓滾滾的可愛貓型機器人卡通，依然會好奇地停下轉台的手，看看這星期哆啦A夢會從口袋裡掏出什麼祕密法寶，即使只有短短兩、三分鐘也好。那部卡通的主題曲，她哼得出來。

六歲的智子在影片裡哭喪著臉唱的，也是那首歌。

「這樣啊，今天做了這樣的夢。」

母親的話聲從鏡頭外傳來。

「那麼，智子，跟媽媽一起過來，再睡一下午覺吧。睡一下，頭就不會痛了。」

六歲的智子從椅子上滑下來，朝走近的母親伸出手，讓母親抱住。靠近畫面的時候，可看見那張小臉蒼白無比，浮出太陽穴的血管陣陣抽動。

穿格紋裙子、繫著牛仔布圍裙的母親蹲下身，抱起智子。遺憾的是，看不到母親的臉。兩人離開畫面後，父親的鏡頭從空椅子移向旁邊的桌子。那張桌子至今仍在這個家中使用，不同的只有鋪在上面的塑膠桌巾。

父親的攝影鏡頭移往疊放在桌上的報紙。《朝日新聞》，我們向來只訂這家報紙。是早報。父親的鏡頭沒靠近頭版的標題和照片，而是特寫拍攝印刷在框外的發行日期。

「一九七八年（昭和五十三年）九月二十日」。

影像在此結束。智子連忙倒帶，再次確定報紙上的日期。沒錯，是一九七八年。意思是，這卷帶子裡的智子不是六歲，而是五歲。

她退出帶子，確認標籤，上面寫著「1979.4～」。日期超過攝影日半年以上。為了區別拍攝日期，特地拍了報紙，爲什麼又在標籤寫下相差半年之久、毫無關係的日期？

不，不光是日期。讓一個哭喊頭痛的五歲小孩坐在攝影機前，要她說出剛才夢到的內容。父母安撫她只要說出來，頭就不會痛了，並且將這一幕記錄下來——這樣的行爲本身已十足詭異。如果是一般父母，絕對不會做這種事吧？

智子折返存放錄影帶的紙箱的地方，雙手抱滿大帶，回到電視機前面。她查看標籤，挑選寫有日期的帶子插進錄放影機。

一樣是智子坐在廚房的椅子上。她穿著白色手織毛衣，搭配膝蓋處有可愛刺繡貼花的褲子。短髮，劉海在額前剪齊。

外貌比第一支影片年幼，也許才三歲左右。

「小智，看這邊。」母親的聲音響起。這次似乎是母親拿著攝影機，邊拍邊對智子說話。

影片中，智子的臉色蒼白如蠟，加上兩團黑眼圈，一點都不像小孩子。她不停吸吮右手拇指，毛躁不安地頻頻眨眼。

「小智，一下就好，可以告訴媽媽嗎？昨天晚上睡覺的時候，妳夢到什麼？」

和上一支帶子相同的拍攝模式。智子看起來身體不太舒服。母親安撫著，要求她開口說話。

「臭臭的。」智子回答。

「聞到臭味嗎？」

「黑黑的，然後『咚！』好大一聲。小智好怕，就哭了。很多人在哭。」

母親的手搖晃，影片畫面晃動起來。

「這樣啊，好可怕的夢。妳記得那個黑黑的地方，是怎樣的地方嗎？」

母親的聲音聽起來比上次提到「哆啦A夢」的時候更嚴肅，是心理作用嗎？

「黑黑的。」

「一直都黑黑的嗎？」

「不知道。」

「有很多人嗎？」

「嗯，很多很多人……」

「有玩具店嗎？有沒有小智認得的地方？」

「不知道。」

「是小智沒去過的地方呢。」

「不知道，小智看不清楚，可是有電車。」

「咦，是車站嗎？」

「車站？」

「去廣田阿姨家的時候，我們不是有坐電車嗎？那裡就是車站。是那樣的地方嗎？」

「有電車停在那裡，還有新幹線。小智最喜歡新幹線了。媽媽，我們再去吃新幹線的飯飯。」

「好，媽媽帶妳去。」

後來，母親想方設法試圖從智子口中問出「夢」的內容，但智子只是重複相同的回答，影片約十分鐘就結束了。這次母親將智子留在椅子上，鏡頭移到桌面的報紙。

「一九七六年（昭和五十一年）三月二十五日」。

然而，影片標籤上的日期卻是「1980.8.16」，相差四年。

智子接連取出錄影帶，以錄放影機播放。每一支拍的都是坐在椅子上、臉色蒼白的智子。影片中的智子年齡各不相同，季節也不同，服裝形形色色。但毫無例外，她的身體似乎很不舒服，幾乎都哭喪著臉，表情極爲驚恐。

負責攝影的有時是母親，有時是父親，也有兩人一起對智子說話的情況。看來有一定的攝影模式，影像總是以當天報紙日期的特寫結束，不曾拍到智子以外的臉孔。

此外，透過讓報紙日期入鏡，正確記錄的攝影日期，與帶子上的標籤日期總有落差，無一例外。

不過，在觀看大量影片的過程中，智子發現貼在影帶匣側面的標籤上寫有編號。背面沒貼標籤的影帶，側面的標籤也都有編號。智子快轉檢查二十二支大帶的攝影日期，側面標籤的編號，和攝影的順序一樣。從11到32。她接著檢查小帶，側面標籤一樣有編號，是從1

到10。

換句話說，爲了拍攝這些奇妙的「智子紀錄」，父母起先使用小帶，錄到第十支的時候，換成大帶。

（可是，這到底是什麼影像？）

這究竟是什麼紀錄？奶奶知道嗎？對了，影片裡完全沒出現奶奶的身影……

周圍散落著一堆錄影帶，智子喘了一口氣，拍掉頭髮上的灰塵，在只有她一個人的家裡，輕笑出聲。

難道我的爸媽是怪胎？

或許是心理作用，頭似乎愈來愈痛。智子關掉錄放影機的電源，站起身。

4

隔天，下班回家的路上，智子去了車站前的購物中心。她想到入口附近的大型錄影帶店，有替人把小帶轉錄成大帶的服務。

店員表示價錢和一般拷貝一樣，於是智子回家拿帶子，卻發現答錄機的紅燈閃爍，顯示有留言。祖母去世以後，她第一件做的事，就是買來有答錄功能的電話機。當時她心想，一個人生活，便要把原本依靠人力的雜務交給機器代勞。祖母的聽力並未退化，但由於遠離了社會生活，接電話和轉達留言時，難免含糊不清。看到閃爍的燈號，她不禁懷念起祖母傳話的聲音：「欸，有個叫某某的人打電話找妳。」

電話是逸子打來的。她說資料才剛貼出店面，就有人詢問。智子回電，逸子正巧在位子上。

「太快有人看中，或許麻生小姐反而會感到畏縮，不過不動產買賣也是很看緣分的，這種情形並不罕見。買方對麻生小姐的土地相當感興趣，提出很不錯的條件。我想見面詳談，妳什麼時候方便？」

「我都可以。」

「那麼，一起吃個晚飯如何？」逸子問。

「妳的女兒呢？她一個人吃飯嗎？」

逸子笑答：「家裡有爺爺奶奶在。」

智子也笑了，兩人約在站前購物中心的一間餐廳。掛斷電話後，她忽然思索起逸子那個不知道名字長相的女兒。那孩子也是奶奶代替忙碌的母親帶大的——以後會變成像我這樣，黏奶奶黏得不得了嗎？

餐盤撤下，喝著飯後咖啡時，逸子也大致說明完畢。除了咖啡的香氣，智子的鼻子也嗅到逸子帶來的好消息散發的清香。

前來洽詢的不是個人，而是兩名公認會計師（註）合夥開設的會計事務所。他們想買下麻生家的土地，蓋棟小樓房，把塞滿租賃的小事務所的電腦、帳簿等家當全移過去。

「只要法人、稅務存在世上一天，那一行永遠不怕沒生意。」逸子笑道。「他們在金錢方面是專家，當然，在申請銀行貸款時，也相當有利。妳覺得如何？」

智子點點頭，表示贊同：

「請繼續往下談吧。」

「那麼，我會要他們提出購買申請書。」逸子一臉滿意，捻熄了手上細長的菸。這是智子第一次看到她抽菸。

「先前須藤小姐說不用急，不過看來我先收拾家裡是對的。」

「咦，可是眞的不用急，接下來才要談價錢。最重要的是，麻生小姐找到新的住處之前，不能把房子交給對方。這是條件。」

智子端起杯子，抵在唇上。逸子說的話有一半穿過耳中溜走了。整理房子——那些錄影帶。思緒不由得又回到那上頭。

「眞的不用急。」聽到逸子的聲音，智子驚覺抬頭。逸子露出安撫的微笑。

註：公認會計師的主要業務是會計和審計，稅理士則是負責稅務申報。

「有些人因爲屋裡充滿回憶，不免觸景生情，所以像要逃離發生不幸的住家似地搬走。可是，麻生小姐似乎不是這種個性的人。千萬不要勉強自己喔。」

智子急忙搖頭，「不是那樣的。房子整理得很順利，我不是在紙箱圍繞下，每天以淚洗面，只是找到一些古老的東西——不清楚那究竟是什麼……」

逸子似乎第一次亮起好奇的目光，「是骨董嗎？」

智子噗哧一笑，「不是啦，是錄影帶。而且拍的是小時候的我。」

「哦，是家庭錄影帶嗎？」逸子露出有些懷念的眼神，「女兒剛出生的時候，我也拍了一大堆……不對，老實說，不是我拍的，是離婚的前夫拍的。那些事情，我眞的不拿手。順帶一提，我爸媽也沒有那方面的天分。今年春天的運動會，女兒當上接力賽選手，這可是大事一件，所以我買了攝影機給他們帶去，他們卻搞不懂怎麼用。」

「那麼，沒拍到妳女兒大顯身手的模樣嘍？」

「拍到最多的是藍天。」

逸子咯咯笑起來。

「我爸居然把攝影機前後拿反。而且年紀大了，腳不靈活，走路會搖搖晃晃的不是嗎？於是鏡頭也晃來晃去。在家裡播放，不到十分鐘，全家人都像暈船了。」

那幕情景浮現眼前，智子跟著笑了起來。同時，她重新認識到：沒錯，家庭錄影帶通常是用來記錄這類活動。

如果留在儲藏室的那些錄影帶，拍到的是剛開始學步的智子，或是參加幼稚園入學典禮的智子和父母，就沒什麼好奇怪的。如果拍到在運動會跑最後一名、還跌倒哭泣的智子小小的身影，和臨時擔任攝影師的父親低喃「那孩子像我，跑得特別慢」，想必會讓人不禁莞爾。如果是這樣的影帶，智子一定會追尋從腦中消失不見的父母形影，淚眼盈眶地緊盯著螢幕，不停重播影片，直到膠捲磨損吧。

但那些錄影帶的內容，不是這類家庭影片。雖然只看過一部分，仍可明確斷定，絕非「普通的」兒童成長紀錄。

「妳怎麼了？」

隔著寬闊的餐桌，逸子上身微微前探，觀察著智子的神色。智子連忙放鬆表情。

「抱歉，我在想那些錄影帶的事。」

「有什麼奇怪的地方嗎？」逸子語調輕鬆地問：「比如拍到不記得養過的狗——」

說到一半，逸子連忙閉口：

「抱歉，忘了麻生小姐沒有小時候的記憶。」

「沒關係，不用在意。」

逸子一臉尷尬，於是智子問：「方便跟妳要支菸嗎？」

逸子整包遞給她。「請。沒想到妳是同好，眞開心。」

「我很少抽。」

逸子拿細長的金色打火機爲智子點菸。嗆到就不好了，智子慢慢吸入隱約帶有薄荷香的煙，謹愼開口：

「影片裡，我在唱哆啦A夢的歌曲。」

「麻生小姐小時候，《哆啦A夢》的卡通應該剛開播。」

「是嗎？」

智子哼了一段影片中幼小的自己唱的主題曲。

「對對對，就是那首。」逸子微笑。「那首主題曲的卡通版《哆啦A夢》，是——呃，什麼時候開播的……？」

「須藤小姐精通這方面的知識嗎？」

「沒有、沒有。只是，喏，不久前不是有本暢銷書嗎？內容是解開許多漫畫作品之謎，比方《磯野家之謎》，也有提到《哆啦A夢》。書是女兒買的，我翻了一下……是哪一年呢？這陣子我的記憶力大不如前。」

這次換成智子傾身問：「方便告訴我嗎？」

「什麼？」

「如果書店還開著，我想直接買來查一下。不過這麼晚了，書店恐怕已打烊。妳回家以後，能不能翻書幫忙確定是哪一年？」

逸子眨著眼睛應道：「這是舉手之勞，可是有那麼重要嗎？」

「也沒多重要，真的。只是我很急性子。」

逸子又是一臉驚訝。香菸不知不覺間已燒短，智子丟進煙灰缸掩飾情緒，將目光從逸子身上移開。

五歲的智子唱著《哆啦A夢》的主題曲。拍攝這一幕的日期，與錄影帶標籤上日期之間的落差。想到這裡，智子忽然有種急迫的感覺，確定卡通版《哆啦A夢》的播放日期至關重要。

回到家約三十分鐘，逸子打電話來。等待期間，智子反覆播放那支錄影帶，畫面恰巧暫停在五歲的自己一臉蒼白地搖晃身體，唱著《哆啦A夢》主題曲的地方。她拿起話筒。

「不好意思，讓妳久等了。」逸子的聲音仍帶著疑惑。「翻一下就找到了，就在基本資料那一頁。」

「謝謝妳。」智子眼角餘光留在因爲暫停，畫面整體顯得失焦的影片上。「是哪一年呢？」

逸子回答：「麻生小姐哼的那首主題曲的卡通版《哆啦A夢》，是昭和五十四年四月開始播放。」

「昭和五十四年——」

「對，就是一九七九年。」

昭和五十四年。一九七九年四月開始播放。這些數字智子有印象。

智子把話筒擱在話機旁，拿起遙控器按下「停止鍵」，退出錄影帶。

伴隨「喀嚓」一聲，錄影帶滑進智子手中，只見背面的標籤寫著：

「1979.4～」。

這支影片中，當時五歲的智子，早在半年以前，就唱出隔年四月第一次在電視播放的《哆啦A夢》卡通的主題曲。父母發現這個事實，在錄影帶標籤寫下「1979.4～」——

「喂？」

話筒彼端，傳來逸子的呼喚。智子呆愣半晌後，唐突地以幾乎是不耐煩的語氣匆匆道謝，掛了電話。接著，她快步上樓。

二樓祖母定子的房間，有座相當堅固的日式玻璃門書櫃。裡面大半是祖父收藏的小說，但她想起其中一本書。

書本很重，不過容易整理，因此智子還沒收拾書櫃。她一下就找到那沉甸甸的大部頭著作。

書背上以粗體字印刷著《昭和史全紀錄》。昭和天皇逝世以後，祖母定子懷著經歷如同字面所述的「動盪」時代的人特別的感觸，在書店買下這部作品。

（眞令人懷念啊。）

定子有時會信手翻開這本書，有感而發。

智子一手抓起這本沉重的書，衝下一樓。她想到昨天播放的另一支影片。

（臭臭的。）

（『咚！』好大一聲，很多人在哭。）

影片攝影的日期是一九七六年三月二十五日，當時智子三歲。但錄影帶標籤上的日期是「1980.8.16」。

智子急忙翻開《昭和史全紀錄》。一九八〇年八月十六日，那天發生什麼事？如果眞有什麼事，到底是怎樣的情況？

智子顫抖著翻開那一頁。排版緊密的文字當中，黑體字的標題寫著：

「國鐵．靜岡站地下街瓦斯氣爆事故」。

這場慘劇造成十四人死亡，二百多人輕重傷。

（有電車停在那裡，還有新幹線。）

靜岡站的地下街。有新幹線的車站。

（黑黑的。）

影片中三歲的智子，知道四年後發生的靜岡站地下街的瓦斯氣爆事故。拍攝影片的父母也知道這件事。

所以才會留下紀錄。

智子的雙臂爬滿雞皮疙瘩，彷彿被當頭潑了一盆冰水。

5

錄影帶送去五天後，購物中心的那家錄影帶店便打電話來通知拷貝完成了。智子頂著寒風，低著頭避免和路上的行人對望，走向車站前。

領取錄影帶，付款時店員主動攀談：

「客人，您有好多老舊的錄影帶呢。」

店員是個下巴零星長著鬍子的年輕男子，略顯詫異地揪著眉頭。

「我們很久沒接到小帶的拷貝委託了。」

「咦，是這樣嗎？多虧有這種服務，幫了我大忙。」

智子客套地笑笑，提起裝錄影帶的沉重紙袋。離開櫃檯，前往出口，穿過自動門來到戶外。這段期間，一直感覺到店員纏人的視線追趕著她。

店鋪並不大，店員頂多兩、三個吧。或許幫忙智子拷貝錄影帶的，就是那個店員。或許是對年輕女子送來的大量錄影帶感到好奇，拷貝的同時，偷看了一下內容。

然後，然後——他覺得那些是什麼影片？

不可能不覺得古怪。影片拍的全是哭哭啼啼的女童特寫，而且淨說著莫名其妙的話。應該猜得出負責拍攝的是父母，但在第三者眼裡，搞不好正因是父母，更顯得奇異。

因此，店員才會一副想打聽的表情。要是有機會，恐怕他已開口。**客人，那些是什麼影片？小女孩怎麼在哭？拍影片的人，到底在讓孩子做什麼？**他流露的眼神，彷彿隨時會脫口質問。儘管十分細微，但當中似乎有著與好奇等量的嫌惡之色……

智子逃跑似地快步走著，未被實際詢問的那個問題在想像中逐漸發酵。在車站前雜沓的人群中、在寒風吹拂下，智子突然想轉身直奔錄影帶店，對那個店員、對周圍所有人明確宣告：那些影片裡的人是我！爸媽拍下小時候的我！爲了記錄，爲了留下證據。

因爲我在八歲遇到交通事故、撞到頭失去那種能力以前，是全日本——不，恐怕是全世界最年幼的預知能力者。

如今智子已確信，這是無從逃避的事實。

這五天之間，智子反覆觀看手邊的二十二支大帶，徹底調查。

她以有許多後續事宜要處理爲由，向公司請了長假。她覺得可能會就此辭職，但似乎也無所謂。眼下，查出自己的過去，比什麼都重要。查明一切以前，她無法踏出外面的世界。

父母在錄影帶標籤寫上的日期，她透過年表和縮印版報紙，查出那一天確實發生了影片裡智子描述的情況。大部分是社會案件、事故和自然災害。昭和五十三年六月的宮城縣外海地震、五十八年二月造成十一人死亡的山形藏王觀光飯店大火——

有幾支錄影帶，父母沒在標籤寫上任何日期，但智子知道確切的日期。不是別的，就是昭和六十四年一月昭和天皇駕崩、昭和六十年八月日航巨無霸客機墜毀事故。她在這些帶子的標籤上填入日期，加上附註。接著，她忍不住思考，堆在一旁、標籤空白的帶子裡，自己述說的事件和狀況，會在何時、以何種形式發生？

那些預言都太模糊，而且零碎，無從解釋。幾乎沒明確提到地名或人名。那是幼童憑著有限的知識，以幼童的話語描述夢境，也是無可奈何，只是教人看了焦急。比諾斯特拉達姆斯的預言還棘手——想到這裡，智子忍不住微笑。然而，笑容很快消失，只留下保留原狀的標籤那蕭瑟的空白。

正因如此，偶爾看到預知與麻生家有關的小事的影片，心頭會瞬間暖和起來。數量雖少，但也有這類的影片。

比方，五歲的智子坐在廚房椅子上，一如往常哭喪著臉，揉著眼睛喃喃說著又做夢了。

「孝子阿姨穿著紅色禮服。她在笑，和一個穿白色衣服的叔叔手牽手。」

孝子是智子母親的妹妹，小母親三歲，在智子七歲那年結婚。

影片中的父母似乎馬上察覺是預知了妹妹的婚事。他們安撫著智子，以較為開朗的語氣問：「孝子阿姨漂亮嗎？」「和她在一起的叔叔長什麼樣子？」不僅如此，還錄到母親和父親的對話：

「婚禮上換衣服後，孝子會穿紅色禮服，新郎穿白色燕尾服呢。」

父親回應：「那會是什麼時候？」

沒想到，年幼的智子接著說：「那個叔叔戴著帽子。」

父母以驚訝到有點好笑的語氣，再度討論起來。

「帽子？婚禮上新郎會戴帽子嗎？」父親說。

「會嗎……或許也有這樣的安排吧。」母親說。

「是嗎？」

「還是——欸，搞不好孝子的丈夫是自衛隊隊員。」

父親困惑地「唔……」一聲，低喃：「這眞的是在說孝子的婚禮嗎？」於是，母親又應了什麼。智子發現父母撇下她，焦急地哭訴頭痛。母親慌忙跑過去，抱起智子，接著便從畫面中消失。父親拍下那天報紙上的日期，結束影片。日期確實早於阿姨結婚兩年以上。

如今智子已知道姨丈戴帽子的理由。成爲孝子阿姨伴侶的對象，是商船公司的一等航海士。所以，婚禮上換衣服時，新郎穿制服，並戴上帽子。阿姨也確實穿著紅色禮服，露出幸福的笑容——

當然，智子不記得當時的情景。這些記憶隨著事故一同消失了，但祖母定子多次提起阿姨的婚禮，以及新郎穿制服是多麼英姿煥發。父母參加了婚禮，也留下照片，所以她知道影片中年幼的自己描述的夢境，完全成眞。

由於姨丈工作的關係，夫妻倆目前住在海外。是在倫敦郊外，連電影和小說裡也不會出現的小鎮，但阿姨還是趕來參加定子的喪禮。從指手畫腳干涉喪禮事宜的定子手足，以及從麻生家遠親手中保護智子的，也是阿姨。

如果告訴孝子阿姨，我發現這樣的過去，她會有什麼反應？阿姨，我在妳結婚的兩年前，就知道妳會挑選哪個如意郎君。連阿姨會穿哪種顏色的禮服都知道。以前我有這樣的能力。

然而，預知這件事的短短三年後，我失去這份能力，也失去過往的一切。所以，我甚至無法參加父母的喪禮。儘管記得阿姨在病房裡緊緊握住我的手的掌心溫度，也記得出院那天姨丈把我從輪椅抱到車上，還有姨丈西裝隱約散發的樟腦丸氣味，但在看到這些錄影帶以前，我都不知道小時候的自己擁有這樣的力量。

阿姨想必會大吃一驚，那張從年輕時就沒變過的和藹圓臉浮現滿滿的困惑，首先質疑：智子，如果妳有這樣的力量，奶奶怎麼沒早點告訴妳？

沒錯——想到這裡，智子內心的齒輪頓時停住。

定子不可能不知道。從智子出生以後，他們就住在同一屋簷下。父母不可能完全不告訴定子，瞞著她留下如此龐大的紀錄。定子知情，卻沒聲張，藏起錄影帶，徹底隱瞞智子。

爲什麼？

用不著想，答案自然浮現。

約莫是害怕吧。害怕智子的能力，並且感到嫌惡吧。那種嫌惡或許和錄影帶店員眼中的嫌惡十分相似。搞不好更加強烈，更出於本能。

你們要智子做什麼？

你們要智子做這種事，又能如何？

「我們沒逼她。」智子彷彿聽見父親的回應。當時父母和定子肯定進行過許多次的談話內容，浮現在智子腦中。

「這是智子天生的能力。她會夢到未來，而且是在她眼中很可怕的情景。如果不引導她說出來，她一定會無法承受。」

「可是，她總是在哭。」

「因爲一做這種夢，她就會頭痛。只要讓她說出內容，好好安撫她，頭痛自然會消失。如果置之不理，智子未免太可憐了。」父親解釋。

「媽，拜託。」母親也幫腔。

「她那麼難受，我實在看不下去。」定子說道。

「我們也一樣。爲什麼這孩子天生就有這種能力……」

年幼的智子會注意到祖母和父母爲自己起爭執嗎？

（那時候我還小……）

長大後的智子認爲，當時自己大概渾然不覺。不，別說察覺，小時候的我恐怕完全沒發現自身擁有什麼能力，又做出多麼異常的舉動。

定子想必覺得智子很可憐。智子認識的定子就是這樣的人，只是——

如此一來，又出現另一個疑問。

智子失去做預知夢的能力。曾擁有這種能力，她卻毫無印象，相關記憶消失得一乾二淨。然而，這十二年來，爲何定子要隱瞞這件事？明明已成爲過去，爲什麼定子不肯向成年的智子、成熟到能夠面對這些過往的智子坦白？

錄影帶留下來了，並且妥善保存著，等於有證據。不用擔心智子會一笑置之，說這未免太扯了。既然如此，告訴智子也無妨吧？畢竟全是過去的事了。這一點，智子百思不解。

況且仔細想想，這件事十分矛盾。定子守口如瓶，爲何沒丟掉做爲證物的錄影帶，珍惜地收藏著？

昨晚智子在重看並整理錄影帶的過程中，謎題忽然解開。她想起定子的性情——定子非常排斥丟掉錄影帶或錄音帶之類的東西。

沒錯。以前智子想把錄了連續劇和電影的錄影帶當成資源回收垃圾丟掉時，定子的臉色相當難看。

「這些帶子一錄再錄，畫質變得很差，不能錄了，就算留著也沒用啊。」

「不知道誰會撿去看，丟掉那種東西實在太丟臉。」

「根本沒人會看到。」

「誰知道呢？」

「就算被別人看到，也沒什麼好丟臉的啊……」

因爲不知道會被誰撿去看。

不知道會被什麼人看到。

想到這裡，定子實在不可能丟掉內容如此可疑的幾十支錄影帶，但也不能燒毀。祖母只能收起這些錄影帶，小心翼翼藏好，以免流出這個家。儘管如此，連面對智子，她也無法說出隱瞞的祕密。

定子就是如此害怕、恐懼。

害怕智子得知過去。

定子一直守著祕密，是不是擔心即使事過境遷，智子一旦得知這些事，仍會深受傷害？

那到底是怎樣的過去？

智子思索著，心臟怦怦亂跳，臉頰變得冰冷，握著錄放影機遙控器的手滲出汗水。

是不是我也預知了父母的死？**那是不是也留在這些錄影帶的某處**？

愈想愈有可能。我是不是目睹父母的死？就像預知阿姨結婚那樣。就像預知與自己毫無關聯的靜岡站瓦斯氣爆事故那樣。

但說是預知，也如同影片呈現的，是以年幼的孩童的話語描述，想必有更多內容是不加以解釋，便完全推測不出是在說什麼、指涉什麼。直到實際發生符合智子描述的事以前，父母恐怕也毫無頭緒，才會等到**發生某些事以後**，在智子提及那些事的錄影帶背面標籤寫上日期。不，也只能這麼做了吧。

後設的預知能力者，指的就是年幼的智子。連自己都不知道在說些什麼的情況下，這樣的孩子預知父母送命的車禍，而聆聽的父母也不知道其中的意義，只留下紀錄。然後，車禍發生，兩人喪命——

面對這種境況，和孫女一起被留下的定子會怎麼做？會隱瞞起來吧。會盡全力隱瞞吧。就算智子長大成人，失去特殊能力，也不可能說出眞相。妳早就知道爸媽會車禍死亡，可是——

可是，妳無能爲力。妳沒辦法防堵，沒辦法救他們——定子怎麼可能說得出這種話？

手邊的錄影帶中，沒看到智子說出暗示父母死亡的內容。智子的「預知夢」似乎並非依據時序發生，而是跳躍式、不規則地出現。要是沒錄在大帶中，應該是留在小帶中。

找出來吧。走到這一步，總不能撒手逃離。

智子立下決心，拿出請店家轉錄成大帶的小帶。編號1。

這時一陣夜風颳過，老屋的木窗框搖晃，彷彿呼應智子內心的顫抖。被風捲起的樹葉撲打著窗玻璃，發出乾燥的聲響。

驀地，智子想起定子。每年到了冬天，定子便會拿著掃帚走下庭院，清掃落葉。

如果現在回頭，夜晚泛著青色的玻璃窗彼端，或許可看到繫著白圍裙、拿著掃帚的定子。敲打玻璃的或許不是樹葉，而是定子的手指。她在敲窗，引起智子的注意。智子，看這邊，看看我。趁著爲時未晚，別再看那種東西。我隱瞞這麼久，全是爲了妳啊，智子。爲了不讓妳傷心難過。

然而，儘管鑽進窗縫的風吹得智子發抖，她終究沒有回頭。

6

智子整天關在家裡，不停看著錄影帶。三餐、洗澡，有時甚至連睡覺都嫌麻煩。每一支錄影帶都很短，很多只是糊里糊塗地看完，必須反覆地看，綳緊神經盯著螢幕，豎起耳朵。

比起大帶的紀錄，要「解讀」幼時的智子在小帶影像中述說的內容，得耗費雙倍以上的勞力與時間。仔細想想，這也是當然的。小帶影像中的智子，比大帶的紀錄更年幼。可怕的是，影像紀錄最早從智子兩歲就開始了。

有時智子會撫著痠澀的雙眼、搓著臉，想像父母當初發現她擁有這種能力是多麼驚訝，以及接下來是多麼辛苦。如果這種能力是與生俱來，在無法訴諸語言以前，她是個多麼棘手的嬰兒？只要做了奇妙的夢，就會頭痛到瘋狂大哭的嬰兒。年輕的母親抱著她，完全不明白爲什麼，不曉得多麼慌張。

智子先把錄影帶看過一遍，接著將畫面中幼小智子說的話語和動作、父母的每一句話都抄到筆記本上。結束之後，再次播放影片，檢查筆記內容有無錯誤。

像這樣檢查完全部的小帶，並爲每支影片寫下詳細的紀錄後，須藤逸子聯絡她，表示要帶買方去看土地。

「妳是不是瘦了些？」

買方的兩名公認會計師自行去參觀房屋土地了。須藤逸子在麻生家的起居室和智子獨處後，這麼詢問她。逸子似乎很擔心。

上次碰面之後，兩人爲了哆啦A夢的事進行一段奇妙的問答，智子單方面結束通話，便沒再與逸子聯絡。後來智子除了自己的事，一直無暇顧及其他，因此和逸子碰面，她感到一股遲來的尷尬。

「可能還是有點累，不過不要緊。」智子微笑回答。「上次眞不好意思，讓妳請客。」

逸子笑了笑，避開這個話題。「等到這筆生意談成，我們再去吃更豪華的大餐，當慶功宴如何？那兩位看起來是不錯的買家吧？」

「就算規模再小，畢竟是要蓋自用的房子，他們卻都這麼年輕，我嚇了一跳。」

「他們兩位都十分優秀。」

兩位公認會計師皆穿著三件式西裝，打了領帶，看過屋子土地後滿意地回來，津津有味地喝著智子沖的咖啡。他們開心地聊到此處交通方便，離郵局又近，還有大型文具店。

兩人都還不到四十歲。這筆買賣應該會讓他們扛起龐大的債務，看上去卻沒有任何不安。即使是在賣家智子面前刻意如此表現，他們對於過去累積的實績，以及將來有把握達成的業績，果然相當有自信吧。智子忽然感到羨慕不已。

兩人表示已找好建商，由於預算的關係，打算蓋三層樓的蒸壓輕質混凝土房屋。

「兩位都有自己的房子嗎？」

智子一問，兩人答道：

「我們都是租屋族。」

「接下來打算要蓋的是我們公司的大樓，不是個人的財產。」

逸子出聲調侃：「不過，蓋公司大樓，也是爲兩位在不久的將來擁有自己的毫宅鋪路吧？」

「哎，眞說不過須藤小姐。」

兩人留下爽朗的笑聲，準備離開麻生家時，逸子把智子喚到一旁，小聲解釋：

「接下來才要進入正式談價錢的階段。對方很有意願，所以我會嚴格、積極地交涉。」

智子走到玄關，目送逸子開的車子載著兩位前途無量的會計師離去。車子彎過轉角消失後，她忽然感到一陣虛脫。

陽光下，智子回頭仰望自己的家。迎著冷風和清澈的陽光，她瞇起雙眼。

這裡會建起怎樣的大樓？那兩位會計師將在這裡做怎樣的工作？他們會在這裡開拓出怎樣的未來……？智子漫無邊際地想著。

明明都與她沒有任何關係了。

智子沒有穿外套，覺得很冷，卻不想立刻回到屋裡。與萬里無雲的藍天相比，屋裡實在太陰暗。而且，在屋裡等待著她的事物，讓她不勝負荷。

她卯足了勁，自認毫無遺漏地檢視過，但小帶的影像紀錄中，未能找到智子預知父母死亡的蛛絲馬跡。

跟檢查大帶時一樣，有幾支小帶的內容，可解釋爲預知現實發生的事故和現象，問題在於其他標籤空白的帶子。那些帶子不管重看多少遍、不管看得再仔細，都沒有能夠推測出是在影射父母死於車禍的隻字片語。

我想太多了嗎？智子思忖。年幼的智子並非刻意窺見未來，只是在父母的催促下，說出在夢中看到的景象而已。換句話說，年幼的智子並非有意識地選擇運用預知能力。

所以，實際上相較於能夠預知的情況，或許無法預知的情況更多。即使那是比自身的死亡更令孩童恐懼的「父母的死亡」，如果不發動那反覆無常的能力，或許她什麼都看不見，宛如一張白紙。

（只是……）

關於那場車禍，從來沒人告訴智子詳情。每個人都認爲那是一段痛苦的記憶，而且不幸中的大幸是，智子失去一切的記憶，所以沒必要特地再挖掘出來。她只從奶奶那裡聽到片段資訊，比如那天是星期日，風和日麗，父母帶著智子去房總兜風，當天往返，回程在沒有其他行車的路上，由於車速過快，父親駕駛失誤，發生車禍。提到這件事時，奶奶會哀傷地垂下眉毛說：妳爸開車有點魯莽，我總是爲他擔心。智子不忍心看到奶奶那副神情，決定不要勉強問出車禍的經過。

（所以材料不夠……）

如果瞭解發生車禍當時或前後的狀況等細節，或許就能立刻看出符合的影片內容。或許現在純粹是缺乏這些背景知識，才會遺漏預知車禍的影像。

孝子阿姨搞不好能告訴我更進一步的細節——智子這麼想著，望向壁鐘。日本和倫敦的時差是幾小時？

隔著大海傳來的阿姨話聲，實在令人懷念。

通話清晰，和市內電話幾乎沒兩樣，但說出第一聲「喂」的時候，智子忍不住拉高嗓門。得知智子從日本打來，阿姨的音調也稍微提高。智子指出這一點，兩人都不禁笑了。

「阿姨應該很習慣講國際電話啊。」

「也不盡然，妳姨丈在公司比較常講國際電話。」

後來一切都好嗎？有沒有遇到什麼狀況？阿姨連珠炮似地問，智子斟酌措詞回答。她說決定賣掉房子，感覺能找到好買家，打算會用那筆錢買一戶小公寓。阿姨似乎鬆了一口氣，但聽到不動產公司的社長是女人，語氣突然有些猶疑：

「沒問題嗎？不管怎麼說，不動產買賣都需要一些手段，女人家是做不來的。」

「阿姨，那是性別歧視吧？」

「這是事實。等妳到了阿姨的年紀，就會明白。」

智子笑了一下，回說須藤小姐沒問題的。交談過程中，智子不停動腦，尋思如何自然地把話題帶到父母身上。

「我找到許多非丟掉不可的老東西。」智子說。

「相簿嗎？」

「不是，相簿我不想丟，會全部留下。阿姨，下次妳回國的時候請來看看，有想要的照片儘管帶走。」

「好，我再去挑照片。」

「嗯，阿姨……」智子重新握好話筒說：「提到照片，我好久沒像這樣仔細看爸媽的臉了。」

阿姨沉默片刻，接著說：「不會反而更傷心嗎？」

「不要緊，只是覺得很懷念……雖然沒有他們的記憶頗爲遺憾。」

「別這樣想。聽好，妳遇上嚴重的車禍，昏睡整整一星期。光是保住一命，就該謝天謝地了。」

阿姨，生死關頭的漫長昏睡中，從我身上消失的不只有記憶啊。智子壓抑著想這麼說出口的衝動，接著道：

「約莫是看到照片的關係，我不禁想到車禍的事。」

「別胡思亂想，那已無從改變，而且都是十二……差不多十三年了嗎？那麼久以前的事了。」

「嗯，雖然沒成功，不過我還是試著要想起來。」

「換個角度來看，想不起來或許才幸福啊，智子。」

阿姨不是喚她「小智」，而是「智子」。這是要開始訓話的前兆。就算拐彎抹角地打探，阿姨也只會扯開話題吧。智子下定決心，切入正題：

「欸，阿姨，妳知道車禍當時的狀況嗎？」

話筒彼端沉默片刻，「什麼意思？」

「聽說是我爸車速過快，方向盤失靈，撞上中央分隔島。」

「是這樣沒錯。」

「有沒有人目擊現場？當時在路上的其他車子沒受到波及嗎？」

「有什麼讓妳在意的地方嗎？」

「沒有啊，只是覺得我在那場車禍中失去爸媽，我卻對事故經過一無所知。」

智子盡量輕鬆地說，但似乎失敗了，阿姨沉默不語。這段沉默極為尷尬，智子有些呼吸困難，以為惹阿姨生氣了。於是，她想試著解釋：想知道詳情，證明我長大了啊，阿姨。

但在智子開口前，阿姨出聲問：「關於那場車禍，有誰跟妳說了什麼嗎？」

話聲低沉壓抑，一點都不像個性開朗的阿姨。那是詢問一個人是否安好、打聽重病患者的病況時，會刻意發出的聲音。那種音色，只會用在預期得到不好的回答的提問上。

關於那場車禍，有誰跟妳說了什麼嗎？

面對意外的問題，智子一時語塞。阿姨把她的沉默當成回答，氣急敗壞、幾乎是咒罵地說：「奶奶的喪禮上，麻生家的人都來了。是這樣嗎？妳突然打聽起這件事，是有人跟妳說了什麼，對吧？」

阿姨有些誤會，但最好不要解開這個誤會。只要阿姨繼續誤會下去，就能問出眞相。智子這麼認爲，於是應道：

「是啊，我聽到一些話，忍不住想了很多。」

在大海遙遠的彼端，智子尚未造訪過的異鄉小鎮，阿姨深深嘆了一口氣：

「雖然我早有心理準備，那些話總有一天會傳進妳耳裡……」

「這樣啊……」

「但那都是沒有根據的胡言亂語，不可以相信，知道嗎？警方斷定是意外事故，認爲妳爸可能是太疲勞，不小心開到睡著，才會不偏不倚地直接撞向分隔島。這種意外並不罕見。」

智子握著話筒的手心冒汗，身體彷彿沉重得要陷進地面。

她似乎知道阿姨說的「沒有根據的胡言亂語，不可以相信」是指什麼。不僅知道，而且清楚得令人害怕。

「可是……我還是無法釋懷。」

智子勉強沙啞地擠出一句。阿姨沒發現智子在套話，繼續安慰道：

「不可以放在心上，妳爸媽怎麼可能做出那種事？沒錯，那時候妳的身體不好，成天喊著頭痛，哭哭啼啼，又查不出原因，所以妳爸媽很擔心。他們非常擔心妳。即使如此，他們也絕對不可能做出那種事。」

阿姨指的「那種事」是——

智子緩緩地說：「他們不可能自殺……不可能帶著孩子自殺，對吧？」

阿姨堅定地回答：「當然不可能。」

智子沉默不語。阿姨大概是覺得簡短的否定不夠分量，突然洪水決堤般變得饒舌，滔滔不絕地說：

「妳爸媽一心一意呵護著妳，只想著如何讓妳健康長大。發生那種意外，有人不負責任地胡亂揣測，但我絲毫沒懷疑過那種可能性——自殺的可能性。他們沒有非這麼做不可的理由，所以我極力避免閒言閒語傳進妳的耳裡……」

「我沒事的，阿姨。」智子發出連自己都覺得好笑的快活語調：「那種話我才不信。」

阿姨的聲音帶著顫抖：「那就好，真是太好了。我一直很擔心，深怕哪天會發生這樣的情況，偏偏在我離妳這麼遠的時候……」

「我是大人了，不要緊。」

「眞的嗎？我能相信妳嗎？跟阿姨保證，說妳絕對不會有什麼傻念頭。」

「我保證。」

智子努力演到最後一刻，沒被阿姨識破。要常聯絡喔，阿姨也會打給妳——阿姨依依不捨地掛斷電話。

一放下話筒，智子頓時全身虛軟。她坐倒在地，瞪著半空，不曉得待了多久。

猛然回神，她發現自己在哭。

阿姨，他們是有理由的。她在心中低喃。他們有莫大的理由，只是無法告訴任何人而已。

那些錄影帶——反覆看到牢記在心的許多片段，在腦中浮現。每一個場面，年幼的智子都在哭泣、訴苦，害怕著夢裡那些她無法理解的未來場景。她束手無策地求救，快被對幼兒過於巨大的能力壓垮。

（好痛喔……）

父母是懷著什麼心情看著抱頭哭泣的幼子？

說起來，大量的錄影帶，是父母試圖拯救智子的一種徒勞抵抗嗎？是他們設法釐清智子異能的眞相，而拚命努力的痕跡嗎？

符合智子零碎描述的事件、天災、現象，之後眞實上演。經過確認之後，在錄影帶標籤寫上日期。這個時候，父母的內心究竟是何感受？

是無力。和現在的智子感受到的一樣，是令人莫可奈何的無力。這種無力感沒有盡頭，只會愈來愈深，而且伴隨著痛苦。年幼的智子哭著喊痛。看著這樣的孩子、抱著這樣的孩子、哄著這樣的孩子，父母想必不斷以淚洗面。

等智子長大，總有一天會駕馭這樣的能力——也許父母全靠一絲希望支撐著心靈。或者是期待——拚命期待智子在成長過程中失去這樣的能力。他們祈禱著：請讓異能消失不見吧、放過這孩子吧！求求祢，讓這孩子自由吧！

最後，兩人在這場戰鬥中精疲力竭。

不偏不倚地衝撞分隔島。他們覺得這麼做比較好，對這孩子來說，這才是幸福。

親子快樂地兜風一整天。最後一場兜風。然後，一起上天堂。父母應該是如此計畫。

過去每當想起失去父母的車禍，智子都認爲「只有我一個人倖存」，但這是錯的。其實是「最該死的我卻活下來」。明明父母是爲了智子、可憐智子，才想和智子一同赴死。

我這樣的孩子生下來只會折磨父母，甚至逼死他們。然而，我卻一個人活下來。

智子扶著牆壁，慢慢站起。她撐著虛軟的身體環顧屋內，看見起居室角落堆積如山的錄影帶。

此刻，湧上心頭的是憤怒。

只有憤怒。被純粹的憤怒染紅的布匹，在智子的體內拍打著，掀起狂風。

智子抓起錄影帶往牆壁扔，用腳踹飛，又踢垮高堆的錄影帶山。其中一支帶子外殼破裂，塑膠碎片飛散，磁帶掉出來。智子拉出磁帶，想徒手扯斷，卻扯不斷，只是軟趴趴地纏繞在手指上。智子哭著反抗糾纏的磁帶，但愈掙扎纏得愈緊，於是她雙手摀住臉，癱坐在地。

「為什麼……？」

獨自待在無人的起居室裡，寂靜的空氣中，智子問道。

「為什麼？為什麼？又不是我想要那樣的……」

為什麼我天生擁有那種力量？

坐在散落的錄影帶和漆黑的磁帶波浪之間，智子腦中只有一個念頭。

最該死的我卻活下來。我被拋下了。她總算領悟到這個事實。

既然如此，為時未晚，追上去吧。

她愣愣環顧室內，接著俯視纏繞在手指上的磁帶，暗想：這些紀錄也一起帶走吧。

儲藏室裡，有一桶暖爐用的煤油。

這麼多油，足以把這棟老房子燒得形跡不留吧。幸好空氣很乾燥，火焰肯定一眨眼就會清算一切。

智子不想給附近住戶添麻煩，於是避開深夜，等到早上。等到大家都去上班，孩童都在學校安頓。

接近中午，智子著手行動。

在這個時間，應該很容易被發現。即使麻生家燒得精光，消防隊一定也會阻止擴大延燒。

智子先走出門，確定戶外風勢不強。冰冷的空氣靜止，頭頂是一片藍天。或許到了最後一刻，命運終於決定稍微善待智子。

智子把錄影帶堆在起居室中央，淋上煤油，接著潑在榻榻米、窗簾，還有走廊和樓梯上。強烈的刺鼻氣味嗆得她咳嗽，但她仍仔細地四處潑灑煤油。

然後，智子回到起居室，站在錄影帶旁。她要在這裡投入點燃的火柴。

她心意已決，反倒覺得輕鬆。然而，握著火柴盒的手指卻在發抖，她不禁感到窩囊。

閉上眼睛，深吸一口氣，她忽然想起須藤逸子。

逸子一定會很震驚吧。一旦智子身亡，交易便會泡湯。她對我這麼好，我卻留給她爛攤子。

智子無意打消念頭，但還是想向逸子道歉。

智子握著火柴盒，像抓著救命繩索，走近電話。鈴響兩聲，接聽的是一名男子。她報上姓氏，對方立刻轉給逸子。

「麻生小姐嗎？早安。」

逸子俐落的口吻，略帶沙啞的醇厚嗓音。聽到她的聲音，智子的意志有一絲絲動搖。智子穩定心緒，眞的只說了一句：

「須藤小姐，對不起。」

智子隨即掛斷電話，掏出一根火柴。「咻」一聲，冒出一小團火焰，她對著火焰微笑。這是**淨化之火**。

智子優雅地朝錄影帶山伸出手，放開火柴。

火焰轟然升起，彷彿一朵巨大的花包裹著影帶山綻放。智子的臉頰感覺到熱風。頭髮燒焦，眼眶滲出淚水。她看見火焰如生物般沿著煤油畫出的線條奔竄擴散。

好燙。

明知無路可退，智子仍慢慢後退。並非要逃離，而是爲了親眼確認錄影帶是否燃燒殆盡。

7

震動。

身體在搖晃。她感覺到微弱的晃動。

智子躺著。不——不是躺在地板之類的平面上。她的頭枕在柔軟的物體上。

然後是震動——這規律舒適的晃動是什麼？頭部底下柔軟宜人的氣味是什麼？

這是夢。**我在做夢**。

瀕死之際，人們都會像這樣做夢嗎？會穿過夢境，步向死亡嗎？

沒有疼痛，也不難受，非常安詳、溫暖。怎麼會呢？真是不可思議。身體在搖晃——規律地搖晃，彷彿正被運送到某處。

這裡——是在車子裡？

智子在夢中試著睜眼。沒錯，是在車子裡。智子躺在後座。父親坐在駕駛座，母親坐在副駕駛座。聽不到對話。沒有聲音。只有車子平順地滑過路面的震動。然後，枕在頭底下柔軟芳香的物體是——

（是媽媽的毛衣。）

智子置身在古老的記憶中，早已消失的記憶中。她在復甦的場景中，變回八歲的孩子。

那是與父母一起去看海的回程路上。有海潮的香氣。皮膚有點曬黑。在看得到燈塔的餐廳享用三明治，還有巧克力聖代。鮮奶油太多，沒辦法全部吃完。在沙灘散步。風很大。撿了貝殼。媽媽告訴她那是櫻貝。她發現浪頭漂浮著脫落的海藻，和爸爸一起朝它丟石頭。脫下鞋襪，走進海浪之間，直到淹沒膝蓋。在花田裡玩耍，是整片的油菜花。

快樂的一天。說好下次要再來。下次帶泳衣來，就能游泳了。智子想曬得黑黑的——

這時，一道聲音響起。「老公！」

是母親的聲音。聲音很大，是從喉嚨深處迸出的驚愕叫聲。

夢裡的智子聽到聲音抬起頭，望向副駕駛座的母親側臉，再望向抓著方向盤的父親側臉。兩人都瞪大眼睛，父親想重新握好方向盤，手徒勞地滑動。母親張口，尖叫聲從喉間溢出——

「危險！智子、智——」

墜入黑暗。黑暗籠罩夢中的智子。正在做夢的智子，也在黑暗中融化。

恢復意識後，首先映入她眼簾的，是放在金屬台上的機器，與發出蒼白光線的螢幕。

接著她又失去意識，下次醒來時，周圍一片漆黑。智子就像這樣，封閉在如電燈般不斷明滅的意識中。

當她察覺「啊，我張著眼睛」的時候，看到的是覆在眼皮上的黑影。鼻子也覆有黑影，還有輕微的壓迫感。

啊，我的臉上包著繃帶。

智子知道自己得救了。再次得救了。

「麻生小姐，妳醒了嗎？」

頭頂傳來話聲。不知何時來到旁邊，她瞥見醫生的白袍。

「燒燙傷很嚴重，但已脫離險境。雖然得花一點時間，不過可以痊癒。明白嗎？妳得救了，太好了。」

智子閉上雙眼。

這道聲音上，重疊著通往死亡的虛空中，出現在夢境裡的聲音。

妳得救了，太好了。

危險！智子——

那是母親的聲音，是車禍前一刻的光景。母親大喊「危險」，呼喊「智子」，試圖警告在後座熟睡的孩子。

再次面臨死亡時，在上一次瀕臨死亡的事故中失去的記憶碎片又回來了。好似在地震中停止的柱鐘，在下一次的地震重新開始走動。

遺忘的過去回來了。

同時也去除智子尋死的理由，宛如在最後一秒降下的救命繩梯。

那是一場意外事故。就像阿姨說的，是一場不幸的事故。

父母並非自願尋死。兩人都想活下去。

和我一起活下去。

休養半個月後，院方才同意會客。除了警方和消防人員以外，第一個來探望智子的，是須藤逸子。

她穿著像日式烹飪服般的白色服裝，俯視著智子，彷彿在看禁止觸摸的展示品。與睜開雙眼的智子對望，她綻開笑容。

「我是第一名，眞幸運。」

逸子稍微傾身，平靜地說。

「剛才妳阿姨也在這裡。醫生找她，所以她暫時離開。」

然後，逸子稍微攤開雙手說：

「由於仍有細菌感染的風險，得穿成這樣才能探望妳。我想起女兒剛出生的時候，前夫也是穿成這樣才能進嬰兒室。」

智子想說話，卻發不出聲，嘴唇也動不了。

逸子慢慢解釋：「什麼都別說。醫生診斷妳還沒辦法說話。麻生小姐，等妳傷好了，有一堆復健等著妳喔。這可不是在嚇妳。」

逸子的雙眸閃閃發亮。智子注視片刻，發現她的眼中盈滿淚水。

「是我阻止妳的。」逸子繼續道：「妳想自殺，對吧？房子完全燒毀了。那棟房子去了另一個世界，只留下妳。」

那麼，錄影帶也燒掉了。智子閉上眼睛。那些紀錄消失了。

「我不會問妳爲什麼尋死。不過妳愈來愈沒精神，臉色也愈來愈差，總是望著遠方，這些我都注意到了。我一直很擔心，因此一接到妳的電話，立刻察覺不對勁，可能會出事。」

笑容從逸子的臉上消失，但她的聲音一樣溫柔。

「至於我做了什麼？我打電話到妳家附近的酒行。畢竟我是做不動產這行，接受妳的委託後，不曉得在妳家附近走過多少趟。我得親自走訪，看看有哪些商店、住著哪些人，周遭是什麼氛圍。我和那家酒行的老闆聊過兩、三次。老闆十分熟悉妳們祖孫，說妳奶奶人很好，只留下妳，妳孤伶伶地想必十分難熬。感覺他是非常誠懇的生意人，所以接到妳的電話後，我立刻聯絡那家酒行，拜託老闆馬上去麻生家看看情況，因為跑過去只要兩分鐘。酒行老闆看見妳家窗戶冒出淡淡的煙，從後門闖入，把倒地的妳拖出來。」

逸子抹了抹眼角。

「可是，真的是千鈞一髮。把妳從火場裡拖出來的時候，妳已沒有呼吸，心跳也停了。窒息和燒燙傷造成休克。聽說，幫妳做心肺復甦術的急救員一度想放棄。」

逸子的臉皺成一團。

「然而，妳回來了。好好地活過來了。感覺像是一腳踏進冥河，走到一半改變心意。」

智子暗想，或許是在死亡的深淵遇到以前的自己，重拾失去的記憶，轉身又回到陽世——

「智子小姐，或許妳很恨我。妳一定在恨我吧。恨我為什麼不乾脆讓妳死掉。等妳的傷好起來，開始進行艱辛的復健，想必會更恨我，咒罵須藤逸子實在是愛多管閒事的女人。」

逸子輕笑一下，眼角擠出皺紋。

「不過，我敢跟妳打賭。沒錯——等個三年左右，妳必定會感謝我。每次想到『啊，幸好我還活著，幸好我沒死』，妳就會感謝須藤逸子。在那之前，隨便妳怎麼恨我都沒關係。妳就盡量恨、儘管恨吧。」

說到最後，逸子的話聲發顫。

智子想對逸子微笑。須藤小姐，其實我已稍稍恢復記憶。然後，我知道了。父母似乎希望我活下來……

（生死有命，一切早已注定。）

祖母的聲音響起，在耳底縈繞。逸子的臉變得模糊，智子不禁閉上眼睛睡著。

智子緩緩地，速度慢到令人難耐地走在康復的路上，並且做了形形色色的夢。全是失去的記憶中，零碎的聲音或影像。七歲慶祝七五三（註）時，她難得穿和服，卻遇上大雨，鬧脾氣而挨母親的罵。在祖母買的塑膠充氣泳池裡戲水。玩父親的打火機，被斥責到哭出來。在遊樂園第一次坐雲霄飛車——

智子無法說話，也無法動彈，只能攝取流質食物，透過繃帶的縫隙窺看外面的世界。儘管是這樣的每一天，智子卻感覺內心逐漸癒合。

縱火和自殺未遂一個月後，智子總算恢復到不必讓訪客穿像白色連身圍裙的防護衣了。同時，她轉到普通單人房，有時可以感受到外面的空氣。

有一次，智子不經意地聽見一直陪著她的阿姨，和來探病的須藤逸子交談。逸子向阿姨說明房屋燒毀後，麻生家的土地買賣交易仍繼續進行。

不清楚是不是藥效的關係，智子昏昏欲睡。反正一天大半都在昏昏沉沉中度過，乾脆把逸子和阿姨的話聲當成搖籃曲吧——她這麼想著，閉上眼睛。

這時，右邊太陽穴忽然傳來針扎般的痛楚。和燒燙傷的疼痛完全不同，是來自體內的劇痛，大腦裡彷彿有什麼要噴發出來。

痛楚一下就過去，但智子全身緊繃。她感覺到繃帶底下，鼻頭滲出汗水。

這……難道……

她睜開眼睛看了看，逸子和阿姨專心聊著。聽得到兩人的話聲，但睡意愈來愈濃。好睏，好睏。睡意濃到教人無法招架。

智子在意識的外側聆聽著逸子的聲音，飄向淺眠中。她在淺眠中——做了夢。

是逸子。逸子在病房裡，但不是這家醫院。病房格局不一樣，有大玻璃窗，而且逸子一身應該不必再穿的連身圍裙般的白色防護衣，懷裡抱著什麼。

註：日本習俗中，男孩會於三歲和五歲，女孩會於三歲和七歲，盛裝打扮，由父母帶到神社參拜，感謝神明保佑順利成長。

那是——嬰兒。

逸子在笑。笑容洋溢。她抱著嬰兒，彷彿是世上最珍貴的寶物。

她頭髮當中的白絲十分醒目。

「小眞，看，是奶奶喔。」逸子對著懷裡的嬰兒說。

那嬰兒是逸子的孫女——領悟這件事，智子彷彿從夢中被撈起來，頓時清醒。

智子張開眼睛，太陽穴依然疼痛。那尖銳的痛楚，就像針狀物從右往左刺穿。

隨著劇烈的心跳恢復平靜，痛楚也漸漸緩和。

逸子和阿姨還在交談。兩人在笑。什麼事都沒發生。她們什麼都沒發現。

但智子醒悟到，剛才看到的景象的意義。

隨著記憶復甦——**那股力量也一起回來了**。鐘擺再次擺動。時鐘開始刻畫時間。齒輪繼續轉動。

智子覺得自己早有預料。不，她似乎一直在等待。儘管害怕、恐懼，我知道這股力量會重新回到我的身上。

（但我已不是孩子。）

我努力活到現在，不會再任由那股力量折磨。如同父母期望的，我從災禍中倖存，有所成長。

兩度性命垂危，卻都活了下來。儘管一度主動尋死，如今我依然活著。

這一定代表著在命運賜死之前，我都必須懷抱著這股力量——看見不確實的未來的力量，繼續活下去。

直到某天此身腐朽爲止。直到眞正應死的時機造訪爲止。

該如何與這種力量共存？該如何妥協？這種力量能對什麼、能爲誰派上用場嗎？不知道。目前仍不清楚。而且，現在也不是想這個問題的時候。

只想著要活下去吧。想著明天的事吧。

智子感到體內汩汩湧出沉靜的力量，閉上眼睛。逸子和阿姨明亮的聲音宛如鳥囀，悅耳極了。

如果告訴逸子，將來妳會成爲名叫「小眞」的女孩的奶奶，她會露出怎樣的表情？想到這裡，智子揚起微笑。

沒錯，雖然沒有任何人注意到，但智子確實露出了微笑。

燔祭

一打開晚報，那個標題立刻映入他的眼簾。

事件本身極爲聳動，因此標題字體也又粗又大。但這天是某政治人物大規模瀆職案的首次開庭，所以社會版的中央部分被瀆職案的新聞占據。那篇報導淪落至配菜的地位，被趕到版面左角。

即使如此，他還是第一眼便看到那個標題。因爲他一直在想，總有一天會發生這種情況，總有一天會在報紙上看到這樣的標題，或是在電視上聽到這樣的新聞頭條。他始終認爲，沉睡在不曾開啓，卻也從未上鎖的心靈抽屜裡的檔案，總有一天必須再次打開。

當時他回到家，才剛脫下外套。外面在下雨，掛上衣架的外套還沾著水滴，反射出光線。脫下濕掉的襪子丟進洗衣籃，點燃香菸後，往水壺裡裝水放到瓦斯爐上，準備燒水沖咖啡。他一屁股坐到沙發上，接著拿起晚報。沒想到，那個標題躍入視野。她就在那裡。

一向如此，他想著。她是個不按常理出牌的人，總是唐突地現身，唐突地消失——

屋裡的空調已打開，但還未吐出暖風。桌上丟著今早喝完的咖啡杯，和一枚碟子，角落黏著麵包屑。一如往常的住處，理所當然的日常。

他注視著報紙的標題，大大地吐出一口氣，開始閱讀內文。

〈荒川河岸發現四名男女焦屍〉。

報導寫著，本日清晨，有民眾在荒川河岸發現一輛小轎車，約莫是遭火焚燒，整輛車子焦黑。那是一輛三門掀背車，只有駕駛座車門半開，其餘車門全部關著。車上找到三具焦屍，乍看之下連性別都無法分辨。車子內部也慘遭火吻，金屬部分融化變形，看得出即使時間不長，但發生火災時車內溫度極高。

後座有兩具屍體，副駕駛座有一具，燒到幾乎炭化，尚未查出年齡和身分。不過，從骨格推測，三具焦屍裡，後座右側的屍體應該是女性。

第四具屍體在離該輛轎車約十公尺外，朝著河川、以雙手前伸的姿勢倒地。這具屍體也燒得焦黑，頭蓋骨有部分粉碎凹陷。

屍體周邊和車內都找不到任何可追查身分的線索。死因尚未確定，車子也礙於車牌融化，無法辨識，查不出車主——

或許是發生在清晨，雖然是第一次見報，但報導內容頗爲詳細。他認爲這樣就足夠了。

他握著報紙，雙手放在膝上，瞪著半空。空蕩蕩的房間裡，白牆上幾乎沒有裝飾品，電視機旁邊只掛著印有銀行名稱的月曆。雖說這年頭年輕男人變時髦了，但薪資微薄的獨居上班族男子的住處，頂多也就是這樣了。

——**她回來了**。

她回來了。總算、終於回來了。不知不覺間，他出聲低喃。

廚房裡，水壺嗶嗶作響。水滾了。那聲音嚇了他一跳，報紙滑落腳邊。「焦屍」的鉛字從地毯上仰望著他，若有深意地微微右傾。

他想起那天——兩年前的那天晚上，她站在那台啓動特別慢的空調底下，擦拭著濕髮，一邊仰望他的眼神。焦屍。那天晚上她的眼中，是否也寫著這兩個字？

（你眞的不後悔？）

她的聲音在耳底響起。

水壺刺耳地不停叫囂。他站了起來，盯著瓦斯藍白色的火焰片刻才關火。接著她抬起頭，望向窗邊的小書架。

書架上有幾本汽車雜誌，其餘大多是不動產相關法規的書籍。毫無色彩可言的書架上，孤伶伶而突兀地擺著一個粉紅色與白色條紋相間、宛如扭股糖的東西。視力好的人，遠遠地也能看到露出頂端短短的芯，認出那奇妙的物體是蠟燭。

只點燃過幾次，就放在那裡積灰塵的蠟燭，燭身上有孩子氣的筆跡以平假名寫著「和樹」。是他的名字。是妹妹在畢業旅行中看到，買給他的禮物。

（反正哥也不想要京都的特產吧？）

妹妹當時笑著這麼說。

（所以，這是在選物商店買的。如果是蠟燭，至少停電的時候能派上用場。）

父母認爲就算特產了無新意，但既然去旅行，便該按慣例買回來，於是妹妹又笑答「好吧，等高中畢業旅行再說」。

然而，妹妹沒有這個機會。寫有古怪名字的花哨蠟燭，是她第一次也是最後一次在旅行中買回來的禮物。

他盯著蠟燭，燭火點燃的那個夜晚仍歷歷在目，宛如昨日才發生。同樣是在那天晚上，她擦乾頭髮後點燃的。沒用火柴，也沒用打火機。

當下她低喃著「是爲了你妹妹而點」。

她回來了。如同那天晚上她預告的。

（你要留意報紙。只要上了報，你就會知道那是我，知道我還活得好好的。）

意思是，她做爲上膛的手槍，仍活在世上嗎？

他大步橫越房間，穿上剛脫下的外套。走近書架，拿起蠟燭，注視片刻。翻過來一看，上面以更小的字體寫著妹妹的名字，「雪江」。出生在下雪的日子，膚色白皙的女孩。

尚未拉起窗簾的玻璃窗上，下個不停的雨化成銀絲，不斷滑落。他忽然注意到，每當想起妹妹，天空總是下著雨。

輕輕把蠟燭放回原位，熄燈走出房間。他知道要去哪裡，因爲記憶仍如栩栩如生。

1

正確地說，第一次遇到她，是五年前的四月一日。那應該是他進入東邦製紙公司，被分派到業務部的日子。至少她是這麼說的。她說送上午的郵件給他，他彬彬有禮地道謝，讓她留下了印象。

但他完全不記得那天見過她，也沒有向她道謝的印象。當時業務部有五名女性正職員工，光是要記住這些負責行政事務的女員工的姓名和長相，就得費一番工夫，更別提其他部門的女員工——況且只是來送郵件的女員工，會毫無印象，也是無可厚非吧。

再加上一進公司，他立刻被派去參加社內研習營，離開剛分配到的辦公桌，一個月後才回來。明明還沒著手負責任何像樣的工作，但他不在的期間，桌上竟堆滿郵件。看著那些郵件山，他的腦袋一團混亂。可是，他沒意識到，把那些郵件送到他的辦公桌上，並依日期有條不紊地分類擺好的她。

後來，剛進公司的他，忙於以外務爲中心的工作，與低調地在公司分類、派送郵件的她之間，依然沒有機會和時間產生關聯。他經常和同期同事和前輩一起去吃飯喝酒，參加員工宿舍的舍慶活動、和其他公司的女職員聯誼等等，朋友一多，人際圈子也廣了。儘管和客戶的銀行女員工約會過，但他不曾在這類場合遇見郵務部的女員工。況且，郵務部本身在東邦製紙公司裡並不被視為正式部門，所以這或許是沒辦法的事。

偶爾，他會和推著放有許多信封、大小包裹的推車經過通道的郵務部女員工，在走廊擦身而過，或一起搭電梯。即使是這種時候，說得極端一點，他對她們的感覺就只是公司的設備之一。郵件只要投進業務部門旁的「本日配送」郵箱裡，她們就會來取件，拿到郵局去寄。如果有寄給他的郵件，她們就會送到辦公桌上。僅僅是這樣而已。即使她們不是活生生的女人，而是機器人，他也不會感覺到有任何差異吧。實際上，不會與人交談，只會安靜地移動，送來或收取郵件的郵務部女員工，不光是他，在所有東邦製紙公司的員工眼中，都和機器人沒兩樣。

進公司滿兩年後，他搬出員工宿舍，遷進東京都內的出租公寓。同事都調侃他，是不是要結婚了？但他暫時沒有計畫，何況他連對象都沒有。搬家的理由十分單純，他厭煩了一大群人吵吵鬧鬧過日子。他生長的四人家庭裡，父母安靜得甚至讓人感到冷漠，妹妹年紀又相差很遠，因此，總是熱鬧擁擠的宿舍生活，無論在好或壞的意義上，根本都與他不合。雖然通勤時間變長，房租的負擔也不容小覷，不過擁有獨處的空間，果然讓人打心底鬆了一口氣，能夠獲得眞正的休息。

但他還是參加了剛搬出去沒多久就舉行的舍慶活動。突然不往來頗奇怪，而且會有許多女生來玩，沒道理平白放棄這樣的機會。

她也來參加舍慶活動。那一年是郵務部女員工頭一回參加。聽說總務部有女員工發難，指出就算郵務部不是正式部門，但平日一起共事，也受到她們幫忙，卻把郵務部排除在外，豈不是太說不過去？這些內幕是到很後來他才得知。

舍慶活動上，他負責炒麵攤。從進公司那一年起，他就一直負責炒麵攤。說是舍慶活動，實際上和飯局沒兩樣。跟一般聯誼的不同之處，只在於酒和料理是以「擺攤」形式，由住宿的男員工準備。因此，在雙薪家庭的父母訓練下，大部分料理都得心應手的他，便受到莫大的器重。

「自從你進了公司，炒麵和什錦燒都變好吃了，大家讚不絕口呢！」當時的宿舍長還這麼說。

這不全是客套話，當他站在煎台前，許多來玩的女員工都表示希望他搬出宿舍後也要來參加舍慶活動。聽說他和那些女員工交談時，她也在場。他沒有印象，但她說兩人聊了一、兩句。

總務部有個資深女員工姓有田，就是她匯整郵務部女員工的意見並提出要求。當時有田也幫忙將害羞的郵務部女員工介紹給宿舍的男員工，製造聊天的機會。聽說，有田把她介紹給他：

「她負責業務部的郵件。業務部有很多大包裹，非常辛苦。今天你得特別優惠一下喔。」

「於是，多田你應一句：原來郵務部有這麼可愛的女生。」

她如此描述，他卻毫無記憶。那約莫是在活動的熱鬧氣氛中，應酬的客套話之一吧。所以，那個時候他依然不認識她，連長相都不記得。沒留下印象，代表她並不特別漂亮，也缺乏特徵，同時也不是他喜歡的類型。

人與人的邂逅如何定義？要以哪個時間點，來界定一個人「邂逅」另一個人？如果是指雙方確實記住彼此的臉和姓名，那麼在漫長的時間裡，他都沒與她「邂逅」。根據此一定義，或許可說，除了郵務部極少數的員工以外，她並未「邂逅」任何一個職員。

她像是會呼吸的幽靈。每天從她們手中收到郵件的東邦製紙公司的員工，比起她的長相，更記得每天早上通過的車站驗票口的站員、員工餐廳的工時人員的長相。即使會在乎站員的舉動，或餐廳阿姨的心情好壞，也沒人會在乎只是推著郵件經過的她的心情好壞。

他也一樣。跟雖然看見她，卻沒看進眼裡的眾多職員一樣。他的時間與她的時間各自流逝。原本他們應該不會感到有所妨礙或拘束，一直在東邦製紙公司工作下去吧。

如果沒有發生那件事的話。

他位在千葉縣市川市的老家，至今門口依然掛著寫有一家四口姓名的門牌。父親、母親、他，還有妹妹。是距今恰恰十年前，房屋改建時，請專業的師傅打造的門牌。

「感覺會出現在時代劇裡。」

門牌完成後，妹妹看著手工雕刻在檜木板上的自己的名字，這麼評論道。聽到當時七歲、讀小學二年級的妹妹這番話，父母和他都笑了。「怎麼會是時代劇？」他問，妹妹天眞無邪地回答：

「聽說《大岡越前》（註）主角的夫人名字就叫『雪江』。」

每次去爺爺家過夜，妹妹都會陪爺爺看時代劇，所以知道這一點。

確實，以正楷書體雕刻，塡上墨汁的文字，看起來極爲鄭重，甚至有些小題大作。他的名字「多田一樹」也顯得正氣凜然，比起一介學生，更令人聯想到昭和初期的年輕政治人物，或財經界的風雲人物。

大學畢業後，直到進入東邦製紙公司的六年之間，一樹都在這個家度過。他的房間和雪江的房間位在二樓南側，隔著狹窄的走廊相對，每次妹妹的朋友去她房間玩，呱噪的話聲連在他的房間都聽得一清二楚。

他和雪江相差九歲。在父母眼中，妹妹是遲來的孩子，而且是渴望許久的女孩，從嬰兒時期就捧在掌心，非常疼愛。如果年紀差距再小一點，一樹或許會因受到冷落而變成乖僻的哥哥。

在他九歲那年的冬天，突然冒出來的妹妹。當時他對嬰兒是從哪裡來還沒有正確的知識，但很快發現剛出生的嬰兒頗爲棘手。三更半夜也在哭，換尿布十分累人。每次雪江要洗

註：日本一九七〇年開播的黃金時段連續劇，以江戶時代的南町奉行大岡忠相爲主角。

澡，都把父母搞得人仰馬翻。雪江喝完奶沒打嗝，母親便會操心老半天。明明他在餐桌上打嗝，就會挨罵「沒規矩」。

還是嬰兒的雪江整天睡個不停。一樹放學回家，她在睡覺，一樹吃飯的時候她也在睡，一樹上床就寢前她還是在睡，一樹早上起床她依然在睡。

「她怎麼一直睡？」

母親說，嬰兒的工作就是睡覺。

「嬰兒眞好命。」

「別說傻話。」母親笑道。「雖然在睡覺，但她聽得到周圍的談話聲。哥哥要常常跟小雪說話喔。」

「就算跟她說話，她也不會回應啊。她根本一直睡。」

「很快她的眼睛就會追著人看，也開始會笑了。」

周遭的朋友都沒有相差九歲之多的弟妹，但班上有個男生，有一對小五歲的雙胞胎弟弟。對方說世上再也沒有比小嬰兒更煩人的東西了。

「現在還好，等他們要吃離乳食品的時候，臭尿布就會把你薰死。」

聽到這樣的忠告，他更覺得嬰兒無聊，而且麻煩透頂。何況妹妹本來就很無聊，如果是弟弟，長大以後可以一起玩。怎麼會生出那種東西呢？當時一樹頗爲嚴肅地思考這個問題。

生下雪江後，母親暫時辭掉工作，所以整天都在家裡。一樹放學回來，母親一定會催促：「來看看小雪，跟她說你回來了。」忙著帶孩子、身心疲憊的母親變得有些容易動怒，他大多乖乖聽話。而且，雖然沒辦法告訴父母，但其實嬰兒身上酸酸甜甜的奶香讓他非常懷念，只有這一點他很喜歡。

不過，不管什麼時候靠近嬰兒床，雪江都在酣睡。

「白～痴。」

即使俯視著她小聲咒罵，她一樣頂著紅潤的臉，照睡不誤，一點反應也沒有。這傢伙眞的活著嗎？他幾乎要心生懷疑。

直到能夠理解這些事的年紀，他才知道雪江出生時體重在早產兒邊緣，如果發育不良，可能必須送回設備齊全的醫院。換句話說，記憶中的雪江是個異常安靜的嬰兒，這是符合事實的。

雪江出生後的一個月之間，兄妹的感情就是這種程度。即使父母開心地說「今天小雪笑了」，一樹也從未親眼目睹。雖然探頭看嬰兒床的時候，發現雪江張開眼睛醒著的次數變多，但還是一樣，就算在她面前揮手，她也毫無反應。嬰兒眞的有夠無聊。

然而，沒多久就發生一件事，扭轉了他的心態。

那天剛好是年底的結業典禮。朝會上，一樹和旁邊的朋友聊天，不小心跑出隊伍，不巧被學年主任抓得正著。這個老師有段時期因爲體罰過當，在家長會上成爲眾矢之的，當時也一樣，既然抓到多田一樹不專心聽校長致詞，和朋友傻笑談天，他便絲毫不留情面。而且不知怎地，老師的心情可能也不好，他把一樹從隊伍裡拖出來，拉到最後面，冷不防朝一樹臉上就是一拳。不只一拳，是兩拳。要挨第三下拳頭時，級任導師衝過來制止，但一樹過度驚嚇和害怕，連話都不會講了。

多田一樹在學校裡不是醒目的學生。無論在好或壞的意義上，幾乎沒有老師會特別注意到他，然而，學年主任卻劈頭就用拳頭招呼。這樣過度的體罰，氣得導師全身發抖，但一樹只想快點忘掉，希望當成根本沒這回事。挨打之後，回到隊伍裡，朋友都一臉擔心或打趣地直瞅著他，他覺得實在非常討厭。這種處境比什麼都更難以忍受。

所以回到教室，領完第二學期的成績單，一樹便頭也不回地衝回家。寒假期間，同學就會忘了今天的事吧。

靠近自家的時候，遲來的震驚與難過，導致鼻子裡一陣酸楚。如果哭出來，母親會發現。一樹喉嚨咕嚕作響，想把淚水連同唾液一起吞進肚子裡，但不太順利。於是，他沒說「我回來了」，而是悄悄打開玄關的門。

幸好母親不在樓梯底下的房間。洗衣機在運轉，她似乎在陽台晾衣服。一樹坐在廚房椅子上，拚命壓抑盤踞在心頭、想哭的感情，還是一樣不順利。

母親下樓的腳步聲傳來。情急之下，一樹跑出廚房，衝進隔壁房間。那是父母的臥室，雪江的嬰兒床也放在裡頭。

這樣正好。就算媽媽發現，只要藉口在跟嬰兒說「我回來了」就行。一樹走近嬰兒床，雙手抓著護欄，探頭看雪江。

今天雪江依舊在酣睡。粉紅色臉頰沐浴在柔軟的冬日陽光下，散發著光澤。

「我回來了。」一樹說。他不是在對妹妹說，而是在試驗能不能如常向母親打招呼，而不會洩漏在學校出了什麼事。他只是在練習不發出哭腔。

沒想到，一樹剛出聲，嬰兒閉著眼睛，竟露出微笑。

嬰兒嘴角擠出小小的酒窩，圓潤的臉頰輕輕抽動，閉著的眼皮線條也變得圓滑。

一樹第一次看見嬰兒笑。在睡夢中毫無理由地微笑——這是新生兒常見的舉動。他完全不知道這是名爲「新生兒微笑」的現象。

一樹覺得雪江在對著他笑，彷彿要安慰他。

這時，背後的門打開，母親走進來。她發現一樹在房裡，驚呼一聲。

「啊，嚇我一跳。你回來啦。」

一樹還趴在嬰兒床的護欄上，雪江已收起笑容，但他覺得如果出聲逗弄，或許雪江會再對他笑。

「媽，雪江笑了。」

一樹又差點哭出來。

這天下午，導師來進行家庭訪問，父母終究得知朝會上發生的事。不過，撇開丟臉的心情，從這天開始，一樹變得有些喜歡嬰兒——

雪江第一次學會走路的情景，一樹記得一清二楚。他和朋友玩耍回家，發現雪江站在玄關連接木板地的地方。由於天氣暖和，門敞開著，所以一樹清楚看見穿乳白色連身衣的雪江，搖搖晃晃地抓著走廊牆壁站立。

不久前雪江就會自行站立，扶著輔助物走路。此刻，她注意到門口的一樹，笑咪咪地想走過來。不知怎地，她的手從牆上放開了。只見她的身體一晃，東倒西歪地前進。走了三步，前方就是脫鞋處，下面有三層台階。頭重腳輕的雪江來到木板地邊緣，一定會倒栽蔥地摔下玄關。

一樹踢開自行車，邁開可能有兩公尺寬的步幅，以連自己都難以置信的速度穿過庭院，在雪江跌下玄關的前一刻抱住她。勁道過猛，他的額頭結結實實撞在台階上，眼前金星亂冒。那道巨響，還有差點跌倒的驚嚇，讓雪江「哇」地放聲大哭。

母親衝出屋內，訝異地關切發生什麼事。一樹抱著哭泣的雪江，眨著眼睛，忍不住笑道：

「媽，走廊差不多該裝圍欄了。」

母親不禁睜圓雙眼。

「雪江會走了。」一樹說。

和妹妹一同成長的十五年。

街坊鄰居常說多田家的雪江很黏哥哥。聽到這種話，一樹覺得很害臊，也覺得很糗，一點都不開心，但並未疏遠雪江。

雪江上國中以後，經常因爲課外活動、上才藝班晚歸，一樹會開車去車站前接她。聽說雪江的朋友反應不一，有人羨慕，有人調侃。有時他會讓住附近的雪江朋友一起坐上車，依序送她們回家，對方的父母感到十分稀罕，甚至有些狐疑地看著他。事後聽說，一樹和雪江離開後，朋友的母親追問不休：「那個人眞的是多田的哥哥嗎？」

「哥哥接送妹妹，値得那樣大驚小怪嗎？」雪江忍不住大笑。

後來一樹搬進公司宿舍，雪江忽然說：「哥哥不在，晚上回家路上都會怕怕的。」語氣明亮，但似乎不盡然是玩笑。五月連假期間，一樹回家時，雪江笑說鄰居大嬸們動不動就問：「哥哥不在家，妳一定很寂寞吧？」

當時他並未深思妹妹話中的含意。他認爲雪江只是隨口提提，事實上也是如此吧。雪江漸漸到了學習獨立的年紀，曾和母親激烈大吵，也會忤逆父親。這種時候，任何一邊都不幫的一樹弄個不好，會兩邊不是人。

隨著妹妹的成長，以某個意義來說，九歲的年齡差距反而擴大了。若是兄弟，或許會是另一種情形，但在一樹眼中，不管雪江長到幾歲、變得多成熟，她依舊是那個臉蛋圓潤的小嬰兒。不只是可愛，也逐漸變得美麗的青少女的妹妹臉蛋，像錯視畫一樣，還隱藏著一哄就會甜笑、搖晃學步的幼兒的部分。

他也想過，正因如此，往後與現實中妹妹的距離，恐怕只會有增無減。

一樹離家第三年的春天，雪江順利考上第一志願的高中。他從母親那裡聽說，妹妹似乎交了男朋友。一樹忙於自己的生活，即使偶爾回家，也沒機會見到妹妹。兩人的關係漸漸變得如此，他有些遲地領悟，這樣才是理所當然。或許雪江意外地很早就會嫁人，而且她的英文不錯，可能會想出國留學。此外，和只是單純考慮通勤方便的一樹不同，或許雪江意外地很快就會想搬出家裡……

他想了很多。設想過各種可能性。然而，多田雪江卻以父親、母親、一樹，任何人都沒預想過的形式，獨自離開她的家人。

她遭人殺害。那是兩年前，雪江高二暑假的事。

2

等電車來太慢了，一樹直接跳上計程車。他依著記憶中的地圖，向司機說明地點，但抵達一看，兩年前和她一起來——被她帶來的時候不存在的大樓，卻矗立在要找的店家斜對面，瞬間他還以爲搞錯地點。

店開著。玻璃門上「parallel」霓虹燈的第一個P字不見，也和那時候一模一樣。雨勢漸強，雨水從突出的帆布遮陽棚嘩嘩流瀉而下。

面對馬路，有五扇鑲著古雅木框的窗戶。每扇窗邊各有一張桌子，桌上各有一座燭台。現在五張桌位坐滿三張，蠟燭也亮起三支。裡面的吧檯有一對情侶坐在高腳椅上，肩挨著肩。兩人之間也有燭光搖曳。

她沒有來。

一樹收起雨傘，推門入內。傘上的雨滴尚未完全落盡，穿制服的服務生便走近。他說朋友會晚點來，要求坐窗邊的桌位。服務生輕快地點點頭，為他帶位。

窗邊最裡面的桌位。巧的是，這是之前和她一起來時坐的同一張桌位。連這點小事，也讓他覺得是吉兆。

「客人的朋友是一位嗎？」服務生問。

「一位。呃……請問這裡營業到幾點？」

「凌晨兩點。最後點餐時間是午夜十二點。」

一樹先點了咖啡，看看腕表。十點半。

服務生端了熱毛巾和礦泉水杯過來，剛要點燃桌上的蠟燭，一樹出聲制止：

「等我的朋友到了再點吧。」

服務生殷勤地說好，露出淡淡的微笑，也許是一樹的要求讓他感到很浪漫。

等我的朋友到了——如果她來了，根本不必勞煩服務生點火。一樹注視著立在威尼斯玻璃製的美麗燭台上的蠟燭，茫然想著。

下個不停的雨，流過窗玻璃。如果她來了，就站在窗外，會馬上發現我嗎？不會被雨幕遮擋，看不清楚嗎？他一點都沒變，但也許她變了。在這兩年的光陰裡。在這中間不知道出了什麼事的兩年光陰裡。

或者是因爲短短一天前，剛經歷的殺人行爲。

一樹依然凝望著窗外。不過冷靜想想，今晚她根本沒有理由來這裡。一樹的直覺沒有任何根據，但他還是不由自主想過來，無法放棄她會在此現身的願望。

她或許會來。如果是她，什麼事都有可能發生。只要是她的話。

一樹親眼見證過這一點。就在兩年前的夏天，安葬雪江後的短短半個月內。

雪江加入高中的戲劇社。初次聽聞時，一樹相當驚訝：那傢伙這麼熱愛演戲嗎？雪江從小喜歡畫畫，國中參加的是軟式網球社，他一直以爲妹妹會加入美術社或網球社。

細問之後才知道，雪江在戲劇社不是當個小女星，而是負責舞台美術。一樹也笑說「區區高中戲劇社，還舞台美術呢」，但看到一年級秋季校慶公演時拍的照片，他發現雪江其實非常用心。當時演出的居然是莎士比亞的《馴悍記》，雪江熱切地訴說服裝準備眞的費了好一番工夫，成就感十足。

「我們去二手古著店，便宜買來舊和服，重新縫製成禮服，也用了睡袍。還把爸爸的舊襯衫衣領和袖口縫上蕾絲，做成男士禮服。」

如果能夠像和田惠美（註）那樣，從事電影美術工作就好了——雪江也提到將來的夢想，看起來十分快樂。

高二的暑假，雪江忙著準備預定秋季上演的《夢幻騎士》。由於盂蘭盆節連假排了旅行，一樹只回老家一天。那個時候雪江也是晚上八點多才一臉疲憊、精疲力盡地回來，一邊吃晚飯，一邊怨嘆：「爲什麼我們社團的人，總愛演些像扮裝遊戲的劇碼？」

「嘴上那樣說，如果明年他們要演現代劇，妳是不是又會第一個跳出來反對？」

聽到一樹的揶揄，雪江輕吐舌頭笑道：

「明年我們就是考生，才沒空搞社團。」

妹妹說雖然實在不可能讀藝大，但正在和父母討論要去考私立美術大學。

「學什麼美術，當心以後找不到工作。」

「女生讀什麼都一樣啦。除非是念理科，女生找工作本來就難關重重。」

這是最後一次與妹妹深談的機會。事後回想，那個時候雪江談的全是未來的藍圖。她有許多想做的事，夢想多到雙手都捧不住。她哈哈大笑，嘰嘰呱呱地一分鐘都安靜不下來，表情也瞬息萬變。她什麼時候變得這麼活潑？一樹有些意外。他覺得雪江眞的非常熱愛戲劇——舞台美術。

註：日本服裝設計師，知名作品包括黑澤明導演的《亂》、大島渚導演的《御法度》等。

整個暑假，雪江似乎從早到晚都在製作服裝。她說會忙到最後一天，八月三十一日。那天，戲劇社成員在校內的社團教室待了一整天。聽說報告和作業還沒完成的社員聚在角落的課桌埋頭苦寫的時候，雪江專注於製作唐吉訶德扮演幻想中的騎士的戲服。事後調查，發現她還有一篇報告沒完成，但她似乎完全拋到腦後了。

雪江和一起負責美術設計的四名女同學忙到晚上七點多，但仍有些部分沒有完工，於是決定各自帶回家做。分配好工作和材料，一行人在七點半離開，並向職員室的值班老師道別，老師叮嚀她們回家路上小心。

路上小心。

當然，她們隨時都很小心吧。現代社會沒那麼和平，十幾歲的小女生走夜路根本無法「放一萬個心」。但夏季白晝很長，而且走出校門時才七點半。抵達離家最近的車站時，也才八點多。電視仍在轉播夜間球賽，公車還有班次，路上仍有行人。雪江沒感受到任何具體的危險，在車站前搭公車，在平常的公車站牌前下車，經過路燈照亮的住宅區街道，踏上歸途。

徒步不到十分鐘路程，中間有一段沒設行人專用道的小路，被公園和興建中的住宅區包夾，但只要加快腳步，兩、三分鐘就能通過。家門近在咫尺。

路上小心。沒錯，雪江應該足夠小心了。

過了九點，雪江依然不見蹤影，母親先是打電話聯絡雪江戲劇社的朋友。那個朋友的家比多田家更遠，對方家長說女兒還沒回家。聽到這個回答，母親擔心的水位暫時停住。約莫是暑假最後一天，做得太認眞，較晚離開社團教室。過去雪江最晚回家的一次，是超過九點半。

但那次雪江有從車站前打電話回家報備——

母親看著時鐘，想到這些事。父親總是十一點以後才會回家。母親一個人魂不守舍地聽著電視機的聲音，豎起耳朵，殷殷期盼聽見玄關大門打開的聲響。

到了十點，母親再次撥打電話。雪江的朋友已到家。她說大家一起在七點半離開社團教室。母親沒聽完就掛斷，打給雪江別的朋友。那個朋友說了一樣的話。另一個朋友也一樣。下一個朋友也一樣。

打電話到學校時，母親的膝蓋開始發抖。値班老師接起電話，說多田同學七點半就離開學校了。

「她還沒回家，其他同學都到家了。」

聽到母親的話，老師說：「我馬上過去。路上我會看看有沒有她可能會去的地方。」

母親一掛電話就衝出家門，目不斜視地跑過通往公車站的路，所以沒發現。她在公車站等到第三班公車經過，在夜晚凝滯的悶熱空氣中，心急如焚地目送亮著空車燈號的計程車空虛地通過時，懷疑該不會和女兒錯過，又踏上回家的路才發現。

右邊是公園，左邊是工地。蒼白的路燈俯視著雙線道的那條路。將擁有年輕女兒的母親的想像力引向最黑暗之處的道路。

路上掉著一隻雪江的鞋子。

當然，一樹並未親眼看到那幕情景，但他想像得出。

仲夏夜晚的柏油路——把白晝的豔陽照射累積的熱氣，耗上一整晚不停吐出的馬路正中央，母親低頭注視著那隻鞋子，茫然佇立。母親是先撿起鞋子，還是先失聲尖叫？

然後，一樹想起當時自己在哪裡、在做什麼。

當時他剛下班，走出公司。那天很熱，同事相約去附近的飯店裡，只在夏季營業的庭院啤酒屋。

「雪江沒回家。我報警了，總之你快點打回來。」

直到日期變成隔天的凌晨一點多，喝下肚的啤酒大半化為汗水排出，一樹才聽到電話答錄機裡母親慌亂的聲音。

至今他仍記得一清二楚。一回家就看見電話答錄機的紅燈閃爍，這是常有的事。理所當然。只是日常一景。但按下播放鍵之後傳出的，卻是從來沒聽過的母親沙啞的聲音。

一樹什麼都沒帶，直接衝回老家。接下來的三天，多田家的三個人不停地等待、尋找、擔心雪江，感覺魂魄懸在半空，夜不安枕。然而，轄區警署的刑警打電話過來，結束他們艱難的等待時，一樹覺得要他再等多少年都行，只希望那通電話是假的、只是一場夢。

刑警同情地壓低嗓音，宣告：有人發現雪江的遺體漂浮在江戶川河口附近的水面。

店門打開，新的客人進來。是一對年輕情侶。女方脫下濡濕的雨衣，從皮包掏出手帕，擦拭穿西裝的男伴肩膀。

時鐘的指針越過十一點。一樹仍獨自對桌而坐，蠟燭依舊未點燃。

這麼說來，那天也在下雨。接到通知發現雪江遺體的電話後，一樹在老家廚房的窗前，看著夏末烏雲密布的天空落下大顆雨珠。他扶著窗框，心想在這些雨滴流入的河水中，雪江浸泡了多久？

所以，每逢雨天，他總會想起雪江。妹妹的靈魂現在仍淋著雨，仍漂浮在水中。

驗屍結果顯示，雪江的死因是溺斃，腰骨和左股骨骨折。這代表什麼，父母當下似乎無法意會，但一樹想到了。只有一樹想到的事，負責的刑警也想到了。

「這是什麼意思？」

母親一臉走投無路地低喃。刑警的眼神中帶著猶豫，望向一樹。一樹的嗓音彷彿凍結，無法開口。

「意思是，雪江從哪邊掉進河裡嗎？所以才會漂到那種地方嗎？」母親問。「是嗎？欸，一樹，是這樣嗎？」

可是，到底是從哪邊摔進河裡？……母親繼續低喃，像不依不饒的孩子。我們家附近沒有河啊？

這時，父親垂下目光，默默握住母親的手。啊，爸也想到了，一樹暗忖。雖然這件事超乎我們、超乎一般人的想像，殘忍到讓人甚至不願意去想像。

「要更進一步調查才會知道吧。」父親摟著母親的肩膀起身。「今天先這樣，我太太得休息一下。」

父親對刑警說完，把母親帶出房門。離開之際，母親仍喃喃自語。欸，雪江是溺水了嗎？是從哪邊掉進河裡……？

確定父母關上房門離開後，一樹問：「是車子，對嗎？」

刑警點點頭，「應該是。」

雪江是被車撞了。在那條路上。撞人的駕駛沒有將雪江送醫，也沒有叫救護車，而是趁著沒有目擊者的情況，搬上車載走。然後，開到更杳無人跡的地方，把雪江扔進河裡。

死因是溺斃，表示被扔進河裡的時候人還活著。

「爲什麼不乾脆逃走？」

一樹忍不住囁嚅。

「把人丟下跑掉，事情不就結了嗎？」

雪江或許失去意識了，但她是腰骨和股骨骨折，即使身受重傷，也不至於當場斃命。如果肇事者把雪江留在原地，母親應該會在去公車站的路上發現她，立刻將她送醫。

「是以爲被看到車牌號碼了嗎？」

一樹想知道答案。做出如此泯滅人性的行徑，總該有某些理由。他想要知道。若是能夠接受，憤怒就有發洩的地方。

刑警注視著一樹，粗獷的十指交握又鬆開，彷彿非把極爲燙手的東西交給一樹不可，卻不曉得怎麼做才好。

不久後，他沉聲開口：「媒體會大肆報導，遲早你都會知道吧。」

一樹抬頭看著刑警。

「其實，東京都內發生過兩起相同的案子。從手法來看，恐怕是同一名歹徒下的手。」

「什麼意思……？」

「被害者全是穿制服的女高中生。」刑警接著說：「雖然被丟進河裡，這是第一次……前兩起案子，受害者一個被載到秩父，扔下山坡，另一個——大概是傷得太重，在歹徒的車子裡斷氣，被丟棄在青山靈園附近的路上。」

一樹總算理解刑警想表達什麼。

「意思是，這是故意的？」

刑警默默點頭。

「故意——從一開始就打算撞人，開車逼近，然後、然後……」

「應該就是這樣的凶殘犯罪。」

「可是，目的是什麼？」一樹不由自主地提高嗓音，「對方只是女高中生，身上根本沒錢啊！是惡作劇？還是想性侵？雪江遭遇了那種事嗎？」

說出口的這句話，伴隨著令人作嘔的迴音，回到耳中。爲了覆蓋那道聲音，一樹又提高語調：

「雪江被性侵了嗎？」

刑警平靜地回答：「令妹還有其他兩名女高中生的身上，都沒查出這樣的痕跡。雖然隨身物品不見，但如同你剛才說的，不可能是爲了劫財，恐怕是爲了掩飾犯行而帶走。」

「那到底是爲什麼……」

只剩下一個答案。雖然難以置信，但只有這個答案。

「從一開始就是爲了殺人嗎？」

刑警眨了眨眼，「除此之外，別無可能。」

「出於好玩嗎？開車追撞女高中生，拖進車子裡，載到隨便一個地方丟掉，歹徒在享受這種過程嗎？」

刑警沉默不語。一樹也無法再說出任何話，只是瞪著對方。

「你們會抓到凶手嗎？」

一樹好不容易擠出這句話。他沒有其他想說或是想問的事了。

「你們一定會揪出凶手嗎？」

「絕對會。」刑警回答。

隔天，各大報紙皆報導了此案的詳情，並重新爬梳前面兩起案子，列出事實，指出應該是同一名歹徒所爲。

對於瀕臨崩潰的母親來說，這似乎成爲致命一擊。最後，母親甚至無法出席雪江的喪禮。

擔任喪主的父親拿著麥克風，卻無法在出棺前出聲致詞。一樹代替父親，僅向前來弔喪的客人致謝。拿到麥克風的時候，一旁的親戚想接過一樹抱在懷裡的雪江遺照，但一樹並未交出去。他一手緊抱著遺照致詞。

遺體的狀態沒有他們所恐懼的那麼糟糕，雪江的遺容十分平靜，看起來像在沉睡。有幾年沒看過妹妹的睡臉了？一樹暗暗想著。

守靈的時候、舉行喪禮的時候，一樹都沒掉淚。聽著雪江同學們抽泣哽咽的聲音，他內心空洞地站著。他聽見虛無的風吹過耳際，甚至無法爲妹妹莫名遭遇的災禍感到憤怒。至少在一樹有意識地打開的心靈抽屜裡，找不到絲毫憤怒的力氣。

喪禮結束那一晚，父親和母親那邊的親戚商量，希望他們能暫時幫忙照顧母親。一樹獨自步下玄關。就是雪江第一次學會走路，差點跌落的玄關。台階的高度依舊。他坐在那裡，久違地抽起大學畢業時戒掉的菸。

他突然想起雪江說過的話。

（哥哥不在，以後晚上回家都會怕怕的。）

門燈關掉了，玄關一片漆黑，只有菸頭亮著一抹紅光。

扶著牆行走的雪江。站在玄關的雪江。看到一樹，便笑咪咪地從牆上放開手，想走近的雪江。最初的一步、兩步、三步。那個時候抱住的雪江，嬌小的身體還散發著甜膩的乳香。

有誰知道剛開始學步的她，人生的盡頭竟是如此收場？

那個時候一樹抱住妹妹。沒讓她受半點傷。

（哥哥不在——）

嗚咽聲猛然衝上喉頭，一樹摀住嘴巴。香菸旋轉著滾落腳邊。

半晌，一樹一動也不動，抱頭坐著，直到嗚咽聲退去。這段期間，菸蒂燃盡。

不久後，緩慢地、淡淡地，宛如清水湧出，一個想法浮現腦海。彷彿極爲自然，彷彿他再明白不過。

我會替妳宰了那傢伙。

一樹雙手撐著頭，腳確實踩在心底最堅固的岩地上，暗自呢喃。把妳害成這樣的傢伙，我會替妳宰了他。我絕對不允許那傢伙在妳沉睡的這片天空下自由行走。

我絕對會宰了他——

時鐘的指針持續前進，一樹持續等待著。一段時間後，店內只剩下一樹和後來的那對情侶。

雖然不停續杯，服務生也沒擺臉色給他看，但眼神逐漸轉爲同情。他沒吃晚飯，想到就算是做做樣子，也應該點份晚餐時，已過午夜十二點。

雨下個不停。天氣預報說雨會下到什麼時候？

爲了安撫無處安放的心，一樹回想報導的內容，試著在腦中重現案情。荒川的河邊。四名男女的焦屍。燒到炭化的人體。

其中一人離開車子，在河岸被燒死。應該是試圖逃離，以爲只要跑走，就能甩掉她。

不過，她怎會認識這些男女？不，與其說「認識」，不如說是「查出」、「盯上」比較正確吧。不過，一次四個人。雖然早就知道她辦得到，但如何執行？

這時，轟雷掣電般，一樹靈光一閃，差點從椅子上站起。在吧檯旁無所事事的服務生敏感地察覺動靜，想走過來。

然而，一樹彷彿遇上鬼壓床，只是盯著半空，眨著眼睛。剛才想起的話語，不斷在腦中盤旋。

焦屍。**四名男女**。

其中的「女人」，是不是她自己？

服務生一臉詫異地走近。一樹感到腋下冷汗直淌，不知不覺間，手在發抖。

「需要什麼服務嗎？」

服務生禮貌詢問。

「啊……不，沒事。」

一樹支支吾吾地回答，於是服務生轉身離開。瞬間，心潮一陣起伏，一樹叫住他。

「不好意思——」

服務生轉頭，「什麼事？」

「其實，我在等常來這裡的一位小姐。」

服務生是二十歲左右的青年，也許是打工的大學生。

「這樣啊。」

「對，她總是一個人來，點一杯紅酒，坐一小時左右。雖然是一個人來，但有空位的時候都會坐在窗邊。她喜歡這裡的窗邊座位。」

「喔……」服務生表情嚴肅地側了側頭。裡面的吧檯，其他服務生關注著他們，有人嘴角浮現笑意。

「你在店裡做了很久嗎？」一樹問。

「不，大概一年左右而已。」

年輕的服務生不小心忘了用敬語。他驀然驚覺，有些慌了手腳，於是靦腆地補上一句：

「而且只做晚班。」

「哦……那位小姐應該也都是晚上過來，而且是滿晚的時間。你有印象嗎？身材中等——不，有點清瘦。頭髮齊肩，沒有燙。」

應該吧。如果和兩年前一樣的話。

「是一個人前來的小姐，對嗎？」

「對。在這種餐廳裡滿少見的吧？」

服務生有些爲難地笑了笑，回頭望向背後的同事。

「有時也會有一個人前來的女客。」

「可是，你沒有印象嗎？她應該常來。乍看十分樸素，但仔細看會發現很漂亮。沒有化妝。她幾乎不化妝。」

服務生綻開笑容。不是先前客套的笑，而是發自心底的笑。

「我去問問其他同事。」

他留下這句話，折回吧檯。同事們的臉上浮現好奇之色。

一樹已不覺得困窘，腦袋被其他問題占滿。在那之後，她就沒來這家店了嗎？如果她沒來是因爲——

（不要找我，留意報紙就好。）

於是，她在昨天喪命了嗎？四名男女的焦屍。其中唯一的女子，就是她自己嗎？

屍體燒到連身分都無法查出。

（留意報紙就好。）

如果她死了，不管再怎麼等，她都不可能出現。

是這個意思嗎？她那天說的話，是指殺人的時候，自己也會一起陪葬嗎？

還是，殺害盯上的目標時，遭遇不測，導致她無法脫身？

有可能，一樹兀自點頭。女屍在汽車後座，而且是三門掀背車。她自己也逃不出去，和其他兩名男子一起燒死。逃出車外的，只有坐在駕駛座的男人——

一樹看到那篇報導，便反射性地跑來，但靜下心思考，也可能發生這種狀況。

（有時候連我自己都控制不了，力量會任意發動……）

就像槍械爆炸一樣。她這麼說過。

「客人……」

是剛才的服務生。只見他的臉頰微微抽動，似乎在忍住笑意。

「其他同事也不記得您剛才提到的那位小姐。」

「這樣啊……」

「但我們的年資都不長，廚房人員待得比較久，不過這一行人員流動很頻繁。而且我們是打工人員，不會太仔細去注意客人的長相……」

一樹雖然沮喪，仍點點頭說：「沒關係。不好意思，問了奇怪的問題。」

「不客氣。請問……」

「什麼？」

「咖啡幫您續杯好嗎？」

最後，一樹在店裡待到凌晨兩點打烊。一個人離開店裡的時候，所有服務生都目送著他。他漫不經心地想著，從明天起，好一陣子他們的熱門話題都會是我吧。

3

雨一直下到早上。一樹聽著雨聲，度過一個輾轉難眠的夜晚。

出門上班，一成不變的工作等著他。早上開會結束，預定要去拜訪客戶，因此他提著公事包出門。業務課的女職員半帶玩笑地問：「你的臉色不太好，是宿醉嗎？」

跑外務的時候，每個月一定會見面一次的客戶關東財管公司的負責人也說「你今天似乎精神不太好」。他和擔任負責人的資材課長加藤，從剛進公司就認識，菜鳥時期便承蒙他多方指導。年齡上，比起一樹的同事，更接近一樹的父親。

「你們年輕人也有不少壓力吧。」

處理完文件，加藤課長拿起女職員端來的茶杯說道。

「你進公司幾年了？三年左右嗎？」

「五年。」

「咦，這麼久啦？差不多是會碰上第一個瓶頸的時期。」

加藤露出有些懷念的眼神，接著說：

「這種時期，不管做什麼都不順利，會開始產生辭職的念頭。我是在進公司大概第六年的時候，每天上衣胸前的口袋裡都放著辭呈來上班——」

說到這裡，加藤一頓，看著一樹，像注意到遺落的事物。

「還是……對了，令妹的忌日快到了嗎？」

一樹急忙搖頭，「不，那是九月的事。」

加藤略微蹙眉，「是嗎？」

「對。她是在暑假最後一天失蹤。」

加藤課長十分清楚雪江遭遇的不幸，也來參加了喪禮。加藤這個客戶與一樹的關係就是這麼親密，而且加藤有兩個女兒，曾說「我感同身受」。

但都過了兩年——

「您還記得我的妹妹。」

加藤的神情稍微黯。「怎麼可能忘記？那時候你一定很難熬。不，就算是現在，你還是相當難過吧。」

雖然辦了喪禮，凶手卻毫無眉目。待在老家無事可做，一樹坐立難安，又回去上班。他感激旁人的關懷，但雪江遭遇那種事，生活卻一如往常地繼續運行，實在匪夷所思。爲什麼會跟以前一樣？發生那種事，爲什麼我有辦法坐在辦公桌前，接電話、處理文件？他好想拋下一切衝出去。

除了公司的同事以外，第一個向他提起妹妹的案子的人，就是加藤課長。一樹例行性地拜訪客戶，表達對加藤出席喪禮的感謝時，加藤表示：

「有什麼我幫得上忙的地方，儘管說吧。雖然可能派不上什麼用場，但只要我辦得到，絕對會不遺餘力。」

就在這時候，加藤提到他有兩個女兒。

一樹忽然想起此事，忍不住脫口而出：「那個時候，我對加藤課長說了很可怕的話。」

加藤的杯子停在唇邊，眨了眨眼：「可怕的話……？」

「對，我說要宰了凶手。」

確實如此。一樹記得很清楚，這是他第一次把決心告訴身邊的人。至於爲什麼不向同事而是向客戶傾吐，他也想不透。但當時一樹被「不曉得怎麼安慰你才好」、「你要堅強」這些關切的話語壓得快窒息，加藤那句「只要我辦得到，絕對會不遺餘力」，讓他覺得是傾吐眞心話的唯一出口。

「你不提我都忘了。」課長將茶杯放回桌上，點點頭。

「你是認眞的呢。」

「對，是認眞的。」

加藤看了一樹一眼。

「你現在還是這麼想嗎？」

一樹不禁遲疑。要如何措詞，才能做出最正確的回答？

但加藤課長搶先開口：「你會有這種念頭也是難怪。抱歉，問了這種問題。」

一樹默默行禮。

離開關東財管公司，他走向車站，一面思考。沒錯，我是認眞的，再認眞不過。當時我認爲沒有其他選項，所以眞的試著設法殺掉凶手——

如果我這麼回答，加藤課長會有什麼反應？

我得到強大的武器，於是嘗試殺掉凶手。

強大的武器。

沒錯，她就是那強大的武器。武器主動投靠一樹。

雪江的喪禮過後約十天左右，嫌犯浮出檯面。多田家的兩人——一樹和父親，是在報紙報導的前一天下午，從負責此案的刑警口中得知。

刑警的語氣很謹愼。聽著聽著，一樹漸漸明白理由是什麼。搜查工作陷入瓶頸了。

「老實說，這名嫌犯並不是我們在查案過程中找到的。」

那個時候的父親不是寡默，而是幾乎化成石頭。刑警應該十分清楚這一點，幾乎都是在對一樹說明。

「什麼意思？」一樹問。

「有人提供線報，」刑警表情苦澀，「而且是來自完全無關的途徑。」

是前天的事而已，刑警接著說。

「警方破獲以新宿、澀谷一帶爲根據地，非法販賣甲苯的集團。藥頭全是成人，但被逮捕的人當中，有幾名未成年。」

「是買毒的客戶嗎？」

「沒錯。有三名少年，分別是十六、十七、十八歲，都有接受輔導的前科，是所謂的無業少年，在風紀課和少年課是常客。」

其中十八歲的少年，向偵訊他的風紀課刑警宣稱，知道女高中生命案的凶手。

「他們撒謊成性。」刑警斬釘截鐵地斷定，「有時候會爲了交易而撒謊，也會純粹爲了反抗我們，捏造莫須有的情節。但茲事體大，風紀課的刑警仔細追問了一番。」

暫時用A稱呼那名少年吧——刑警接著說：

「A說那些女高中生命案，在他們隸屬的集團——嗯，只是混在一起的一夥人，從很久以前就相當出名。有一夥人在幹那種事，不是A隸屬的團體，A並未見過他們，但聽過他們的傳聞，也有人看過那夥人，知道他們的名字。」

「既然如此，爲什麼不早點通知警方？」

在多達三個人犧牲以前，在雪江遇害以前。

「告訴警方沒有好處。」刑警回答。「就算置之不理，對他們也沒有損害。不僅如此，隨便向警方告密，很可能會遭到報復。」

一樹頓時沉默。他能說什麼？就算主張「這麼嚴重的事，不能因爲沒好處就坐視不管」，對那些人也不管用吧。

「不過，這次値得把情報提供給警方。A不僅是吸食甲苯的慣犯，還做了類似藥頭的事。雖然未成年，但這次被逮捕，接下來的處分可沒那麼輕微了。他就是明白這一點，才願意透露吧。」

「那麼，警方依照A的說詞進行搜查嗎？」

「沒錯。」刑警重重點頭。「確實，A身邊的不良少年之間，流傳著關於女高中生命案的傳聞。循著那些傳聞抽絲剝繭，我們找到A說的那群少年。」

一樹傾身問：「能將他們繩之以法嗎？」

「我相信可以。」刑警看著一樹的眼睛回答。只是，那熱切的態度，反倒增加一樹心中的疑慮。還有，他說「我相信可以」，而不是「可以」。

「光憑傳聞，無法當成證據吧？」

「確實如此。警方正在全力追查相關事證，並尋找物證。」

「錯不了嗎？確定就是他們嗎？」

刑警欲言又止。他顧慮著始終沉默的一樹父親。於是，一樹揚聲應道：

「不必客氣，有什麼話就直說吧。」

刑警低聲說：「那群少年四處向其他不良集團，吹噓他們殺害女高中生的事。」

瞬間，一樹的腦袋變得一片空白。

「吹噓？」

「說就是他們幹的，警察根本沒什麼好怕的。」

一樹靠到椅背上，幾乎無法呼吸。

「你還好嗎？」刑警挪近膝蓋。這時，一直沉默的父親啐道：

「他們知道就算被捕，因爲未成年，也不會判多重的刑。」

一樹望向父親。父親一臉蒼白，放在膝上的手顫抖著。

「我們一定會找到證據，將犯人逮捕歸案。」

刑警說著，明明一點都不熱，卻做出揩去額頭汗水的動作。

「刑警先生，」一樹說：「警方要和那些人進行交易嗎？」

「交易？」

「你剛才不是說了嗎？那個買賣甲苯被捕的少年A提供情報，警方會減輕他的罪責嗎？」

「絕對沒有這種事。」刑警斬釘截鐵地否定，「不曉得那些人是從哪裡道聽塗說，但他們只是一廂情願地以爲有這種事而已。」

即使到了後來，一樹依然沒有機會得知少年A具體上受到什麼處分。不過，他推測應該不是多重的刑罰。因爲記者打聽到警方查出嫌犯集團的線索，頻繁造訪多田家，當中有人告訴一樹：最早提供情報的不良集團成員的少年還問，受害者家屬不會給他紅包嗎？

案情毫無進展。

不，實際上偵查或許有進展，但似乎不是朝確定罪證的方向前進。各家報紙雖然都有後續報導，卻都不約而同地寫著「物證不足」，版面一隅還附上嫌犯家長的意見：「誣衊一個清白的人爲殺人凶手，這是侵犯人權！」

一樹靜靜觀望著。警方怎麼想他不知道，但他需要的是確信，而非證據。之後，刑警也繼續來報告偵辦經過。一樹拜託刑警即使是對他們不利的事，或只是狀況證據都沒關係，希望能坦承以告。

據說，那群少年行凶時都用偷來的車。首領是吹噓殺害女高中生的主要人物，一名十七歲的少年，父親經營二手車行，所以十分熟悉車子。現在的汽車防盜功能相當先進，沒辦法像電視劇演的那樣輕易偷到手，需要技術、知識和工具。警方考慮從這個方向切入，步步進逼。

「那名少年眞的曾向夥伴吹噓是他幹的嗎？」

「很多人聽到他這麼說，而且都是他的夥伴。」

「那名少年感覺是會做出這種事的人嗎？」

「這個問題很難回答，如果是指他的品行是否有問題，可說就算他會做出這種事也不奇怪。」

即使追問少年做過什麼事，刑警也不願詳細回答。

「他叫什麼名字？住在哪裡？」

刑警一樣不肯回答。

「我是受害者家屬，所以你不肯告訴我嗎？」

「不是這樣。因爲目前他只是有嫌疑。」

「而且他未成年嗎？」

刑警頓時沉默——

中午過後，一樹回公司一趟。天空又烏雲密布，一樹在辦公桌上寫著簡單的報告，雨下了起來。

「啊，眞討厭，又下雨了。一直下一直下，都不會膩耶。」

約莫是來辦事，總務部的有田來到附近，對一樹說道。

「你怎麼一臉晦氣？」

「他宿醉啦。」隔壁同事打趣地說。有田笑了，但同事一離開座位，她立刻湊到一樹的桌子旁邊，收起大半笑容問：

「怎麼了？」

「沒事啊。」

「是嗎……？今天朝會的時候，我就覺得你樣子怪怪的。」

「有點睡眠不足。」

有田觀察著一樹的神情：

「為了你妹妹的事？」

每個人都這麼觀察入微，還是自從看到那篇報導，我的臉上就寫著「雪江」兩個字？一樹暗想。

「喔，我沒有打探的意思。只是你每次表情陰沉，多半是為了妹妹的事。」

有田打圓場似地說。剛要離開，一樹叫住她：

「有田姊，妳吃過午飯了嗎？」

有田回頭，「還沒，我今天輪到接電話。」

總務部的女職員會在午休時間輪流接聽電話。這麼說來，有田抱著的聯絡簿，是用來通知各部門午休時間打來的電話內容紀錄。

「方便借用一點時間嗎？」

於是，兩人一起離開公司。附近有幾家咖啡廳提供午餐，一樹不想在員工餐廳談這件事，所以去了其中一家。

挑好咖啡廳落座之後，有田正色問：

「是什麼事？」

直到開口叫住有田的前一刻，一樹都未具體想到要向她打聽什麼。他只是覺得，有田是這家公司裡唯一熟悉她的人。

「或許妳會覺得沒頭沒腦……」

「沒關係，你說吧。」

「妳還記得青木淳子嗎？」

這是她的名字。青木、淳子。若非以那種形式結識，他根本不會知道的名字。即使會在公司裡擦身而過，也不曾意識到的名字。兩人似乎交談過幾次，但都未能讓他留下印象的名字。

有田微微歪了歪頭，「青木？」

「對，兩年前在郵務部的女生。」

有田用送來的熱毛巾擦著手，小聲呢喃：「青木、青木——」

「她很不起眼，是突然辭職。」

有田的臉一亮，「啊，是那個青木吧？嗯，我記得是十分乖巧的女生。對，她突然說要辭職，郵務部困擾極了。因爲她做事相當認眞。」
「妳們有往來嗎？」
「往來是指……？」
「經常聊天之類的。」
有田笑答：「我們部門和郵務部很近，碰面當然會聊幾句。但我算是公司裡的老大姊，年輕女生都顧忌我三分，她並未特別當我是姊妹。」
「妳知道誰跟她比較熟嗎？」
「我想想……」
「你打聽這個做什麼？」
有田有些裝模作樣地板起臉，交抱雙臂，接著露出惡作劇般的眼神：
一樹沒有笑。他覺得起碼應該客套地笑一笑，但說出她的名字，表情卻無可避免地僵硬起來。
「我是認眞的。」
有田的笑意更深，「當然是認眞的。你一向認眞嘛。」
聽到這句話，一樹總算笑出來。
「不是的，不是有田姊以爲的那樣。」
「哦，我以爲怎樣？」

「不是我們以前有過一段情之類的。」
「是喔？」有田打趣地說：「然後呢？」
「由於一些原因——我希望能聯絡上她。」
有田目不轉睛地看著一樹。直到餐點送上桌，女服務生離開之前，她的視線都沒移開。
「有什麼內情嗎？」有田問。
「是的。」
有田嘆了口氣，「什麼嘛，真無趣。」
然後，她又笑道：「開玩笑的，什麼無趣，我只是在說笑。不過，不好意思，我跟青木不熟。以前就不熟，現在也不知道她的近況。」
「她在公司裡有沒有朋友？」
兩年前她本人說過：我盡量避免和別人有任何牽扯，這樣比較安全。
（但我覺得能幫上你的忙，所以——）
「如果她在公司裡有朋友，便不會說走就走吧。」有田喃喃道。「感覺她很孤單。郵務部的工作本來就不是正職，人員流動頻繁，那裡的女生都是懷著打工心態進來的，通常不會待太久。青木也是——我不太確定，大概待了三年吧，但她算是待得久的。她自然而然就和我們斷絕交流。」
「這樣啊……」

一樹原本就不抱希望，果然行不通嗎？

「為什麼想聯絡她？」

有田的語氣轉為嚴肅。

「看是什麼理由，我可以幫你挖出總務部的舊名冊查查，畢竟拜託的人是你。」

一樹清楚即使查舊資料也沒用。兩年前她剛消失的時候，一樹拜訪過她登記在員工通訊錄上的住址。那是一棟小公寓，她在離職的同時，也搬走了。一樹找到房東，編造公司還有薪資尚未付清的理由，試圖問出她的新住址或父母的住處，但兩邊都落空。連房東也對她一無所知。

（這是例外。她一次付了半年押金，所以雖然沒有保證人，還是讓她搬進來。我只知道她上班的地方。她是東邦製紙公司的員工，對吧？那是家大公司。這樣啊，她辭職啦。搬家的時候，除了房租以外，電費、瓦斯費之類的都繳清了。）

「她是個好女孩。」

有田吃著咖哩喃喃道。

「工作認眞，又乖巧。」

房東也這麼說。她是個好房客，愛乾淨，見面都會打招呼。

在任何人眼中，青木淳子都是這樣一個女孩吧。乖巧，不起眼。不管在不在場，都沒人在乎。個性不強勢，也不漂亮，絲毫不想引人注意，似乎很怕生，不喜歡待在人群裡。

宛如會呼吸的幽魂。

然而，這樣的青木淳子，腦中卻有特大號的火焰噴射器。

那天——見到淳子的那一天。

那個時候，連只能透過報紙和電視瞭解案情的外界人士，都能清楚看出警方的偵查徹底觸礁。被視爲嫌犯的少年們接受長時間的訊問，但每一個都堅決否認涉案，找不到半點線索，也依然找不到任何物證。

然而，一樹已不在乎。他的心底已有所確信。他詳細研究從刑警那裡聽到的案情，閱讀新聞報導，面對頻繁來訪的記者們，也以述說家屬心聲、回憶生前的雪江做爲交換，蒐集到刑警沒向多田家透露的資訊，得出一個結論。

殺害雪江的，絕對就是涉嫌重大的不良集團。主犯是刑警說的那名十七歲少年。有個中古車商父親，四處向夥伴吹噓犯行的少年。

爲了問出他的姓名和住處，一樹向某個女記者說出雪江第一次學走路的回憶。媒體開心地帶走這類報導內容。一樹認爲，若是爲了查出凶手而公開私人回憶，雪江應該不會反對。

少年名叫小暮昌樹。從東京都內的高中退學後，便游手好閒。刑警不肯透露，但他曾因爲犯下一次傷害罪、兩次濫用強力膠、一次性侵，遭到警方訊問。

女性雜誌的記者說，少年是如假包換的壞胚子。

「大概是昌樹讀國一的時候，小暮家附近連續發生家犬、家貓，還有公園的鴿子被切斷四肢和耳朵，或是綁起來丟進河裡的惡質傷害事件。聽說附近鄰居都認爲，八成就是昌樹幹的。他喜歡傷害小動物的事，很早就傳遍鄰里。」

小暮家頗爲富裕，父母都是正經人士。昌樹是二兒子，大他兩歲的長男在校成績優秀，鄰居也都讚不絕口。

「可是，哥哥兩年前受重傷，被救護車送醫急救。雖然母親編造許多藉口，說什麼在浴室跌倒，遭門上的玻璃割傷手，但大家議論紛紛，懷疑是弟弟昌樹傷人。」

自從被視爲嫌犯，鄰居望向昌樹的眼神更加冰冷。然而，本人完全不介意，還主動接受蜂擁而至的媒體訪問。

「他到底在想什麼？自以爲是名人嗎？」

我是清白的，警方太蠻橫無理——

「他在夥伴之間依然囂張，誇口說沒有證據，警方動得了他就試試看。雖然本性惡劣，但腦筋不差，是個教人膽寒的小鬼。」

事實上，一樹才從記者那裡聽到這些事，幾天後小暮昌樹便和父親一起召開記者會。一樹透過電視看到那場記者會。

小暮昌樹是個高瘦俊秀的少年。染成茶色的偏長頭髮中分，燙出波浪。穿著圖案花哨的外套和牛仔褲，一開始雙手插在口袋裡，被父親糾正，又伸了出來。

小暮的父親，外貌和穿著跟一樹遇到的任何一個管理職客戶沒兩樣，從頭到尾都憤憤不平。我兒子是清白的。沒有證據。警方的偵訊沒有正當理由，所以我兒子才會這樣公開表明自身的清白——從途中開始，一樹只盯著一同出席的律師。每當父親憤慨地呼籲大眾體諒兒子受創的心靈時，戴著無框眼鏡的律師便會略略垂下目光，觸摸鏡架。最後，一樹甚至猜測那是不是小暮父親的「憤怒開關」，只要律師一碰鏡架，小暮的父親就會吐出憤怒的言詞。

我兒子是清白的。

那爲什麼他四處吹噓殺了女高中生？

根本沒有理由懷疑他。

那爲什麼他會說，警方動得了他就試試看？

就是你幹的。

一樹在內心如此宣告，關掉電視。就在隔天，淳子向他攀談。

「你是……多田先生，對吧？」

一樹走出公司便門附近的電梯時，有人喊住他。

回頭一看，她站在那裡。粉彩色上衣，搭白裙子。雙手將肩背包抱在胸前，一臉肅穆地看著他。一樹覺得她就像個害羞的女高中生。

「我就是多田……」

「我叫青木，郵務部的。青木淳子。」她行一個禮。

此刻是晚上八點多，但一樹感覺今天算是提早下班了。不過通常這個時間，女員工，而且是郵務部的人，應該早就走光了。

「郵務部？平常謝謝你們幫忙……有什麼事嗎？」

她的眼神像是在顧忌旁人的目光。玄關大廳空無一人。櫃檯和正門都關了，除了便門這一側以外，燈也已全部熄滅。只剩警衛室還有人聲。

「這裡不方便交談……」

她客氣又笨拙地說道。

「交談？」

她露出真的很爲難的表情，緊緊抱著包包，目光低垂。

「妳有事找我嗎？」

一樹模糊地反問。她抬起頭，接著彷彿硬著頭皮，匆促地低聲解釋：「是關於令妹的事。」

一樹一陣錯愕，頓時說不出話。公司的女員工，想跟我談命案的什麼事？

淳子接著說：「我應該能幫上你的忙。」

「幫忙？」

淳子再次環顧周圍，確定沒有旁人後，走近一樹說：

「我覺得警方抓不到凶手。」

一樹默默盯著她。

「所以，你決定殺掉凶手，對吧？」

我看得出來，所以我想幫你。她說這句話的聲音、當時的唇語，直到現在，一樹仍會在夢裡聽見、看見。

於是，她帶一樹去「parallel」。她說想一個人放空腦袋的時候，經常會來這裡。她說喜歡這家店，但應該不是眞心話。這家店有蠟燭，她才會選擇這裡吧。

在桌旁坐下，淳子立刻吹熄點燃的蠟燭。一樹不覺得這個舉動有任何意義。他只是愣住，懷疑同樣身爲年輕女子，她過度同情雪江不幸的遭遇，而有點失常了。

「多田先生想殺掉凶手——至少也要殺掉主犯的那個少年，對吧？」

淳子看上去有些蒼白的白皙臉頰略微緊繃，開口道。

「這……如果那傢伙眞的是凶手，我當然想殺了他，可是……」

「可是……？」

「那是警方的工作，不然就是法院的工作，不是我們可以任意爲之。即使是死者家屬也一樣。」

淳子望向窗外，低低地說：「別假了。」

她的嘴角甚至浮現冷笑。

「妳怎能這樣說——」

淳子打斷一樹，筆直迎視他。「冠冕堂皇的話就免了。我知道你決定要殺了他，那些表面話就省省吧。」

確實如同她說的，一樹決心藉由某些手段殺害小暮昌樹。他腦中盤算著模糊的計畫，感覺心變得堅硬緊繃，瀕臨碎裂，前晚一夜無眠。

「妳怎麼知道？」

「雖然並非每次都能成功，但我能看出別人的想法。」

一樹噗哧一笑。「妳會讀心術？」

「對。但我得重申，那不是問題。只要是普通人，不管任何人，只要有機會和方法，都猜得出你想殺了他。」

淳子白皙的臉上毫無笑意。儘管如此，她卻十足冷靜，語氣平和，聲音小到稍不留神就聽不見。

「我可以成為凶器。」淳子說。「我可以成為你的凶器。就像一把槍，成為狙殺那傢伙的工具。我就是想告訴你這件事。」

太扯了——一樹打算起身離開。就在這時，淳子剛才吹熄的蠟燭忽地點燃。蒼白的火焰無聲無息地搖曳著。

一樹交互看著火焰和淳子。

「怎麼回事？」

淳子微笑，「是我點燃的。」

這更扯了。一樹這次眞的站起來，朝門口走去。他不禁心裡發毛。

一路延伸至門口的吧檯角落，有一打未使用的蠟燭。每一支都是新的，立放在盒子裡。一樹經過的瞬間，那些蠟燭同時點燃。

一樹頓時僵住。還沒有人發現。服務生聚在另一頭。十二支蠟燭，十二朵火焰，燃燒搖曳著。

回頭一看，淳子正望著他。

Pyrokinesis——意念控火能力。

之後，一樹查了許多辭典，卻沒有任何一本記載著這個詞條，僅在列出可疑的超能力實例的書本中零星看見。

淳子說，她從嬰兒時期就擁有這種能力。

「學會控制這種能力前，我受過無數的燒燙傷。其中包括必須送醫治療的嚴重傷勢。爲了避免引起附近人家的懷疑，父母帶著我四處搬遷。」

說到這裡，淳子稍微抬手撩起劉海，露出額頭。上面有一塊約手掌一半大的燒燙傷疤痕。

「還有手。」她挽起袖子。只見手腕內側有著差不多大小的疤痕。

「我完全不知道自己怎會有這種能力。」她淡淡地笑。「我看了許多書，卻沒有一本告訴我答案。聽說這種力量是隔代遺傳，但不管是祖父母或外祖父母都很早就過世了。」

她微微聳肩。

「也許是擁有這種力量才會早死。」

一樹沉默著，聲音彷彿被奪走。這時，他總算開口：「只能點燃蠟燭，沒辦法成爲武器。」

「可是，在這裡施展更多力量太危險了。」

「那不是魔術嗎？」

一樹還在懷疑淳子的心智是否正常，不想過度刺激她。他想盡可能和平地談話。

「一定要在這裡證明？不能只是談談？換個地方也不行？你懷疑我瘋了是嗎？」

一樹努力平靜地說：

「我希望妳現在就證明。」

反正她不可能證明——一樹這麼想。世上根本不可能有這種事。

淳子望向窗外，似乎在尋找什麼。接著，她輕嘆一口氣。

「雖然有點缺德，但找不到別的東西，沒辦法。」她說。「而且這裡禁止停車。」

她的目標是一輛停在「parallel」窗戶正前方的賓士車。車身寬闊的銀白色車體鎮坐在那裡，像要阻擋通行。

淳子也沒有特別準備的樣子，只是目不轉睛地盯著那輛車。人們在打電動遊戲或看到特別有趣的電影時，經常會露出這種神情。嘴唇緊抿，一瞬不瞬地瞪著目標。

那天十分晴朗，秋意化成涼風，夜晚街上的行人都一臉舒爽。這樣的行人在「parallel」前方的馬路，從左至右，或從右至左，川流不息地往來穿梭。

一樹注意到，就在近旁的賓士車——引擎蓋的一角逐漸變色。

銀白的引擎蓋邊緣，一點一滴地加深顏色，彷彿被看不見的手塗成銀灰色。

一樹不禁屏住呼吸。

銀灰色的部分突然膨脹起來，化爲帶狀，寬度約占引擎蓋的三分之一。那並非單純的變色，仔細一看，整片引擎蓋都在扭曲。

開始融化了——

「parallel」的玻璃窗起霧，至少在一樹眼中是如此。路過的兩個女人突然摀住鼻子。一樹恍然大悟。是煙。玻璃窗籠上煙霧。

「這裡怎會這麼熱？」

窗外的女人說。一樹緊握雙手，看得目瞪口呆。

賓士車的引擎蓋完全變成銀灰色，前面凹陷，明顯看得出金屬融化了。

淳子的視線並未移動，表情有些緊繃，像在用力抬起略微沉重的物品，或是抱著郵務部收到的小包裹要交給什麼人。

她的手放在膝上，「parallel」店內沒有任何變化。

「咦，這煙是怎麼回事？」

窗邊桌位的客人看著窗外驚呼。

「喂，外面是不是有什麼在燃燒？」

這一瞬間，隔著玻璃窗，一樹看見賓士駕駛座的座椅噴出火。那是灰色的皮革座椅，十分光滑。感覺靠近就能聞到皮革氣味的座椅，突然從內側爆開，燒了起來。

「車子燒起來了！」

窗外有人叫喊。窗邊的客人驚訝地站起，服務生連忙跑過來。

緊接著，後座噴出火，靠墊也在燃燒。「砰」一聲，車子上下震動。在震動的衝擊下，融化的引擎蓋完全凹陷。

淳子一動也不動，目光沒有從車子上移開。她的雙眼瞇成一條線，放在膝上的雙手握得緊緊的，手背浮出血管。

又是一道沉悶的爆炸聲，車子劇烈震動，往後一退。是輪胎，輪胎燒了起來，一樹暗想。賓士車宛如即將沉沒的船隻般傾斜，內部充斥著熊熊烈火，鮮紅的火舌在玻璃窗裡四處舔舐。玻璃逐漸變色——

油箱，萬一火延燒到油箱就糟了。

情急之下，一樹抓住淳子的手。但她看也不看一樹，緊盯著車子，雙肩拱起，雙臂在膝上撐得直直的。

「住手。」一樹說。「夠了，我知道了，我懂了。」

淳子並未停手，彷彿聽不見他的聲音。

副駕駛座的玻璃窗破裂，噴出火焰。店外響起一陣陣尖叫聲。

「住手！」

一樹大叫，同時一記耳光打在淳子臉上。掌摑聲連在騷動的店內都聽得一清二楚。

淳子像被潑了一盆水，渾身一震，驀然回神。這一瞬間，一樹感覺她與某種無形的巨大力量之間的連結斷掉了。好似被硬扯開來，或是強制關掉電盤總開關。

遠方傳來消防車的鳴笛聲，賓士車還在燃燒。附近有人拉出水管，開始噴水。約莫是太慌張，水柱遲遲射不中車子。但淋到水花的引擎蓋冒出水蒸氣，像把蔬菜丟進燒燙的平底鍋，滋滋作響。

淳子肩膀上下起伏，不停喘著氣，白皙的臉頰上清楚浮現一樹的指痕。

「你相信了嗎？」她小聲地問。

我就像一把上膛的槍，淳子說。

「我很清楚自己有多危險，所以不會對外使用。像今天這種騷動，自從我有辦法控制能力以後，一次也沒發生過。」

「爲什麼……妳願意爲我妹妹使用這種力量？」

兩人離開「parallel」，並肩走在路上，一樹問道。他仍無法相信親眼目睹的情景，卻不想再要她證明一次。

「我一直隱藏著這種能力。」淳子說。「只要不小心生氣、哭泣，一旦情緒激動，就會發動能力。我一直覺得不能與人有任何關係。」

郵務部裡會呼吸的幽魂。毫不起眼、連名字都不會有人記住。

「但我是一把上膛的槍。」淳子又重複一次。「手中有一把上膛的槍，誰都會忍不住想擊發。」

夜晚的熱氣中，一樹卻不禁一陣哆嗦。

「但發射的時候，我想朝正確的方向射擊。朝著對別人有幫助的方向射擊。」

我覺得時機到了，所以才來找你——

和昨天一樣，一樹在雨中回到家。翻開報紙，他看見荒川河岸事件的後續報導。死者身分尚未查出，車子是贓車。

贓車。一樹盯著這兩個字，盯到雙眼發澀。

——妳也一起喪命了嗎？

一樹知道小暮昌樹的住址，輕易就找到那裡。小暮家是飾磚圍牆圍繞的二樓透天厝，亮著門燈。玄關大門旁的房間也亮著。雖然沒有動靜，但似乎有人在裡面。

第一天晚上，一樹只是去看看。必須挑選昌樹一個人的時候下手，必須等他出門。一樹並未進行任何勘察，要怎樣才能讓昌樹落單，他也毫無頭緒。

一樹開車載著淳子，連續三晚前往小暮家。第三天晚上，有人敲打駕駛座車窗，抬頭一看，警徽映入眼簾。是在監視嫌犯的刑警。

不巧的是，對方認得一樹。

「你怎麼查到這裡的？」

刑警逼問，把一樹和淳子驅離現場。淳子從頭到尾不發一語，一樹告訴刑警她是朋友時，她也默默低著頭。

「看來警方沒放棄。」

離開小暮家時，淳子低語。

「起碼還在監視嫌犯。」她說。

爲了擬定計畫，一樹幾乎每晚都和淳子兩個人在外頭走動。她不想去一樹的住處，也不想讓一樹知道她住在哪裡。她希望保持神祕。
「沒必要知道槍的來歷。」
相反地，她央求一樹談談他的妹妹。雪江是怎樣的妹妹？你們感情好嗎？她將來的夢想是什麼？告訴我、告訴我、告訴我——
「妳知道這些要做什麼？」
一樹問，淳子神情嚴肅地回答：「想知道是爲了誰開槍，十分理所當然吧？」
不知爲何，一樹對於說出雪江的事感到遲疑。或許是淳子的眼神，就像以前某個刑警那樣，過度熱切的緣故。與雪江的回憶，必須更輕柔地呵護才行。
但一樹還是說出寫有他名字的蠟燭的事，因爲他覺得很適合淳子。沒想到，淳子說：
「哪天讓我點燃那支蠟燭吧。」
等到復仇結束。等到正義的制裁實現。
兩人幾乎天天碰面，會像一般男女那樣閒聊。聊公司，聊生活。在公司走廊擦身而過的時候，淳子會故意裝成不認識，但他經過以後，她一定會回頭。一樹也會回頭。然後，淳子抿唇一笑。這一瞬間，一樹實在無法單純視她爲武器，也忘了正在與她擬定殺人計畫。她的力量本身，變得毫不現實。
直到兩人獨處，淳子開口提起之前。
「欸，要怎麼殺那傢伙？」

很多時候，兩人會一邊兜風，一邊在車上聊天。某天夜晚，兩人開車到晴海盡頭，在放眼望去空無一物的海埔新生地，突然被一隻大狗攻擊。兩人信步走了幾圈，回到停車的地點時，那隻狗突然從輪胎後面衝出來。似乎是在這一帶占地爲王的野狗。

一樹驚嚇逃離，同時尋找有沒有能當武器的東西。棍棒也好，磚塊也行。野狗撲向一樹。脖子上掛著骯髒破爛的項圈，本來應該是寵物吧。但發出低吼撲上來的那張臉孔、那眼神、那露出的尖牙，都看不到絲毫曾在某戶住家任人類摸頭的乖順痕跡。

一樹拂開朝喉嚨撲上來的狗，淳子在背後大叫：

「退後！」

下一秒，狗的項圈突然噴出火。瞬間，冒出的熊熊火舌吞噬整顆狗頭，惡臭與煙霧讓一樹幾乎要反胃。

淳子雙手按住太陽穴，身體微微前屈，瞪著那隻狗。狗不停彈跳，躍起又以背著地，拚命想甩掉火焰。但火舌蔓延到背部，只聽到火花「啪」地爆開，連尾巴都燒起來。

一樹跌坐在地，注視著狗逐漸被燒死。毛皮著火，底下的肉燒焦，頭部開始見骨，很快地，全身變得焦黑，最後成爲咻咻冒出刺鼻煙霧的一團黑灰。

一樹抬頭看著淳子。她對一樹微笑：

「沒事了。」

海風吹過前一刻還是狗的殘骸上方，將其捲起。黑灰沾上一樹的襯衫，他連忙拍掉，卻留下污漬。渾身盜汗，一陣噁心的感覺衝上胸口。
小暮昌樹也會像這樣死去。即使他在心中這麼告訴自己，噁心的感覺也沒消散，身體無法停止震顫。

4

假裝是媒體採訪，打電話過去呢？——淳子如此提議。
那是在「parallel」討論計畫約半個月之後的某個晚上，一樹送她到離家最近的車站。
「我假裝成記者，約他出來。若是女人開口，或許他就會開心赴約。」
「我不能讓妳做這麼危險的事……」
「不要緊。」她笑道。「我是全世界最強的女人。」
一樹也輕輕笑了。她說的是事實。
然而，一樹第一次感受著背脊發涼的現實，暗想：果然她的心理不正常嗎？即使她真的擁有可怕的力量——不，正因她擁有可怕的力量，所以瘋了，是不是？
她需要正當的理由，來使用自身的力量、來扣下板機。
我是不是爲了葬送一名殺人犯，引來另一名殺人犯？
淳子轉身背向一樹，穿過車站驗票口。嬌小、纖瘦，看似毫無防備的身影。

腦中有火焰噴射器。

化成一團黑灰的狗。

忽地，一樹心生質疑：人有辦法永遠當一把上膛的槍嗎？要丟掉這把槍，還是丟掉人的身分，是否遲早都得選擇其中一邊？

一樹連換衣服都懶，躺在沙發上仰望天花板。報紙掉落在腳邊。耳裡只聽到雨聲。

閉上眼睛，先是淳子的臉，接著是雪江的臉浮現。她在笑，在對一樹說話。

——哥。

睜開眼睛，雪江的聲音仍殘留在耳底。然而，像要蓋住那道聲音，淳子的話重新復甦：

——你眞的不後悔？

小暮昌樹毫無防備。淳子冒名根本不存在的雜誌記者，打電話過去要求採訪，他輕而易舉就上鉤了。這陣子警方開始認爲，即使用盡心思也無法以殺害女高中生的罪名逮捕他，也讓他有恃無恐吧。媒體刊登了這一類的報導，身爲當事人，昌樹比任何人都清楚，警方的威脅正逐漸退去。

「我希望你能給同齡的孩子一些鼓勵，呼籲他們不要屈服於成人社會施加的壓力。」

淳子在公共電話亭裡，把昌樹拱成差點蒙冤的被害者。一樹在一旁聽著，忍不住咋舌，演技實在精湛。同時，淳子內心想扣下板機的欲望之強大，也讓他不禁冒出雞皮疙瘩。一樹連忙搓了搓手臂。

昌樹要求父親在場，不然就是律師陪同。淳子瞄了旁邊的一樹一眼，明朗地說：「沒問題。不過，一開始我想在景色不錯的地點拍幾張照片。日比谷公園怎麼樣？我會帶攝影師過去。對了，你知道松本樓嗎？明天下午兩點，約在松本樓前碰面如何？採訪結束後，我請你吃個飯。」

一下就約成，簡單得令人驚訝。淳子放下話筒，嘆一口氣：

「或許也有其他媒體這麼吹捧他。現今就連蒙上犯罪嫌疑，都能成爲名人嗎？」

下午兩點，在秋意漸濃的日比谷公園。

隔天，一樹坐在車子裡。只是路邊暫停，應該有辦法找理由請求通融。目的一達成，立刻開車逃離就行。

「用不著跑，你可以看到他燒成灰爲止。」

淳子在副駕駛座上說了這種話。

那天她穿著枯葉色上衣和乳白色長褲。平時幾乎不化妝的她，竟塗了口紅，面頰潮紅。

小暮父子從地下鐵車站出口現身，一樹先注意到他們。

「來了。」

晚了一拍，淳子說道。

父子倆肩並肩。父親面迎秋陽，瞇眼走著。當他們來到出聲就能聽見的距離時，淳子大大深呼吸。

她的雙手在膝上緊握。

視線對著窗外。隨著小暮父子的動作，她的視線也跟著移動。

她在瞄準——一樹心想。

小暮昌樹來到一樹的車子旁邊。隔著副駕駛座的淳子，一樹看到他的側臉。父親說了什麼，昌樹仰頭大笑。

笑什麼笑——用那張表情——讓雪江遇到那種事——明明殺了三個人——

這些想法掠過腦際，下一瞬間，小暮昌樹的襯衫噴出火焰。

那是幾何圖案的襯衫，配色浮誇。衣領是紅色，衣襟是紫色。他看不出是襯衫的哪裡冒火。火焰並不紅，是黑色。化學纖維的襯衫融化，一下就黏在昌樹的皮膚上。

昌樹發出難以想像是人類的慘叫：「怎、怎、怎麼搞的！」

火焰向上爬竄，頭髮燒了起來，昌樹瞪圓眼，張開雙手，拍打全身，瘋狂跳躍。起火的瞬間，父親本能地後退，隨即笨拙地揮舞雙手，想撲滅團團包圍兒子的火。

「救命啊！誰來救命啊！」

父親脫下外套，大聲呼喊。昌樹燃燒的雙手舉起又放下，整個人上竄下跳，接著朝公園入口衝出去。

一樹的身旁，淳子雙手扶在車窗上，彷彿試圖把小暮昌樹拖回來。呼應她的動作，昌樹的背噴出火。他就像被猛力一推，往前撲倒。

淳子瞇起眼，肩膀緊繃，手發著抖。路上的行人束手無策，只能遠遠旁觀這對瘋狂的父子。

淳子傾身向前，更用力握緊雙手。

一樹目睹一切，完全移不開視線。但充斥腦袋的不是現實的聲響，不是往來車輛的喇叭聲、不是行人的尖叫聲，也不是小暮的父親抓著外套上下拍打的聲音，只有雪江的呼喚聲。

——哥。

昌樹倒在人行道上，頭髮焦灼，頭皮裸露。火焰漸漸平息，只剩下父親的慘叫，昌樹根本發不出聲音。

「被撲滅了。」淳子說。

她似乎忘了一樹在場。看起來連身在何處都忘了。剛才那聲呢喃中，充滿不甘與氣憤，像好不容易堆起的卡片塔被弄壞的小女孩。

「可惡。」她低吼道。於是，這次換成小暮父親的外套袖子起火，昌樹的鞋子冒出火焰。

——哥！

一樹冷不防使盡全力重拍喇叭，副駕駛座的淳子跳了起來，回望的眼底在燃燒。

緊接著，一樹發動引擎。車子往前栽倒似地駛了出去，穿過停在附近的車輛之間，他把油門踩到底。

「爲什麼阻止我？」淳子質問：「爲什麼要放棄？」

她快失控了——一樹想著。她就要失去理智。她在看我。

她正看著我。

儀表板上的溫度計指針慢慢地動了起來。和車速表指針相同的速度。車內的空氣逐漸升溫，像是熱風倒灌。

「夠了！」一樹大喊。車子大大地甩尾，拐過十字路口。

「夠了！住手！」

溫度計的指針猛地上衝，方向盤、座墊都在發熱，臀部像要燒起來了。他聞到焦臭味，車裡冒出淡淡的煙。

淳子仍緊盯一樹，以失焦的雙眼瞪著他。

「夠了！妳要燒死我嗎！」

大喊的瞬間，車身劇烈搖晃。一樹閃開右彎過來的車，勉強坐正。淳子被甩向旁邊，頭撞在玻璃窗上。

淳子發出尖叫。她尖叫著，不停尖叫。雙眼逐漸聚焦，她舉起手，看著冒煙的上衣。

「去有水的地方！開去有水的地方！」

前方是加油站，一名制服店員拉著水管沖掉洗車的泡沫。他看見一樹的車直衝而來，立刻丟開水管，其他店員也鳥獸散。車子衝進去，一樹用力踩煞車，幾乎要踩破底板。車身劇烈反彈，在撞上加油站辦公室窗戶的前一秒停住。

「失火了！」

車子後方拖著煙霧。店員用力打開副駕駛座的車門，幾乎要把門扯下，然後將抱住頭的淳子拖出車外。一樹也跳下車。緊接著，滅火器的泡沫噴向車內。水從頭頂澆灌而下。

「客人，這太危險了！」

店員在旁邊說著。車子冒著煙與水蒸氣，烤漆滋滋作響，像剛出爐的麵包。

淳子癱坐在地。她的褲子燒焦，整個人淋成落湯雞，看起來比平常小了一、兩圈。

「對不起。」

一樹好不容易哄過加油站員工，把車寄放在那裡，將淳子帶回住處。讓她擦乾濕髮，借她換穿的衣物，一樹默默無語，思索著該說什麼才好。

「我失控了，偶爾會這樣。」

淳子發著抖解釋。

但驚嚇過去，淳子很快恢復平靜。她說想喝水，走到廚房，問一樹會煮飯嗎？然後，她戳了戳丟在洗碗槽裡的髒盤子說：

「這是什麼時候的盤子？昨天晚上？你早上沒吃嗎？早餐要吃才行啊。」

一樹遠遠地聽著她的話聲，感覺胸口冰涼到極點。我的天，她剛剛差點燒死一個人，卻一副剛打完壁球回來的樣子。

這是不對的，想想那些煙霧，那些慘叫。

淳子拿毛巾包覆濕髮，環顧屋內。她新奇地掃視一圈，注意到書架上的蠟燭。

「那就是你提過的蠟燭吧。」

話聲剛落，蠟燭倏地點燃。

「我是妳哥哥的朋友。」

淳子對著蠟燭說，抬頭望向一樹。「這是爲了你妹妹。」

一樹凝視著她，然後穿過房間，吹熄蠟燭。

淳子小巧的臉上浮現驚訝之色。

「爲什麼要吹熄？因爲那傢伙還沒死嗎？」

淳子說著，仰頭看向一樹。

「他沒死。我並未給他致命的一擊，都怪你突然按喇叭——我嚇一大跳，才會失控。你怕了嗎？那下次——」

這時，一樹總算找到自己想說的話：「不用了。」

「爲什麼？」

「夠了，停手吧。」

淳子逼近他，「爲什麼？你不是要替妹妹報仇嗎？怎能讓那種傢伙活在世上？他還會再殺人，絕對會。就算被警察抓了，他也不會罷手。」

「別再行動了。」

「可是——」

「我說夠了！」

淳子神情一震，不禁後退。一樹幾乎不假思索，將浮現腦中的話直接說出口：

「沒錯，妳是武器，殺傷力十足的武器。可是這樣不對，不能做那種事。」

笑意在淳子的臉上擴散。她以爲一樹在說笑嗎？

「沒這回事……」

「就是這麼回事。那是殺人。如果那樣做，我和妳也會淪爲殺死雪江的劊子手的同路人。」

小暮昌樹燃燒的頭髮，融化的襯衫。那些慘叫。那些惡臭。

淳子不斷搖頭，好似壞掉的玩具。

「才不是……」

「就是。」燙傷的脖子熱辣辣的。再晚幾分鐘，一樹全身便會以這種狀態——

（像那隻狗一樣。）

燒到連骨頭都變得焦黑。燒到原形不留。

「我是爲了你妹妹——」

淳子結結巴巴地說，一樹打斷她：

「不對。妳只是需要扣下板機的理由，根本不是想助人。因爲手中有一把上膛的槍，妳想射擊看看，只是這樣而已。」

妳瘋了——一樹低喃著垂下頭，雙手仍止不住顫抖。

「可是，那傢伙還沒死。」

淳子的聲音從背後傳來。

「這樣就好了嗎？你眞的不後悔？」

一樹的耳中聽見雪江的呼喚。

——哥。

「我不後悔。」一樹回答。

自從那天以後，淳子便銷聲匿跡。隔天一樹去上班，發現淳子請假。再隔天她也沒來上班。接下來的日子都一樣。

一樹和她保持距離等待著。這段期間，小暮昌樹父子遭遇的離奇禍事，能報導的幾乎都報導完了。昌樹雖然受重傷，但保住一命，就像淳子說的。

一星期後，一樹剛踏進家門，電話便算準時機似地響起。是淳子打來的。

「今天我去公司遞辭呈。」她劈頭就這麼說。

一樹不知該從何說起。他做的事——阻止淳子一事，並沒有錯。但說她是武器、說她瘋了、說她是殺人凶手等話語，隨著時間經過、隨著可能會被燒死的恐懼遠離、隨著燙傷的疼痛消失，猶如反作用力，讓他後悔不已。

追根究柢，要她做出那種事的是誰？把殺意誤以爲正義的又是誰？

「妳辭掉工作了？」一樹好不容易擠出話。

「只要有一個人知道我的能力，日子就很難過下去。」

聲音遙遠細微，但從打來的時間點判斷，一樹認爲她就在附近。

「妳現下在哪裡？」

淳子並未回答。

「再見，」她小聲地說：「但我沒有錯。」

「妳在哪裡？」

「我想幫上你的忙，想替你妹妹報仇。那種人不該活在世上。」

「喂，妳是從哪裡打來的？」

淳子的聲音變大：「如果幫不上任何人、如果只能殺人，就不知道爲什麼老天爺要給我這種力量了！」

一樹彷彿五雷轟頂，不由得握緊話筒。

「我們可以再見面聊聊嗎？」

沉默片刻，淳子說：

「你留意報紙吧。」

「報紙——」

「我沒有錯，一定會有人明白，一定會有人需要我。」

「妳打算繼續做這種事？總有一天，妳會玩火自焚。聽著——」

「再見，」她再次說道：「不要找我。」

我沒有錯，對吧？電話掛斷時，一樹聽見她的呢喃。

雨聲淅瀝——

一樹躺在沙發上，舉手遮住眼睛。屋裡連燈都沒點。

青木淳子。

她是一把槍。某天，這把槍掉在一樹面前。然後他一放手，槍就不曉得消失在何處。

如果生來就擁有武器，會想試試威力，也是人之常情吧？怎能說這樣不對？何錯之有？

如果不允許自由運用，老天爺為什麼賜給她這種力量？

一樹想回答淳子的問題。那一瞬間，看到小暮昌樹頭髮燒起來的瞬間，排山倒海席捲內心的情感，他想設法傳達給她。一樹想讓淳子聽聽在耳底迴響的雪江呼喚聲，想告訴她雪江嬰兒時期的事，想讓她瞭解失去妹妹多麼痛苦。還有雪江遇害時，他感到多麼強烈的憤怒。然後告訴她，即使如此、即使如此，他仍下不了手，也不願淳子做出那種事。

他一直在等待能告訴她這些話的時機，然而——

荒川的四名死者，河岸的焦屍。其中之一是妳嗎？妳又無法控制能力——不，還是妳決定一起葬身火海？

一樹放下手臂，睜開眼睛。窗簾緊閉，屋內幾乎一片漆黑。只有廚房微波爐液晶顯示板上的時間，顯得異樣蒼白——

不，還有別的光源。窗邊微亮，是溫暖的橘光。

一樹從沙發上跳起。

窗邊書架上，雪江送給他的蠟燭亮起。

一樹呆望那火光好幾秒，就像個傻瓜。接著，他衝到書架旁，拉開窗簾，只見黑夜與化成銀絲的雨。一樹奔出住處。

淳子就在附近。就在近處。

雨滴化成銀絲灑落。一樹在雨中四處奔跑。冰涼的雨一下就濡濕襯衫。

他來到自己那一戶的窗下時發現，馬路對面有一團霧靄。

那是在雨中升起的水蒸氣。

揉眼一看，淳子佇立在霧氣裡。

一樹下巴淌著雨滴，穿越馬路走近她。

「妳還活著。」

他能夠想到的，只有這句話。

圍繞著淳子的霧靄愈來愈濃。她在放出熱量。一樹的手背感覺到，雨絲裡摻雜著一股溫暖的濕氣。

「那傢伙，小暮昌樹……」

淳子在霧靄另一頭開口。

「咦？」

「你看到報紙了嗎？」

「嗯，看到了。」一樹赫然驚覺，「那是小暮？」

「嗯。」一樹看到淳子點點頭。

「他和他的同夥，其中還有個女人。」

發生日比谷公園那場奇禍之後，小暮父子怎麼了，一樹並不清楚，也不想追查。

「妳一直在追查他們？」

「花了兩年。」淳子喃喃道。「無論如何，我就是放不下。」

雨下個不停，圍繞著淳子的霧靄愈來愈濃重。

「要不要進來？」一樹問。「蠟燭在燃燒。」

淳子朦朧的身影微微動了動。

「我在設法。」

「設法什麼？」

「活下去。」

「我並不想殺人。」

做為一把上膛的槍。

「我道歉，可是——」

「但我身不由已。」淳子接著說：「如果你是我，一定也會同意。」

那妳會成為上天的代理人——成為掌握生殺大權的存在——

一樹正想開口，又打消念頭。不，實際上，淳子不就是上天的代理人嗎？她是不是上天派至凡間的刺客？

臨陣退縮、主張不能殺人的一樹，只是個凡人。

「謝謝你看了報紙。」

細語化為徹底遮蓋淳子身影的乳白色霧靄，從另一頭傳來。

「再見。」

一樹向前奔去。然而，即使把手伸進霧靄，裡面也已空無一人，唯有灼熱的蒸氣包裹身體。

在雨聲的掩蓋下，聽不見淳子的腳步聲。一樹環顧四下，卻無法捕捉到她纖細的身影。

我去過「parallel」，以爲妳會來。我一直在等妳——

一樹佇立原地，霧氣漸漸消散。他一動不動地站在那裡，直到最後一絲霧氣被雨水吞沒消失。

抬頭望去，他看見住處有亮光。是在窗邊閃爍燃燒的、雪江的蠟燭火光。

鳩笛草

1

準備下公車的時候，她在台階處不小心碰到前方男乘客的背部。這男人在想女人的事。對方是個長相可愛，眉眼分明的年輕女孩，咯咯笑個不停。

下了公車站，貴子迅速轉頭看那名男乘客一眼。他背對貴子，匆匆離去，但才走兩、三步，就被迎面撲來的強勁春風吹得別過臉，略略低頭，露出側臉。他瞇著眼在避風，年約三十左右吧。穿著深藍色西裝，繫同色系的條紋領帶，西裝上又披了件卡其色風衣，是隨處可見的年輕上班族打扮。

陣風過去，男人抬起頭，手在臉前甩了甩，像要拂去風沙。他的眉心揪結，神情憂鬱到家。貴子不禁納悶：腦子裡想著燦笑的女孩，怎會露出那種表情？那是他的女朋友，或年輕的妻子吧。一想到她就陷入憂鬱嗎？或者，只是討厭春風而已？

卡其色風衣男子再次沿著馬路，往公車行進方向走去，在第一個路口左轉消失。貴子無法移開視線，一直目送著他。

城鎮這一帶，近幾年不斷重新開發。最早的契機是五年前，據說是戰後創業的大型鋼鐵公司遷移到這裡。建商買下空地，興建商業大樓並招商，或招募企業大樓。卡其色風衣男子前進的方向，有兩年前剛落成的都市銀行資訊中心，和去年年底從都心搬來的大型建材公司的總部兼展覽大樓，也許他在其中一處任職。

如果追上去，追問「你剛才在公車裡想的女孩是誰？」會怎麼樣？貴子想知道他和女孩是什麼關係。女孩在笑，他卻滿面愁容。而且碰到他的背部時，感應到的情感裡，沒有近似歡笑的種類。儘管歡笑容易補捉的程度，僅次於憤怒而已。

這也是能力日漸衰退的證據之一嗎？貴子心想。若是以前的貴子，一碰到卡其色風衣男子的背部，不光是女孩的笑容，還有他對女孩的情感，都能瞬間掌握。

——果然是這樣嗎？

果然衰退了嗎？

一陣含沙的春風撲來，貴子低下頭，護住雙眼，做出和剛才的卡其色風衣男子一模一樣的動作。大衣衣襬掀起來，她的背後傳來話聲：

「哇，幹麼在大馬路旁請我的眼睛吃冰淇淋啊？」

貴子避著風回頭，只見大木明男衝著她笑。他承受著陣風，臉皺成一團。怕冷的他今早還穿著冬季大衣，鈕釦扣得緊緊的。

「我最討厭春天了。」貴子說。「風這麼大，櫻花都被吹散了吧。」

「春天很棒啊，穿迷你裙也不會冷。妳那身套裝滿好看。」

貴子一襲黃綠色套裝，上衣和裙子都非常短。大木自己幾乎是不修邊幅，卻莫名對女性的服裝十分敏感，每當貴子穿新衣亮相，或佩戴新的飾品，他一定都會注意到，並讚美一、兩句。這麼貼心的男人怎會三十五歲還單身，同事都百思不解。

這個疑問，貴子可以解答。大木雖然不吝稱讚，但用詞實在很俗。這時候，他也是說「草餅的顏色耶」。

貴子噗哧一笑。「討厭，什麼草餅，未免太土了吧。」

「會嗎？不過小碰的膝蓋挺可愛，妳應該更常穿迷你裙。」

會叫貴子「小碰」的，在刑警辦公室裡只有少數同事。以前在交通課，大夥都叫她這個綽號，所以剛調動的時候，她覺得十分寂寞。

「妳杵在那裡做什麼？」大木問。「遇到色狼嗎？」

大木搭的是和貴子反方向的公車。兩輛公車在早晚的通勤時間帶，幾乎是以相同的班次行駛，因此貴子下公車差不多的時間，大木也在馬路對面的公車站下車。他先發現貴子，便觀察著她的一舉一動吧。

「色狼？爲什麼？」

「妳不是一直盯著那個一起下車的男人？」

大木外表邋遢，幾乎每場升遷考試都報名參加，然後落榜，觀察力卻非常敏銳。剛調進刑事課，貴子便想如果有人起疑，大木應該會是第一個，而且她的直覺也沒出錯。此刻，大木那雙大象般小而悲傷的眼睛，背叛那副笑嘻嘻的表情，緊盯著貴子不放。

「沒事啦。」貴子說。「剛才那個人在公車裡一直自言自語，所以我在想他是做哪一行的而已。」

「自言自語什麼？」

「不清楚……低喃著貸款之類的話，會不會是銀行的人？」

「現在是草木萌芽的季節嘛。」大木說。「怪傢伙也會變多。」

「就是啊，要忙碌起來了。別呆站在那裡，快走吧。」

從公車站到城南警署的正面玄關，走路只要兩、三分鐘。從這裡也能看見停在警署前面停車場的警車。或許是剛洗車，在春日陽光照耀下，像玩具一樣閃閃發亮。

大木邊走邊說：「小碰，最近妳是不是有什麼煩惱？」

語氣悠閒，卻直截了當，完全是大木的作風。貴子心頭一驚。

「跟男人有關嗎？」大木接著問。多虧這個問題，貴子才能笑出來。

「我要是會爲男人煩惱……」

「唔，也是。」

「就不會來當什麼警察了。」

「之前妳提到故鄉的相親機會，後來怎麼了？」

約三個月前，父母曾到東京來與她商量相親的事。貴子的故鄉在靜岡市，父親在公立國中任教，現在是副校長。相親對象是父親朋友的兒子，一樣是個教師。

「你們都是公務員，一定很登對。」父親的說法實在太好笑，貴子並未認眞放在心上。

「沒怎樣啊，我爸把這事又帶回去了。」

「你們沒見面？」

相親的事，貴子記得在「上總」喝酒時，向同事提過，但只是稍微提到她討厭相親而已。大木的記性實在很好。

「要是我嫁人了，你會覺得是損失嗎？」

靠近警署正面玄關了。「春季交通安全月」的立式看板旁邊的門打開，走出兩名制服巡查。大木和他們打招呼後，應道：

「當然是損失啦。因爲我早就決定退休以後要跟妳一起打槌球。」

「比起槌球，我更想打高爾夫球。」

大木和貴子經常像這樣抬槓。大木的說詞有時候是「一起去月球旅行」，有時候是「幫我顧孫子」，有時候是「等我失能了，要照顧我」，形形色色。刑事課裡，只有大木和貴子還是單身，所以聽到兩人如此抬槓，其他刑警都是笑著帶過。

「高爾夫球很花錢，不要吧。」

「你實在有夠寒酸。」

兩人一邊抬槓，一邊穿過警署正面玄關，經過這時段還很清閒的櫃檯，走上樓梯。占據二樓約一半面積的刑事課辦公室，就在一上樓梯的右側、水管成天漏水導致濕氣很重的廁所旁邊。

兩人道聲早安，拉開卡卡的門走進辦公室，排成コ字型的辦公桌各處傳來招呼聲。

「咦，本田居然帶著護花使者出勤？」

大搖大擺地吞雲吐霧，率先出聲的，是辦公室裡最資深的脇田達夫。他瘦到讓人懷疑是否疾病纏身，面相凶惡，嘴巴也尖酸苛薄，完全匹配那張臉。貴子原本很討厭他，直到發現他其實是個好相處的人。

「主任，羨慕嗎？」

貴子頂回去，脇田嘖一聲，捻熄香菸：

「我會找個更年輕的小姐。」

「喔，我有小碰就滿足了。」大木說著，去倒早上要喝的茶。他就像大象一樣需要水，在外面不停喝飲料，待在辦公室時，也勤快地為大家倒茶。

以前有一次——對，是調到刑事課過了半年左右的時候，貴子迫於女人的好奇心和必要性，為了弄清楚大木這類發言到底有幾分認真，偷看他的內在。她趁著大木不在，摸了他掛在椅背上的外套。

當時辦公室裡只有貴子和課長美濃田，他背對貴子，翻閱著桌上的檔案資料講電話。不曉得是在說服對方，還是懇求，課長單方面說了一大串，然後又沉默聆聽。貴子留意著課長講電話的聲音，觸碰大木的外套衣領。

起初就像撫過圓滑的物體表面。感覺很明亮、陽光，宛如摸到渾圓的檯燈。這種情況並不罕見，尤其是大木這般隨和、溫柔的人，常會給人類似的感受。柔軟的心光滑不好捕捉，若只是稍微觸碰，多半僅能掌握到覆蓋對方心靈外側，所謂的「意識性人格」。

因此，貴子稍微放大膽子，手滑進大木的外套內側，直伸到心臟上方一帶。

瞬間，貴子一陣緊張。一股讓人想當場落淚的強烈悲哀，沿著手掌竄升上來。實在太意外，貴子心慌意亂。大木到底在哀傷什麼？

西裝頗舊，內裡有一處手指可穿過去的破洞。指頭碰到這裡，悲哀之情益發濃重。貴子的心彷彿跟著開出一個漆黑的洞穴。

貴子從外套移開手，望向美濃田，他還在專心講電話。貴子悄悄離開辦公桌前，拿起報紙翻閱，努力平定波濤起伏的內心。

灌入心中的悲哀，顯然是為了失去什麼——或失去誰——而悲嘆不已的情緒。其中沒有憤怒或恨意，換句話說，造成這股悲哀的原因距今十分久遠。

流竄在人心的感情，無論任何情況，都不會毫無雜質。比方，喜悅會伴隨著害怕失去的不安、悲傷會伴隨著對元凶的憤怒、侮蔑會伴隨著優越感，即使程度有所差異，但一般都是形形色色的感情摻雜並存。不過，幾經歲月流逝，這些情感會慢慢被過濾掉，只留下最強烈的，也就是整體「核心」的情感。因此，如果觸碰人心，感受到純度極高的情感，幾乎都可判斷是源自古老回憶的情緒。至少根據貴子的經驗是如此。

大木更年輕的時候，曾被誰狠狠甩掉嗎？——這是貴子第一個念頭。是那場失戀留下心傷，至今仍讓他悲痛不已嗎？

美濃田課長還黏在話機旁。想更進一步刺探，也不是辦不到，但貴子遵守自己訂下的原則，得到必要的線索，便不再深入探究。無論大木是爲什麼悲嘆，既然他的心底隱藏著深沉的哀痛，那些逗貴子玩的話，也不可能是出自眞心吧。

後來過了一段時間，貴子得知大木二十五歲那年，在車禍中失去未婚妻。大約是十年前的事，大木應該仍無法擺脫失去她的悲痛吧。

告訴貴子這件事的，是大木和貴子這對搭檔共同的前輩刑警鳥島。在刑事課，鳥島是僅次於脇田，第二資深的老鳥。對比脇田，他是個不輸相撲選手的巨漢，但應該是在「上總」喝酒的時候，他屈起龐大的身軀，毫不隱藏對大木未婚妻的哀悼之情，附耳告訴貴子這件事。

「大木的玩笑話，妳別太當眞。」鳥島這麼說。「如果妳要當眞，就得好好地對待他啊。」

貴子靜靜微笑，說她已不是女高中生，要鳥島不必擔心。聽到這句話，鳥島醉得酡紅的大臉皺成一團，低喃：

「小碰長得很像大木的女朋友，所以我不會積極向妳推薦他。」

——因爲……這對雙方都是一種不幸。

鳥島說得斷斷續續的話，確實在貴子心底扎了根。

這麼說來，鳥島還沒出現。平常的話，貴子上班的時間，他都已坐在位置上，喝著路上買來的罐裝咖啡，一邊研究報紙上的棋譜，但今早他的座位還空著。

「鳥島大哥怎麼還沒來？」

貴子問脇田，他朝窗戶外面甩了甩手：

「他出門了。聽說被害者打工的咖啡廳，早上六點就開始營業。」

「是昨天的案子吧？」

昨天四月四日，下午兩點左右，署裡接獲轄區三芳四丁目的公寓「和平莊」報案，有一名房客遭人刺傷。巡查趕到現場一看，雙層灰泥公寓最西邊的二〇四室，一名二十多歲的男子被菜刀刺傷腹部，倒地昏厥。報警的是公寓房東，他面色蒼白，表情僵硬地說，聽到慘叫聲趕來，有一名年輕男子與他擦身而過跑掉了。

用不著發布緊急布署令，那名年輕男子就在鄰近公寓的公園裡，雙手染血，坐在鞦韆上。巡查向他搭話，他也不應聲，恍惚失神，對一切都沒反應，讓人不禁懷疑他張著眼睛睡著了。不管是姓名、住址或年齡，問他什麼都不回答。一句話也不說，徹底保持緘默。

房東證實，那就是他趕到時，從被害者住處離開的年輕人。不僅如此，房東表示有時會看到那名年輕人去找被害者，因此城南署先拘留了年輕人。由於年輕人的右掌割傷，被送去急診。傷得頗重，縫了十針。在刀刃造成的傷害事件中，砍傷或刺傷被害者時，不熟悉這種粗暴行爲的加害者，不免會傷到自己的手。

即使徹底保持緘默，公園的年輕人仍是頭號嫌犯，從昨天就關在署內的拘留所，連身分都還沒查出來。不過，他只是不說話，昨晚飯都吃光了，夜裡似乎也睡得很熟。

「被害者沒有生命危險吧？」

聽到貴子的問題，脇田一臉苦澀，略略側頭回答：

「很難說。查出身分後，聯絡了父母，他們一直守在醫院。被害者還年輕，希望能熬過這一關。」

「他是大學生，對吧？」

「本來應該是東京工業大學二年級。」

「本來？」

「好像瞞著父母退學，也從父母幫他租的公寓搬出來。保證人是打工職場的店長。」

「哎呀……」

「拿嫌犯的照片給父母看，他們說不認識，所以阿鳥猜測可能是打工地點的同事。」

「眞麻煩。」

「會不會是這個啊？」脇田的食指在太陽穴旁畫圈。「正常人可沒辦法不吭一聲。」

鳥島完全沒轍了。

「就算是阿鳥，這回也得費一番工夫吧。弄個不好，上頭又會——」脇田望向一樣空著的課長座位。「大發雷霆，囉唆沒完。」

「畢竟在我們轄區，這算是很重大的傷害案件。」

擁有銀座或新宿這類大型鬧區，或丸之內等商業區的地方姑且不論，像城南署這種轄區大半是住宅區或第二種商業地區、工業地區的小地方警署，同樣是刑事課，一切都和本廳——警視廳裡，主管東京都內重案的搜查一課天差地遠。雖然不會有「昨天發生殺人案，今天發生強盜案」，忙得團團轉的情況，但尋找走失者、安置醉漢、搜索離家出走者、處理酒後打架、激烈的夫妻吵架發展而成的傷害案件、虐童案、宵小、夜間的性騷擾和偷窺等等，手上總是被包羅萬象的小案件塞得滿滿的。據說工作認真，但性格大而化之的美濃田課長剛到任，就在會議上說：

「我們處理的案件，有九成都未明列在刑法條文上，而是寫在條文的字裡行間。」

脇田告訴貴子，以那位課長來說，這番發言算是很了不起。

事實上就是如此。貴子調到刑事課，今年春天就滿兩年了，但這段期間經手的案件當中，最符合刑事課刑警業務範圍的，只有去年年底的一件：一名懷裡收著第一次領到的獎金，意氣風發的二十三歲上班族，喝得爛醉搭計程車回家卻沒付錢，而是賞司機一拳，把他打昏後逃逸。透過行使暴力和脅迫，不支付原本應付的費用而逃走的行為，不折不扣觸犯了強盜罪。這在刑法第二三六條的強盜條文第二項中有所規定，俗稱「第二項強盜罪」。

因此，每當學生時代的朋友問她都處理哪些案件，貴子都喜歡舉這個案子當例子——拿掉「第二項」，只說「強盜案」。案子裡的上班族酒醒之後，忽然心生害怕，貴子等人正依據挨揍的計程車司機的證詞，準備著手查案時，他便在母親陪同下投案，於是不必出動進行逮捕——這些後話當然就略去不提。朋友都聽得很開心，貴子的自尊心也得到滿足。

正因如此，和平莊這種勁爆十足的傷害案——這樣說雖然很不莊重——在城南署轄區內算是一種貴重物品。是脇田常說的「想裱框掛起來」的案子。由於是貴重物品，處理起來也頗棘手。倘若無法漂亮破案，會成爲署裡的污點，所以是老資歷的鳥島負責。

當然，城南署並非鄉下地方的偏僻派出所，大概四、五年一次，會發生登上全國性報紙的凶惡案件。但碰上這種大案子，本廳的菁英就會出馬，轄區只負責提供空間讓他們成立搜查總部，協助專門偵辦凶惡犯罪的刑警。貴子本身甚至尚未有這樣的經驗。至於是慶幸尚未有這樣的經驗，還是覺得無聊？要看當時貴子是站在小市民的立場，或是想要出人頭地的刑警身分思考。

貴子正納悶大木怎麼去了茶水間就不見人影，就發現他拿著茶杯，已和美濃田課長聊起來。大木不停點頭，課長那張缺乏魄力、人中很長的臉，也異於平時，嚴肅萬分。

怎麼回事？貴子觀望著。不久，大木離開課長的辦公桌旁，一手拿著文件夾，邊走邊喝茶，回到座位上，依舊是一副呆愣的神情。

「怎麼了？」貴子問。脇田也新點一根菸，挪動椅子靠近。

「色狼。」大木說。「高田堀公園附近，有段時期不是經常發生性騷擾？脇田兄還記得嗎？」

脇田點點頭。「去年夏天，對吧？是穿白色風衣的色狼。」

這件事貴子也記得。說是色狼，其實並未攻擊女性。有個全身只穿白色風衣的男子，突然出現在夜晚返家的年輕女子等人面前，在她們的視線範圍內敞開風衣，暴露裸體。之所以說「年輕女子等人」，是因爲一個半月之間零星發生的十五件案子裡，有兩名被害者是年輕男子。

「好像又出現了。」

「那個變態男怎麼了嗎？」

昨晚十一點左右，不是接到報案，而是巡邏中的巡查和被害女子，相繼目擊穿白色風衣的男子。報告書上寫著，男子的年紀和外貌，跟去年夏季出沒的暴露狂頗爲相似，案發地點又鄰近去年發生那十五起案子的現場。

「去年沒逮到他嘛，上頭叫我們要認眞逮人。」木大轉向貴子說：「下午的會議也會提出，不過課長要我和小碰去找昨天的被害者。這個案子由我們負責。」

從上週末開始，大木和貴子負責偵辦轄區的內原町超商竊盜案，才剛進行初步調查，但同時處理多件案子並不稀奇。

「昨天看到色狼的被害者，是女學生嗎？」

大木望向板夾上的報告書。「不，是粉領族，任職的公司在日本橋。好像是貿易公司。」

「那白天應該在上班，等下班時間再去找她吧。我比較關心超商那邊。」

脇田打了個大呵欠，「要是不喜歡變態，我可以代勞。」

脇田接到盜犯科的特別委託，負責名為「城南倍有福」的大規模高級公寓社區的自治會費盜領案。說是自治會費，金額也不小，包括修繕預備金在內，林林總總加起來約有五千萬圓。有人告發其中兩百萬圓在這一年內被任意提領，於是警方介入調查。

依貴子的觀察，脇田的個性非常一板一眼，報告書字跡端正，內容條理分明，案件的檔案管理也規矩一堆，唯獨對數字很不拿手。這起必須瞪著帳冊、仔細確認金流進出的案子，讓他叫苦連天，經常動不動就抓住同事說「跟你交換好不好」。

貴子也是比起應付數字，更喜歡與人打交道的類型。即使打交道的對象是「變態」也一樣。她躲開脇田，催促大木出門。

正要出門時，鳥島與兩人擦身而過，後退的髮線冒出春季的汗水。鳥島是多汗體質，即使不用留在署裡熬夜辦案，他的妻子或女兒有時也會送來換洗衣物。

「有什麼眉目了嗎？」

貴子問。鳥島甩著厚實的手掌，搖搖頭說：

「感覺還是問本人比較快。」

「完全沒查到可證明嫌犯身分的線索或物品嗎?」大木問。

「嫌犯是去找被害者吧?身上連錢包都沒帶嗎?」

「錢包有帶。全是零錢,加起來兩千圓左右。其他什麼都沒有。」

「連駕照都沒有,在這年代眞稀罕。」

鳥島點點頭,思索片刻,對大木說:「晚點可以借一下小碰嗎?」

大木眨眨眼,「確定會還就可以。」

貴子有些吃驚。剛調到刑事課時,她和專門處理暴力犯罪的鳥島搭檔三個月,算是研修,後來一直都是和大木搭檔。鳥島有個搭檔倉橋,和大木同期。

「我在想,那傢伙……」鳥島以下巴示意拘留所所在的地下室北側,「或許願意向女生開口。」

「噢,」大木笑道:「美人計啊。」

「我無所謂。那約下午嗎?」貴子說。

「嗯,下午好了。拜託嘍。」

向鳥島道別後,貴子和大木離開警署。春風肆虐,感覺氣溫比剛出勤的時候更高。她終於明白鳥島額頭的汗水是怎麼來的,連大木也脫了大衣。

鳥島有時候會用「女生」稱呼貴子,脇田則是會語帶不屑地叫她「女人」,大多意指

「不過就是個女人」、「區區女人」。

警察組織中，整體來說，女性刑警仍是少數，聽說在城南署，貴子是久違的第三個。不管怎樣，在屬於男性社會的刑警界，貴子難以擺脫「女生」或「女人」的記號，獨當一面。

但對於這類歧視，貴子幾乎沒有一絲女性刑警應該感受到的不愉快或焦躁。她也沒把這件事提出來說過，害怕被反問爲什麼。

貴子有著更根本的自卑感。我居然能當上便衣刑警，這本身就太沒道理——她心想。她是走歪路才得到現今的地位，她有自覺。

參加考試，經過嚴格的訓練，站上第一線的每一個警官，影響他們的發展和升遷程度的要素，首先是能力，再來純粹是運氣。能否碰上大案子？能否適切地處理案子，爲破案做出貢獻？全看這些。然而，貴子的情況，受到另一個要素左右。

貴子不願稱爲「能力」。她認爲「能力」是更爲主動的，是能夠有意識地精進、鍛練的。貴子不記得鍛練過自己的力量。她只是拚命學會控制，接下來便透過一次又一次的經驗累積，找出運用之道，僅僅如此。所以，她才會感到自卑。

二十八年的人生中，貴子遇過幾次席捲社會的「超能力熱潮」。這幾年，世人對這方面的興趣似乎又逐漸高漲。透視、念寫、讀心術，尋找失蹤人口。貴子翻過幾本相關雜誌，也看了電視特別節目。

貴子還是交通課女警的時候，一起巡邏的同事看到那類節目，感慨地低喃：如果有那種力量，我才不會上電視。我會隱瞞自己有這種力量，輕鬆破案，擠進本廳的一課。

當時貴子默默地笑。沒錯，妳說的太對了。事實上，我就在這麼做——她只在心裡悄悄地說。

辯解有急事不得不違規的臨停駕駛、自行車搖搖晃晃雙載的國中生，他們心底隱藏著什麼感情、他們的辯解和藉口是眞是假，貴子都心知肚明。大部分的情況下，只要站在他們身邊，摸摸他們的車子，甚至只是感受他們的呼吸，就能夠知道。

電視上的超能力者，不是會猜到密封罐子裡的鑰匙，或是依樣畫出對方在遠處畫下的圖案嗎？我做的事跟那些人一樣，貴子在心裡說。因爲我就是他們自稱的那種人。

我是透視能力者。至今爲止，她不曉得嚥下來到喉頭的這句話多少次。喏，對警察來說，這種能力眞的再方便不過了，對吧？

實際上，我利用這種力量，迅速成爲便衣刑警——

「計程車和公車怎麼都不來？」大木提議：「乾脆用走的？」

好啊——貴子表示同意時，大木的手碰到貴子。她不禁一顫。

自從觸摸大木的外套，感受到他深沉的悲哀以來，貴子一直小心翼翼，避免和大木有肢體接觸。貴子與他的關係僅止於同事、合作辦案的搭檔，但成天黏在一起行動，難免會碰到對方。連這樣的情況，貴子也極力避免。她認爲如果不小心讀到什麼——無論那是什麼，對大木都是不誠實，而且卑鄙的行爲。

但貴子剛才身體一顫，並非出於這類情感。大木探出馬路，想尋找公車或計程車。他一邊回頭，一邊揮動著手，結果那隻手不偏不倚地碰到貴子的背部。隔著春季套裝和上衣，大木的手粗糙的觸感清楚傳來。

然而，貴子卻毫無感應。她什麼都看不見，什麼都聽不見。連以往碰到大木，必定會湧現的那種明亮、圓滑的感覺都沒有。

「啊，不好意思。」大木說。「打到妳了。」

貴子嘴角緊繃，一時無法反應。

這種情形——碰到某人或物品，卻沒有任何感應，並不是第一次。不過，確實是嶄新的經驗。這一個月以來，已是第三次發生這種情形。

她想起今早搭同一班公車的卡其色風衣男子，在他的意識中歡欣大笑的可愛女孩。如果是貴子——如果是以前的貴子，既然明確地「看到」女孩的臉，應該能同時掌握到他對女孩的感覺或想法。

然而，今早貴子卻無法做到。

現在她也無法「讀到」大木。人時時刻刻都在想著什麼。這一刻，大木約莫也在想些雞毛蒜皮的小事，像是「早知道把大衣留在辦公室」，或是「真想搭計程車」。若是這類小事，貴子應該能夠像看到景象，或聆聽街上的雜音那樣，「看到」或「讀到」才對。一直以來，她實在是過於頻繁、過於輕易地**做到**這些，所以訓練限縮自己的能力，以免神經過敏，甚至成為少女時期每日的修行。

然而，剛才貴子卻讀不到。讀不到近在身邊，應該再熟悉不過的大木的意識。

——我在衰退。

這正是現在貴子面臨的、而且是逐漸膨脹的，最為巨大的問題。

2

內原町的超商一案，雖然是竊盜案，但若不怕誤會地說，屬於相當「好笑」的類別。店內的倉庫有四箱捲筒衛生紙不翼而飛。一箱有六包，一包有十二捲。剛被任命偵辦此案時，大木說：「我們要找的應該是嚴重拉肚子的人。」

這家超商並非二十四小時營業，從早上六點開到午夜十二點，深夜店裡沒人。由於並無破門或破窗而入的痕跡，大木起初推測是內部員工所為，店長也懷疑是打工人員。不過——

「其實，這不是第一次。」

「以前也發生過？」

「對，這是第四次。」

「是捲筒衛生紙被偷？」

「小偷似乎特別喜歡捲筒衛生紙。」

所以，店長才會報警。

貴子當然無法說出口，但上星期第一次造訪竊案現場的倉庫時，她的腦中如同看電影般清晰浮現一名年輕人的身影。那名年輕人，就是當時穿黃色圍裙待在收銀櫃檯的店員。踏進倉庫，觸摸原本成箱衛生紙堆放處的牆壁時，貴子便看見他抬著箱子出去的景象。

好了，要如何告訴大木這件事？貴子暗想。但詢問過所有店員，離開超商後，大木便指出貴子「看到」的那名店員很可疑。

「怎麼說？」

「他看起來浮躁不安。」

「遇到警察，每個人都會坐立難安吧？」

「甚至慌到找錯錢？」

貴子沒注意到這一點。她覺得大木實在觀察入微。

店長說，只要有意，店員輕易就能把倉庫和店裡的鑰匙拿去打備份。案發當時，店員們都形同沒有不在場證明。雖然還是請鑑識人員到場，但理所當然，四處都是指紋，無法成為確證。兩人和店長討論後，決定頻繁拜訪店裡，每次都神情凝重地與店長談話，持續一段時間，觀察店員們的反應。

同時，大木和貴子著手調查該名店員的身分背景。偷過四次捲筒衛生紙，不可能是本人用光，應該會拿到別處銷贓。那麼，比起行竊的店員，贓物銷到何處就成了更重要的問題。

然而，這個問題意外地輕易解開。那名店員的住處附近，有某家建設公司的員工宿舍，他的朋友就住在那裡。前去打聽，對方說前後四次，就在超商發生竊案的時期，那名店員帶著衛生紙跑來宿舍。

「那傢伙求職失利，到處找工作。」朋友說。「他從以前就一直拜託我，希望能進我們公司。」

他宣稱打工的地方可便宜買到那些衛生紙，每次都免費奉送。對於人數極多的員工宿舍來說，確實是很實用的贈禮。那名店員似乎是當成請朋友介紹上司兼宿舍長的人事科次長的「貢品」。

其實，大木和貴子當場就能逮捕那名店員，但這是小竊案，對方又年輕。徵詢店長的意見，他表示如果本人認罪付錢，不一定要發展成刑事案件。

因此，三人繼續靜觀其變。但前天造訪的時候，店長憋著笑，說似乎有效果了。那名店員主動提出要辭職。

「光是我們到場，就把他嚇得連錢都算錯。看來，原本就是個膽小鬼。」大木說。

「我姑且挽留他了。」店長應道：「我說要是現在辭職，反而會引來警方不必要的懷疑，他嚇得臉色蒼白。」

在春風吹拂下，貴子和大木踏進超商自動門內。店長待在櫃檯，一旁就站著那名店員。只見他低著頭，頹喪萬分。

「喏，警察來了。」店長一說，店員頓時縮起肩膀。

「他承認了。」店長接著解釋：「我把我的想法告訴他了，不過兩位刑警，還是麻煩你們帶他去警署一趟，訓他一頓吧。偷東西會變成習慣。」

大木和貴子把店員從櫃檯帶出來，先前往倉庫，要他詳述犯案過程。店員說送去宿舍的禮物什麼都好，但起初他挑選了重量較輕的捲筒衛生紙，對方十分高興，他才接連偷下去。

「就算自掏腰包，也沒多少錢啊。」大木不禁傻眼。

走出櫃檯的時候，貴子碰了一下店員脫下的制服。由於先前發生大木的事，她有心理準備，或許什麼都看不到，但一碰到制服，就聽到聲音。是在咒罵店長。

膽小的人一旦狗急跳牆，反作用力特別可怕。貴子拉扯大木的袖子，把他帶到旁邊，說她覺得依店長的意思，狠狠教訓店員一頓比較好。

「拜託脇田大哥吧，他特別會訓人。我們來罵恐怕沒什麼效果。況且，要是隨便表露同情，他或許會記仇。」

「會嗎？」大木不置可否。

「沒必要立案，但教訓一下總是比較妥當。警告他要是再犯，後果就沒這麼輕微了。」

最後談妥就這麼辦，貴子和大木帶著店員回警署。無聊地查著帳冊的脇田，開心地接下訓話的差事。他聯絡店員的家長，把他們找來，要他們保證會付錢給店長。

趁著大木在寫報告書，貴子前往資料室，借出去年夏季發生的「變態」案件紀錄。她在座位上讀著，接了幾通電話。其中一通是新的報案。一名年輕主婦多次申訴遭到惡作劇電話騷擾。貴子詢問狀況，簡單做了筆錄，希望她親自到警署談談，並建議她錄音。因爲錄音可當成證據，而且光是告訴打惡作劇電話的人是警方要她錄音的，或許就能立即見效。

掛斷這通電話時，鳥島走出偵訊室，說要休息一下。

「我還沒忙完，不要緊嗎？」

「嗯，晚點再拜託妳。」

「嫌犯還是完全不開口？」

鳥島雙手比了個大叉。他返回偵訊室後，倉橋接著走出來，點著菸，一屁股坐到貴子的桌緣。

「妳在看什麼？」

貴子說明完，倉橋便發出怪笑：

「要試試看釣魚嗎？」

「倉橋哥不適合穿女裝啦。」

倉橋臉上掛著怪笑，探頭看貴子參考案件紀錄寫下的筆記。

「自行車？妳覺得那個變態是騎自行車？」

「對……」

「可是，他不都是跑離現場嗎？」

「他會跑進巷弄，或許自行車就藏在裡面。」

「沒穿內褲直接騎自行車，對蛋蛋是一種酷刑耶。」

倉橋一本正經地說，貴子差點問：「你有經驗嗎？」

「我覺得交通工具不是問題。因為那個變態出沒的範圍很小，他一定就住在附近。」

「去年就是朝這個方向偵辦，卻無疾而終。搞不好他是從遠地過來。」

「那就是開車吧。」大木甩著寫完的報告書，坐到貴子旁邊。「開車到現場。然後，他把車停在離現場不遠的地方，以那裡為據點出沒。」

倉橋交抱手臂，「沒聽過有會遠征的暴露狂。」

「況且，如果開車，逃走的時候不會發出引擎聲嗎？被害者都沒聽到啊。」

「不一定會立刻開車逃離吧？或許是先躲在車子裡。」

「順便換衣服之類的？」

貴子望著倉橋，他微微挑眉說：

「重點在於，當時現場附近有沒有可疑的車輛。」

大木當機立斷地說：「犯人也可能是趁白天勘察現場，一併問交通課好了。」

好一段時間，貴子和大木埋頭研究資料。由於太專注，聽到大木問「咦，午飯怎麼辦」，貴子抬頭看鐘，才發現竟是下午一點多了。

大木也是看到鳥島從偵訊室端出疊起來的大碗公，才想起還沒吃午飯。鳥島拿著三個碗公，堅守沉默的傷害案嫌犯似乎胃口很好。

「要出去吃嗎？順便去找這個巡查。」大木拍拍昨晚寫的報告書。昨晚目擊並追趕白色風衣男子的巡查，在離高田堀公園入口北邊兩個街區的派出所值勤。

「那附近不是有一家好吃的蕎麥麵店？是『甲州庵』嗎？」

貴子把腳套進脫在地上的鞋子。早上她只吃一片吐司配咖啡。手扶在桌上站起來的時候，忽然一陣頭重腳輕，或許她比想像中饑餓。

「對，那裡的餺飥麵很好吃。」大木回答。貴子覺得他的聲音聽起來莫名遙遠，視野忽然九十度旋轉。她連忙想撐住身體，手卻跟著一陣虛軟，身體持續傾斜。

堆得極高的檔案山嘩啦啦崩塌，放在最上面的一冊掉落在貴子的腳邊。檔案夾似乎打在鞋子上，但那觸感非常遙遠，腳彷彿伸長了一百公尺。

貴子往前倒，胃袋慢慢浮起又下沉。小碰！大木的呼喚聲在途中消失。

消毒水刺鼻的味道，以及若有似無的穢物氣味。兩種味道就像不可能完全融合的水和油，試圖蓋過彼此，或強調彼此地飄過來。貴子一醒來便察覺是醫院的味道。

狹小的單人房，床頭的方向有窗戶，照進午後的陽光。貴子呆呆地看著白色天花板，窗外傳來鐘聲。附近應該有學校。

我在辦公室昏倒——她立刻想起這件事。然後，被送進醫院了嗎？貴子雖然纖瘦，但自小就非常健康，這是她第一次躺在醫院病床上。
「醒了嗎？」床邊傳來話聲。小室佐知子俯視著貴子。
「小室學姊……」
貴子想起身，佐知子伸手制止。她穿著薄線衫和牛仔褲，脂粉不施的臉上浮現笑容。
「先躺著吧。眞是的，嚇壞我了。」
佐知子是大貴子兩屆的學姊，是交通課的女警。她是貴子最合得來的人，以前擔任巡查的時期，受到她多方照顧。
小室家在城南署轄區是數一數二的資產家，擁有許多土地，是延續三代的大木材商。佐知子是小室家四姊妹中的三女，當警察是她從小的夢想，她不顧父母的反對，踏入警界。
兩人有過一次好玩的經驗。她和佐知子同乘一輛迷你警車，在等紅燈時，旁邊的車道上停著印有「小室銘木商會」字跡的車，一看就是個老實人的中年男子放下駕駛座車窗，探出頭向貴子致意：「謝謝妳總是照顧小姐。」佐知子尷尬萬分，連忙解釋：「那是我家大總管。」等他的車在十字路口右轉離去後，佐知子便挑剔地說：「方向燈打太慢了。」
即使是和老家有生意往來的公司或銀行車輛，如果發現違規，佐知子也會毫不留情地開單，所以她成爲家族裡的討厭鬼。
「眞不好意思，是誰麻煩學姊過來的？」
「大木。」佐知子答道。「他叫救護車以後，馬上打給我。今天我休假。」

「他未免太冒失了。」貴子忍不住火大。「搞得這麼丟臉。明明我只是貧血，何必叫什麼救護車？」

佐知子按下護士鈴，溫聲勸道：

「不可以說這種忘恩負義的話。他真的很擔心妳。有人突然在眼前昏倒，這麼做是理所當然。」

天花板的擴音器傳來護士的詢問聲。佐知子以明亮的嗓音報告病人醒了。

「可是，我明明就好端端的。」

「好端端的人會無緣無故昏倒嗎？」

「我餓過頭了。」

佐知子噗哧一笑。「誰教妳這麼瘦，卻是個大胃王。不過，幸好妳還有力氣抱怨。」

「現在幾點？」

佐知子看了看手表，「快五點了。」

貴子大吃一驚。她是在一點左右昏倒，這表示她昏睡相當久。

看到貴子的神情，佐知子又有些擔心地說：

「對啊……大家都嚇壞了。在刑事課的大叔眼中，昏倒的女人不是什麼新鮮景象，他們早就看慣了。可是，妳倒下之後一動也不動，讓妳躺著觀察狀況，不但沒醒來，還鼾聲大作。」

「鼾聲?」貴子笑道。「討厭，那不就是睡著而已嗎?可是，我應該不會打鼾……」

「所以才教人擔心啊。妳不知道嗎?中風倒下的時候，連平常不會打鼾的人，也會鼾聲大作，相當異常。雖然不清楚原因，總之大木他們都慌了手腳，怕妳是腦部出問題，於是叫了救護車。」

「我還這麼年輕，應該不會腦中風吧。」

表面上不當一回事，貴子內心卻一陣冰涼。原來我在打鼾……像腦中風昏倒的人、腦部有障礙的人一樣打鼾。

這與我的能力逐漸衰退，是否也有關聯?

貴子偷偷握緊冒冷汗的掌心，避免佐知子察覺。眞的是這樣嗎?貴子完全無法想像自己會昏倒。果然與「力量逐漸衰退」、與她完全預想不到的狀況有關嗎?

很快地，醫師和護士趕來，進行簡單的診察和問診。失去意識的期間，貴子換上薄睡衣。那是全新的睡衣，似乎是佐知子替她準備的。

醫師沉穩地同意貴子的話，解釋年輕女性往往會因爲疲勞，加上營養不良，出現貧血症狀。尤其工作忙碌，生活不規律，更容易發生這種情形。但如果只是單純的貧血，不太可能昏倒後，長達四、五個小時都沒恢復意識，這一點讓醫師感到憂心。依貴子的情況看來，實在不太可能是重大疾病的前兆，所以儘管不是在嚇唬她，醫師仍強烈建議，爲了愼重起見，今晚先住院，接受血液檢查，拍個X光。

「我沒辦法休息太久……」

貴子支吾其詞，中年醫師敬佩地說：

「對了，聽說妳是警察？這麼年輕，實在了不起。」

「我只是個菜鳥。正因還是個菜鳥，明明沒有不舒服，不能躺著休息。」

今早醒來，貴子感覺和平常沒兩樣，沒有哪裡不舒服或怪怪的。她也沒有宿疾，直到昏倒前一秒，都毫無徵兆——貴子執拗地解釋，並保證這星期會抽空過來檢查，懇求醫師今天先放她回去。她好說歹說，花了快一個小時，總算說服醫師讓步，同意她回家。

「妳還是一樣頑固。」佐知子笑道。「不過，真的沒問題嗎？如果勉強出院，症狀變得更嚴重，反而會給刑事課添更多麻煩。」

「我知道，我都清楚。」

貴子迅速換上套裝。窗外天色早已暗下來。大木呢？中午才提到今天晚上要去高田堀公園附近晃一晃。

套裝衣領歪了，佐知子幫忙調整好。佐知子的指頭掠過後頸時，貴子在剎那間看見她的內在。

佐知子披著華麗的和服禮服外褂，似乎是在試穿。她的臉上笑容洋溢，近旁有另一個人——貴子不認識的男子。

貴子注視著佐知子。她背對貴子，在整理床鋪。不知是否心理作用，不管是舉止或手勢，都比貴子認識的小室學姊更有女人味，更為優雅。

「學姊？」貴子小聲呼喚。佐知子撫平毯子上的皺褶，應一聲：「嗯？」

「妳最近是不是有什麼喜事？」

佐知子猛地回頭，雙眼瞪得老大。她笑逐顏開，露出害羞的表情：

「討厭……妳怎麼知道？」

貴子感到一股暖流般的安心。啊，我確實讀到了。

「只是有這種感覺。因為學姊變得很漂亮。」

「嘴巴真甜。」佐知子笑道，微微偏頭注視貴子。「妳這種地方還是沒變。」

「什麼地方？」

「怎麼說，直覺特別靈敏……以前跟妳一起巡邏的時候，發現妳能洞悉別人的心理，採取行動，我經常驚奇不已。」

「會嗎？我倒覺得自己常犯傻。」

「有時候，我不禁懷疑妳是不是看得到別人的內心？」

佐知子的語氣輕描淡寫，而且是稱讚，但貴子忍不住低下頭。

「當然，不是指妳有讀心術之類可疑的能力。」佐知子接著道：「不過，某些人天生擁有這種直覺。對警察來說，這是很重要的資質，所以妳才會升遷得這麼快。」

「雖然刑事課成員似乎認為收下我這種人是個錯誤。」

「今天下午他們似乎就是這麼想呢。刑事課那些大叔在追究害妳生病的是誰，互相推卸責任。」

佐知子笑著拍一下貴子的肩膀。

「本田學妹，妳可要好好幹。」

佐知子心中的溫暖情感，從她觸碰的肩膀流了進來。「幸福」的情緒碎片，如紙花般撒入貴子的心裡。

「妳一定會是個好刑警，所以要保重身體，健康第一。」

「我知道，謝謝學姊。」

貴子行一禮。

「很好。」

「學姊，我想去洗把臉……」

「出去走廊左轉，盡頭就是洗手間。我下去大廳等妳。」

貴子離開病房，前往洗手間。走起路四平八穩，一點都不暈，也沒有任何不適，只是有點恍惚。

醫院的建築物很舊，洗手間陰陰暗暗的，洗手台的鏡子一片模糊。朝鏡中看去，是一張睡眼惺忪的臉。

貴子雙手拍一下臉，發出清脆的聲音。

剛才那只是心理作用，貴子看著鏡中的自己想著。不能魯莽地認定自己的能力，與今天昏倒——醫師用這個字眼描述貴子倒下的狀況——互有關聯。她會倒下是因爲貧血。倒下之後就睡著，是因爲這陣子睡眠不足，身體渴望補眠。僅僅如此。

懷疑能力正在衰退，或許只是她想太多。那股力量本來就有點像波浪，有時極爲敏銳，有時會陷入低潮。這次純粹是低潮持續得久了一些——

貴子扭開水龍頭，手伸向嘩嘩流出的水底下，冰冰涼涼好舒服。

能力。我的力量。

剛才我確實「讀到」了。佐知子不是那麼驚訝嗎？以爲能力愈來愈遲鈍，只是我多心了吧。

（對警察來說，這是很重要的資質。）

別說資質了，貴子就是擁有這種能力，才能爬到今天的位置。

貴子雙手捧起水洗臉。雖然有熱水，但她現在需要冰涼的水。

清醒點吧，貴子——她向自己喊話。振作點啊，貴子。

洗了幾下臉，拿大手帕擦乾。神清氣爽，感覺連臉頰都變得光滑。她按摩著臉。

這時，貴子的手忽然停住。指尖有種奇妙的感覺。不，正確地說，毫無感覺。一點感覺都沒有。

是左眼旁邊，太陽穴一帶。伸出指尖觸碰，那裡的皮膚卻彷彿麻痺，沒有觸感。

她豎起指頭，慢慢移動，探索太陽穴周圍。沒錯——左邊太陽穴，有個約十圓硬幣大小的部位麻痺了。試著觸摸，只剩指頭有感覺。用力捏起，只感覺到皮膚的拉扯，不痛不癢。像是只有那部分的皮膚死掉了。

皮膚？不，還是神經？

貴子小心翼翼地放下手，捂住嘴巴。她感覺到手指底下的嘴唇在顫抖。

貴子剛踏進刑警辦公室，裡面的四、五名男人全驚訝地抬起頭，離開座位湊上來，連美濃田課長都起身走近。

「妳不用住院嗎？」

「我沒事了。抱歉，給大家添麻煩。」

脇田手肘撐在辦公桌上，從帳冊山後方出聲：「是不是夜遊玩得太過火啦？」平常貴子一定會回敬幾句，今天卻溫馴地行禮。

「大木哥呢……？」

「他去昨天的案發現場。下午的搜查會議上，也討論了高田堀附近的案子。倉橋代替妳，和大木一起去了。」

「倉橋哥嗎？那他負責的傷害案件怎麼辦？如果我沒有貧血——」

貴子刻意強調「貧血」兩個字。

「本來我下午要幫忙倉橋哥偵訊嫌犯。鳥島大哥交代我……」

美濃田點點頭，「他們想讓女性刑警試試，畢竟嫌犯徹底保持緘默。」

「他還是不開口嗎？」

「一個字都不說。」

「鳥島大哥還在偵訊室嗎？」

「沒有，嫌犯送回樓下，鳥島去醫院了。要是被害者恢復意識，或許還有辦法可想。」

美濃田不管是人中或下巴都很長，整張臉看起來呆呆的，毫無緊張感，所以沒口德的脇田才會形容他「一副坐領乾薪的小官嘴臉」，把他說得一無是處。

「我也去高田堀公園看看。」貴子說。

「現在嗎？今天晚上還是算了吧，妳的臉色不太好。」

「有什麼關係，本人都說想去了。」脇田大聲反駁，「地點又不遠。」

脇田整天和帳冊大眼瞪小眼，向說話不得要領的集合住宅自治會成員打聽狀況，於是變得比平常更尖酸苛薄。貴子迅速離開辦公室。關門的時候，剛好聽見美濃田夾雜嘆息的埋怨：「萬一過勞死……」

高田堀公園從名稱也可看出，是將以前的木材儲存場填平後改建。落成當時，剛種下的樹木都很瘦小，圍繞公園的櫻樹也弱不禁風，花開得稀稀落落，如今每一株都枝幹結實，成爲這一帶居民的賞櫻勝地，十分受到喜愛。

貴子從公園北口進入，看著左邊一字排開的櫻樹，斜穿過公園，前往西口。昨晚的案件發生在西口通往車站的單線道上。這是單行道，夜間沒什麼人通行。

然而，現在正値賞櫻季節。高田堀公園禁止占地賞櫻，不會有人帶食物進來吃喝喧嘩，但花季期間，不少人前來散步賞花，還有賞夜櫻。事實上，今晚直到八點多，仍有許多家長帶著孩子，或年輕情侶悠閒漫步。雖然昨晚的案件發生在晚上十一點左右，或許也有目擊者。

身爲年輕女子，貴子對櫻花盛開的枝椏，或盛極飄落的櫻瓣看也不看一眼，快步穿過公園，是個不解風情的異議分子。在這方面，她與昨天用白色風衣包裹著不健全的衝動、潛伏在暗處的暴露狂，簡直是半斤八兩。

即使如此，貴子途中仍一度停下腳步。她在競相怒放的成排櫻樹下的散步道，發現罕見的東西。

（咦……？）

它摻雜在雜草之間，零星綻放著。貴子稍微屈身湊上去。

錯不了，是鳩笛草。

是長得像龍膽花的淡紫色花朵。葉子繁多，莖也很粗，整體顯得平淡無奇。從來沒看過這種花被當成切花販賣，應該完全就是雜草吧。與櫻花相同的時期，在公園的雜草堆中，或堤防的混凝土縫間，悄悄綻放。

老實說，這花連名字都不清不楚。所謂「鴆笛草」，是花形類似鴆笛（註），貴子任意起的名字。不，正確地說，這也不是貴子命名的。命名者另有其人。

貴子正要伸手摸鴆笛草，卻又打消念頭。她感覺到奇妙的巧合，忍不住憂鬱起來。

（我都忘了。我是在煩惱，萬一能力消失會怎樣。）

沒想到會在現下這一刻，在這裡發現鴆笛草，想起這件事。以季節來說，發現鴆笛草一點都不奇怪，但在昏倒的這天看到鴆笛草……

貴子振奮精神，挺直身體，跑了出去。漫步前行的情侶回頭，像是看到什麼奇異的東西。貴子一邊跑著，用力握緊想摸太陽穴麻痺部位的手指，只看著前方。

全力奔跑有了回報。一跑出西口，左右張望，就發現倉橋和大木並肩從車站前朝這裡走來。大木雙手插在口袋裡，微微垮下肩。

貴子還沒出聲，倉橋就發現她。大木小跑步過來。

「妳不用躺在醫院嗎？」

「只是貧血而已。抱歉，害大家擔心了。你們是去找昨晚的被害者嗎？」

報告書上的女性被害者住址，在沿著站前馬路直行，經過十字路口的一棟國宅。這條狹窄的單行道，是她的通勤路線。

「是啊，最近的年輕小姐眞是強悍。」倉橋說。「在說明案發經過的時候，她一直笑個不停。原本以爲她會更驚嚇。」

「如今連女高中生，看到暴露狂也不會受到驚嚇。」

「眞的很過分，她居然對那個暴露狂說：『哇，有夠小的！』」

「所以，暴露狂才會愈來愈多吧。」大木一針見血地說。「小碰，妳眞的不要緊嗎？妳的臉白得像紙。」

倉橋也擔心地看著貴子。於是，貴子露出笑容：

「是映照了櫻花的顏色吧。醫師說我完全健康，不知道我怎會昏倒。」

「妳不用對我們客氣啊。身體就是資本，我們要互相照應。」

「謝謝你們的好意。可是大木哥，我眞的沒事。」貴子東張西望，「案發現場在哪裡？你看過了嗎？」

「在那邊，聽說暴露狂突然冒出來。」

大木指著來時的方向。這條路就快連到站前馬路的左側，有一座寬廣的露天停車場。那是無人的月租停車場，雖然是雙層建築，但幾乎停滿車。

「暴露狂躲在車子後面，看準被害者靠近才跳出來，同時敞開風衣。趁著被害者尖叫後退，那傢伙便一個轉身，衝進停車場。」

「原來如此。」

註：一種日本鄉土玩具，是鴿子造型的陶笛，能吹出像鴿叫的聲音。

停車場幾乎占滿這一整區。暴露狂是從西口的馬路逃進停車場，穿過其中，從另一邊溜走吧。

「巡邏中的巡查怎會目擊歹徒？」

「他從站前馬路過來，看見歹徒奔進停車場，立刻追上去。可是車子太多，最後還是被歹徒甩掉，追丟了。」

「或許應該搶先繞到對面馬路。」

「事發突然，沒想那麼多吧。」倉橋打了個呵欠。「大好的賞櫻之夜，居然搞出這種鳥事件。」

「有沒有其他目擊者？」

「目前沒有。被害者說，碰到暴露狂之前，周遭沒有行人。」

貴子走進停車場，試著摸了幾輛車子，沒有特別的觸感。碰到車椅還散發著皮革香氣的嶄新賓士車時，傳來男女激烈的爭吵聲，像電話混線般斷斷續續，似乎是情侶吵架。昨晚的暴露狂這輩子恐怕與情侶吵架無緣，所以應該和案子無關。

貴子右手摸著車子，左手——幾乎是無意識地觸摸著太陽穴那塊失去感覺的部位。雖然與在醫院觸摸的時候相比，麻痺的部位沒有進一步擴大的跡象，但也沒有縮小。

「本田，妳想買車嗎？」倉橋問：「看得這麼認眞。」

貴子縮手，聳了聳肩。大木語氣輕挑地說：

「小碰習慣在現場摸東摸西啦。」

貴子忍不住看向大木。他雙手插腰環顧停車場，似乎沒察覺他剛才的話意味著什麼。

反倒是貴子反射性地回頭看大木，引起了倉橋的注意。他揚起眉，注視著貴子，面露疑惑。

「我就像小孩子，看到東西便忍不住想摸。」貴子解釋。

大木帶著自己畫的地圖。他在高田堀公園和周邊的地圖上，標記出昨晚的案件與去年夏天十五起案件的發生地點，以及目前所知的暴露狂逃逸路線。三人在路燈下攤開那份地圖研究。

「不用說，暴露狂熟悉這一帶，而且熟得像逛自家後院。」倉橋手指頭敲著地圖說。

「雖然不是全部，不過你們看，暴露狂跳出馬路驚嚇被害者之後，幾乎都是穿過建築物之間的縫隙，或是像昨晚的停車場、大樓土地逃走。都不是從大馬路逃走。」

如同倉橋說的，去年夏天的第一起案發現場，是高田堀公園北口一百公尺外的地方，那裡有一家面對大馬路的大型物流中心。那是沒有門和圍牆的開放式建築物，夜間只剩守衛室有人，可繞過倉庫後方，從大馬路逃進後巷。

貴子他們向守衛室報備後，實際走過去。後巷裡沒有路燈，連倉庫的夜燈都照不到，一片陰暗，但不至於暗到無法跑過去。他們詢問守衛，守衛表示在物流中心工作的人不會穿過這裡，但水電瓦斯的抄表員會走這裡。確實，倉庫後面有座儲藏室大小的建築物，裡面全是儀表。
「暴露狂會是抄表員嗎？」倉橋說著，眼中帶笑。「可是，抄表員多半是女性吧？」
「那些抄表員，怎麼記得住每棟建築物的水電表裝在哪裡？」大木喃喃道。「就算是老鳥，也不是一開始就全部知道吧？建築物會改建，負責的區域也會更換。」
「負責人之間會口頭進行交接吧。」
「這樣有辦法應付嗎？」
「大木哥在猜，是不是有地圖嗎？」貴子問。這不無可能。
「就算有地圖也不奇怪。」
「我搬到現在住的公寓時，來啓用天然氣的作業員還問我老婆，天然氣表在哪裡。」倉橋說。「他根本不知道裝在哪裡。如果有地圖，就不會這麼問了吧？」
「喔，或許沒有正式的地圖，但可能是抄表員自行繪製的地圖之類……」
「唔……倒是有可能，不過跟這起案件有什麼關係？」
「也不是說有什麼關係……」
大木頓時失去自信。在倉橋面前，他經常顯得氣弱心虛。這表示他就是如此肯定倉橋的能力，但有時會讓貴子急得牙癢癢的，忍不住暗想：你就不能再強勢一點嗎？
「大木哥是想說，這類地圖可能落到第三者手中嗎？」貴子說。
「唔……嗯，是啦。」

大木支支吾吾地回答，倉橋笑道：

「想太多了。那種像私人祕笈的東西，怎會流落到外頭？」

「是這樣沒錯……」

大木用力搔著一頭亂髮，把頭髮搞得更亂了。貴子沒有吭聲，但她把大木的意見確實記在腦袋裡。她認爲這個意見值得重視，不應該笑著帶過。

三人在地圖上做記號，逐一前往案發現場。由於十分仔細勘查，還沒查完一半，已超過十點。如果晚上在附近亂晃，恐怕會造成附近居民的誤解，三人決定今晚暫時撤退。

三人折返高田堀公園，倉橋在記事本上寫著什麼。

「看過六個地方了。」他說。「疑似暴露狂逃亡路線上設有儀表箱的，只有三處。」

貴子輕笑，看來倉橋也很好強。大木軟弱地眨著眼。

「小碰，妳直接回家吧。」

來到站前馬路上，大木說道。查看案發現場的過程中，他也囉唆地一再催促「小碰，妳先回去吧」。

「大木哥和倉橋哥要回警署嗎？」

「對啊。」

「然後，你們要去『上總』吃飯，對吧？我也餓了。」

「上總」是刑事課眾刑警喜歡流連的小居酒屋，只要坐上十個人就客滿，但菜好吃，又便宜。老闆是以前在城南署任職的警邏巡查。他在執行勤務中受傷離職，之後開了這家店。

倉橋解下領帶，塞進口袋說：「如果身體不要緊，那也無妨，一起去喝一杯吧。」

他已在尋找計程車。倉橋最近雖然有點中年發福的傾向，卻是個儀表堂堂的美男子，在路燈底下叼著菸鬆開領帶的姿態，頗爲賞心悅目，只不過江湖味十足。

「餓過頭怕等一下又會昏倒。」

貴子對板著臉的大木笑道。

「況且，就算回家我也沒東西吃。家裡沒食物。」

「小碰過得太不健康了。」大木語帶責備，「妳不會自己煮嗎？」

「太忙啦。」

貴子不想回家。如果一個人獨處，即使不願意，也會胡思亂想。她覺得身體狀況好得很，一點都不暈。既然如此，她不想去在意太陽穴那塊沒感覺的部位。

三人在案發現場勘察的過程中，貴子重新體認到自己果然喜歡辦案——喜歡和同事一起工作。跟大木一起行動時，不管處理的案子再怎麼無聊，她也會唐突地體會到「啊，我眞的成爲刑警」，但今晚這種感受格外強烈。

爲什麼會這樣？她不想深入分析思考。這才是她最不想做的事。少了那種能力，她還有辦法辦案嗎？如果那種能力衰退，她會不會徹底淪爲外行人，根本無法加入倉橋和大木他們，提出像樣的意見？這些是今晚她最不願意思考的事。若是直接回家一個人待著，恐怕整晚都會陷入自我質疑的狀態。

倉橋找到空計程車，動作誇張地舉起手。大木放棄似地嘆一口氣。

「妳塡飽肚子就回家喔。」他對貴子說。「我送妳。」

這人未免太死板了——貴子暗想。雖然近似遷怒，但她忍不住火大：

「我健康得很。」

「妳都被救護車載走了，還嘴硬。」

「又沒人拜託你叫救護車。」

「當時妳像死人一樣癱軟，萬一是什麼大病的前兆怎麼辦？」

貴子不由得提高嗓門：「要你多管閒事！」

大木一驚，縮起下巴。表情不是生氣，而是驚訝。這時，計程車停下，車門打開。倉橋傻笑勸道：

「小倆口別伴嘴。走啦，我坐前面。」

倉橋彎身告訴司機目的地，突然傳出「嗶」一聲。倉橋一頓，大木也停下腳步。貴子看著兩人。

「是誰的？」

「我的。」倉橋摸索外套內袋，呼叫器響個不停。接著，大木的呼叫器也響起。

「司機，車上有電話嗎？」

倉橋問，司機默默指向貴子一行人的後方。那裡有一台綠色的公共電話。

倉橋請司機稍等，先去打電話。貴子的呼叫器沉默著，大概是白天她剛被送醫住院，聯絡員才跳過她吧。既然其餘兩人的呼叫器同時響起，不管是什麼事，應該都是下達了全體召集的命令。

倉橋很快結束通話。他一放下話筒，大木立刻問：

「怎麼了？」

「有孩童失蹤。」倉橋簡短回答。「十一歲女童，沒從補習班回家。平常都是家長接送，今天卻有別人去接，把她帶走了。」

大木立刻跳上計程車。倉橋對司機說：

「不好意思，改去別的地方。」

失蹤兒童。

貴子幾乎是反射性地抬起手，觸摸太陽穴那塊失去感覺的部位。

3

貴子隨大木和倉橋一起回到警署的刑警辦公室，美濃田課長一臉驚訝。他正要開口，貴子簡短地打斷說：「我沒事了。」這件事就此結束。

對於貴子回來參與辦案，脇田和鳥島沒有異議，況且，他們看起來根本無暇顧及這些。

現階段由脇田指揮。集合住宅自治會的案件資料被擱到旁邊的桌位，電話機前挪出空位，堆滿翻開的自治會通訊錄、消防團員名單、地區電話簿等等。

「沒有回家的女童名叫小坂滿，十一歲，就讀城南第一小學五年級。」

脇田看著手上的資料，飛快地說著，表情並不急迫。「沒有回家」這樣的說法，也可看出他的謹慎之處。

「住家地址是寶橋町四丁目六番地九號，寶橋卡薩公寓五〇三號。父親名叫小坂伊佐夫，四十九歲，在明星運輸倉庫的方南町分店上班，是在中野那邊吧。他在公司擔任營業課長。母親小坂則子，四十五歲，家庭主婦。小坂滿是獨生女，沒有兄弟姊妹。報案人是母親，今晚九點多去補習班接女兒，卻發現女兒在十分鐘前和別人一起離開，立刻打一一〇報警。補習班是住伊澤町一丁目一番地四號，高橋大樓一樓的東邦升學補習班，距離住家頗遠，平常都是母親開車接送。」

脇田翻著手上的資料，清了清喉嚨，繼續道：

「補習班的級任講師名叫武田麻美，二十五歲。據她所述，來接小坂滿的是個三十多歲的小姐，身高約一六〇公分，長髮，穿牛仔外套和牛仔褲，腳上像是運動鞋。小坂家一向來都是母親來接女兒，起初她感到有些可疑，但對方自稱是女童的阿姨，小坂滿也說沒錯，便放心讓對方把人接走了。兩人看起來非常親近。」

「那個阿姨有報出名字嗎？」倉橋問。

「沒有，只說是小滿的阿姨。」

「是開車去接嗎？」

「不知道。但講師武田沒看到車子，也沒聽到引擎聲。」

大木搔著太陽穴，微微苦笑：「那個叫小滿的女孩也說對方是阿姨，主動跟她離開是吧？」

「以狀況來說，似乎是這樣。」

「既然如此——怎會突然鬧得這麼大？」

倉橋也有點沮喪的樣子。貴子寫好筆記，抬頭對脇田說：「母親急壞了吧？」

脇田撇下嘴角，「沒錯。接到報案的時候，父親還在公司。剛才接到聯絡說他到家了。」

「換句話說，母親沒有通知父親，就先報警了？」倉橋說。他的表情依然沮喪，但眼神並未放鬆。

「就是這樣。而且報案的時候，母親劈頭就堅稱女兒是被綁架。因爲她和丈夫都沒有兄弟姊妹，女兒小滿不可能有阿姨或姑姑，她也完全不知道接走女兒的女子可能是誰。」

貴子仰望大木那張大臉。大木又在搔頭，但嘴角的苦笑已消失。倉橋和大木應該也開始認爲，與剛接到聯絡時不同，在某種意義上，這起案子相當棘手。

「還有一點，或許相當重要，也或許不那麼重要。」脇田壓低聲音。「小坂夫人舊姓篠塚，是區議會議員篠塚誠的獨生女。」

「篠塚——」

貴子想起張貼在街道各處的選舉海報，候選人的名字應該是「篠塚誠」。再過兩星期，就是地方統一選舉的投票日。

「意思是，和選舉有關？」貴子問。

「還無法斷定——，不過最好心裡有底。所以，現下才會如此大張旗鼓。考慮到萬一眞的是綁架，也不能張揚地大肆搜索。雖然也聯絡了自治會和消防團，但目前無法請他們出動。不過，警方會加強巡邏，進行路檢。」

脇田態度淡然，平時辛辣的口吻收斂了一些。如果最後只是虛驚一場，現在壓抑的情緒，應該會化成兩、三倍的咒罵爆發出來，然而茲事體大，他不得不忍耐。

大木以一貫悠哉的語氣說：「這樣啊……篠塚誠，我記得是地下鐵換氣塔建設問題的中心人物，對吧？」

距今約三年前，這個地區開始進行橫跨東西的新都營地下鐵路線建設工程，還要兩年才能完工。

對於興建地下鐵，當地並沒有什麼反對意見，反而十分歡迎。這個區域將會新增兩個車站，商家聯合組織的商業振興會甚至率先搖旗吶喊加油。

然而，當都營交通當局提出要在兩個新站的中間地點——松本町的一隅建設換氣塔，事情就變得複雜起來。理所當然，松本町的換氣塔建設預定地的周邊居民，發起強烈的反對運動。

都政府想要蓋換氣塔的土地，是約五十坪的都有地，面積完全足夠建設換氣塔，不用收購新的土地，所以才會屏雀中選。但對周邊居民來說，這會造成嚴重的問題，難不成他們每天都要呼吸廢氣生活嗎？雖然舉辦幾次公聽會、說明會，修改意見，卻沒個定論，目前是否要興建換氣塔，仍磋商不出結果，只有地下鐵工程不斷進行。篠塚誠身為「拍都營交通當局馬屁」的換氣塔建設推進派議員，在松本町居民的眼中，如同蛇蠍般令人厭惡。

「不過，從來沒聽說篠塚誠的服務處為此遭到騷擾或威脅，對吧？」倉橋對大木說。

「雖然兩邊鬧得很不愉快，但反對派在松本町裡，只是一小部分居民吧？本來那就是只有一個街區的小町……況且，小坂滿是篠塚的外孫女。再怎麼激烈反對，會對人家的小孫女動手嗎？又不是警匪劇。」

大木微微搖頭，「可是，小滿的母親就是這樣想，才會慌忙報警。」

「沒錯。」脇田總結道。「而且從事實來看，一個十一歲的小女孩，被父母不清楚身分的人帶走，直到這個時間——現在幾點？」

「十點半。」

「都十點半了還沒有回家，事態嚴重。倉橋，你和阿鳥去小坂家。伊藤在那邊指揮搜查。大木和——」脇田停頓一拍，看著貴子。「和小姐去東邦補習班。接到第一通報案電話時，戶崎先過去了，我會叫他回來。」

戶崎刑警比貴子小一歲，是刑事課最年輕的刑警。在貴子眼裡，顯得很不牢靠，但脇田很賞識他，一有事就「戶崎」、「戶崎」地喊。大概因爲戶崎是「男人」，不用稱呼他「小姐」。

一起走出警署時，大木問：「可能得熬夜。小碰，妳眞的行嗎？」

「你很煩耶。」貴子丟下這句話，向剛好開過來的計程車招手。她使勁握緊空出的左手，努力不去碰太陽穴那塊沒感覺的部位。

這時，大木低喃著什麼。

「咦，你說了什麼嗎？」

他整個人陷進計程車後座，深深嘆了口氣：

「我說，這應該算是老來得子。小滿今年十一歲，對吧？」

小坂夫妻分別是四十九歲和四十五歲。確實，是很晚才得到的寶貝千金。

「所以，會慌成那樣是當然的。就算不是區會議員的外孫女，光憑這一點就足夠寶貝。即使最後只是虛驚一場，我也能理解那個媽媽的心情。」

很像大木會有的感想。貴子點點頭，尋思起來。或許不會是什麼大案子，這樣比較好。女童平安無事，一切都是白忙一場最好。這種可能性很高——

然而，今天這個日子，似乎直到最後一刻，老天爺都刻意忽略貴子的祈禱。東邦升學補習班的招牌十分醒目，貴子和大木走下計程車，只見戶崎神情緊繃地站在差不多該送去洗車的偵防車旁邊。戶崎一手抓著無線電對講機，線被拉扯到極限，都扭曲了。

「小坂家剛才接到歹徒的電話。」

補習班招牌散發的白光底下，清瘦的戶崎突出的喉結上下滾動。

「對方說女童在他手中，要求準備一億圓贖金。」

負責小坂滿那一班的講師武田麻美，在空蕩蕩的教室裡面對講桌坐著，像被丟在這裡。戶崎說，東邦升學補習班在都內有十幾家分校，規模相當大，老闆平時待在西麻布的總校，今晚還未聯絡上，不知道人在哪裡。來到教室的途中，貴子經過辦公室前，幾名職員分別守在話機旁，高聲接聽電話。

在一團混亂中，所有人都無暇理會武田麻美吧，只見她哭得眼睛紅腫。貴子報上自己的身分姓名，一面走近。麻美並未站起，只是垂著目光點點頭。

「剛才接到聯絡，狀況有些改變。」貴子盡量維持平靜的語氣，「小滿的父母接到歹徒要求贖金的電話，所以現在這是綁架案了。」

麻美猛地抬起頭。隨著這個動作，淚水從她眼中簌簌滾落。

「眞的嗎？」

「很遺憾。」

「我該怎麼辦?」麻美泫然欲泣,「我會被問罪嗎?我不能回家嗎?小滿不是被強迫帶走,她很開心地跟著那個人走,我應該沒有責任。」

咦,這個人還是小孩子啊?——貴子心想。她的精神年齡和那些學生相差無幾。確實,她的立場令人同情,即使如此,還是得堅強一點。

「不是說立刻就會有人來追究妳的責任,」貴子接著道:「不過我們要拜託妳幾件事。綁架勒索的案子,不是由我們當地警察,而是警視廳的刑警負責偵辦。他們還要一陣子才會抵達。到時,他們會詢問妳小滿被帶走的經過,應該也會再次問到剛才刑警提出的問題,請妳務必配合。」

「我不能回家嗎?」

「不,談完一定會讓妳回去。所以在那之前,請妳暫時留在這裡,我會陪妳。這是第一個要求。」

麻美用指頭抹去淚水,塗著鮮紅色指甲油的指甲修得非常漂亮。指甲油的顏色,是搭配她的連身迷你裙上的小花圖案。先不論這身服裝適不適合教師,武田麻美似乎十分擅長打扮。

「還有一件事——」貴子放慢語速,「請千萬不要把這件事告訴任何人。妳知道發生綁架案時,媒體也會自制,避免搶先報導吧?因爲首要之務是讓人質平安歸來。妳和家人一起住嗎？」

麻美表情慌張，「問這個做什麼？」

貴子微笑，「如果和家人一起住，回家以後，妳可能會想告訴家人發生什麼事。嚴格來說，必須請妳不要向家人透露。」

「我是一個人住。」麻美愣愣回答。

「這樣嗎？那請妳回去以後，也不要向朋友提起。妳肯定很不安，但這都是為了小滿。可以請妳暫時忍耐嗎？」

麻美並未回話。她一手按著額頭，視線落在木紋美觀的教桌上。接著，她突然看向貴子說：「我可以聯絡律師嗎？」

貴子不禁瞪圓眼，發出連自己都覺得可笑的聲音。「咦，聯絡律師？」

「對，我有認識的律師。你們是來調查我，對吧？我可以請律師在場嗎？打電話他應該馬上就會過來。」

麻美充血的雙眼，筆直地注視貴子。貴子回望，試圖讀出她眼底的神色。聯絡律師？她是外國犯罪電影看太多嗎？還是——

「我認為妳現在的狀況並不需要律師。請冷靜一點，鎮定下來。」

貴子努力柔聲安撫，同時悄悄伸出手，輕拍麻美被布料輕柔的袖子包裹的纖細胳臂。只傳來薄紗底下的體溫，以及皮膚光滑的觸感，什麼都「看」不見。碰到如此驚慌失措的女人，卻什麼都「看」不見。貴子的心臟彷彿被惡狠狠地踩踏。

「可是，小坂媽媽說要告我。」

依然「看」不見。一直觸碰麻美，卻還是不行。貴子隱藏內心的震驚，專注在麻美的話上。

「告妳？」

麻美像小女孩般點點頭。「小坂媽媽來接小滿，知道她和阿姨先回去的時候，罵我居然相信那種胡說八道，未經家長同意就把孩子交給別人，根本是怠忽職守，『要是小滿有什麼三長兩短，我絕對要告妳』。」

原來如此，所以她才會怕成這樣啊。麻美抬頭望著貴子，小聲問：

「聽說小坂媽媽的父親是大人物，對吧？是議員之類的。」

「對，是區議會議員。」

「區議會？」麻美的雙眼頓時睜大，「咦，原來是區議會，不是國會議員？搞什麼，是這樣喔。」

麻美勢利的態度，讓貴子噗哧一笑。麻美也笑了。

「小坂媽媽說是國會議員嗎？」貴子正色問。

「不是，她沒有明確地這麼說。只是她罵得實在太凶，我忍不住火大，開口反駁：『小滿和來接她的阿姨手牽手親密地走掉，我才會不疑有他啊！』小坂媽媽氣到臉都紅了，說我囂張，還有類似『我爸是議員，認識很多大人物』的話。」

「這眞是——」貴子把後面的「歇斯底里」幾個字吞回去。此外，還沒接到勒索電話就認定是綁架，小坂夫人的言行感覺相當誇張。

「小滿和來接她的阿姨手牽手離開，是眞的嗎？」

麻美用力點頭。「對，是小滿主動伸手，然後對方牽著她的手。」

「小滿怎麼稱呼對方？」

「不確定……」麻美歪著頭，「她跟我說是阿姨。」

「那個女人怎麼稱呼小滿？」

「就叫『小滿』。」

「妳說她們看起來很親密？」

「對，感情非常好，一點都沒有可疑的樣子。」

麻美垂下頭，「我不是在找藉口，可是，我到現在都還無法相信，對方居然是要綁架勒索……眞的有人打電話過去嗎？不會是有人趁火打劫嗎？」

貴子只是稍微側了側頭，沒有回答。麻美嘆一口氣：

「對不起，妳一定覺得我很不負責任吧？但說眞的，我一點都沒有小滿遭遇危險的眞實感。小滿和那個『阿姨』，看起來就像母女一樣親密。」

「那個女人今天是第一次出現嗎？」

「就我所知，是第一次。」

貴子的手仍放在麻美的胳臂上。這時，忽然有什麼傳過來。那是極為混亂、害怕的情緒，同時也有種彷彿隨時要衝出去的孩子氣亢奮。

貴子忍不住重新審視麻美的神情。剛才我是「看到」她的內心了嗎？成功「看到」了嗎？

「呃，怎麼了嗎？」麻美問。

「不，沒事。」貴子連忙放開麻美的手。

剛才是——力量成功發動了嗎？就像接觸不良的開關，斷斷續續。貴子想起學生時代，朋友便宜賣給她的中古錄放音機。明明沒動開關，有時卻會突然沒聲音，或相反地，自行提高音量，實在讓人不敢領教。貴子的那種能力，是不是也漸漸變成那樣？

這樣情形，果然與「力量逐漸衰退」的事實有關。

這時，教室門口傳來低聲清喉嚨的聲音，只見大木流露責怪的眼神，看著貴子。

「抱歉。」貴子離開麻美旁邊，走近大木，搶先開口：

「對不起，我知道越權了，不會再多問。」

本廳的刑警尚未抵達，轄區警署的刑警不該對涉案人士問東問西。貴子接到的命令，只有在本廳的偵察班成員過來之前，確保補習班相關人員留在原處，並安排好聯絡事宜。

面對貴子的道歉，大木只平靜地說：「聯絡上補習班老闆了，他正要過來。」

「武田老師似乎害怕自己會蒙上嫌疑，或必須負責。」

「這一點我們實在不好說什麼。」

「我認爲她跟這件事應該無關。」

「不能妄下論斷。」大木嚴肅地回應。「而且這也不是該由我們判斷的事。重要的是，妳得幫忙問一下，有沒有小滿在補習班寫的東西或她的照片之類。還有，我會拿名單過來，請她指出和小滿要好的朋友。」

「好。」

貴子立刻詢問麻美，但麻美對於學生之間的往來幾乎一無所知。

「這裡是補習班，不是學校啊。」

不過，她還是遲疑地指出兩名男孩，說他們看起來和小坂滿十分要好。

「都是男生？」

「對，小滿頗受男生歡迎。」

據說是今年剛過完年，補習班學生舉行的新年會照片裡，小坂滿也被那兩名男孩夾在中間。小滿一頭長髮綁成馬尾，穿著紅色毛衣和短褲，褲襪配上麂皮長靴。外表不像小五生，即使說她是國二生也不會有人質疑。

就在這時，東邦升學補習班的老闆片田，和本廳偵查班的刑警陸續抵達。麻美明顯地整個人萎縮，躲在貴子背後，匆匆地小聲說「這裡的工作算是過渡性質。因爲我今年沒找到正職——萬一演變成什麼麻煩事，搞不好以後就沒有半家公司要我了。」

麻美最害怕的，或許是這些事情。貴子輕摟一下她的肩膀，一樣匆匆小聲說：

「妳擔心的這些事情，最好都坦白地告訴負責的刑警。不會有事的，只要妳說的是實話，警察都會好好聆聽。」

跟剛才一樣，傳來的只有麻美心中的混亂和恐懼，以及興奮顫抖的碎屑。或者應該說，這點感情她還讀得出來嗎？貴子的力量。即將斷電的開關。

——好想觸碰一下小坂夫人。

碰到她會怎樣？「看得到」什麼？不是身爲轄區警署菜鳥刑警的貴子，而是擁有那種能力的貴子，會「看到」什麼？

貴子認爲，小坂夫人掌握著這起案子的關鍵。即使純粹以身爲刑警的眼光看來，也是如此。如果能「看到」小坂夫人心中的什麼……

本廳的刑警抵達後，貴子就被喚回警署。雖然發生綁架勒索的大案子，但轄區警署不能把所有人力都投入此案。還是需要人員去處理一般業務，以及其他發生的小案子。但簡而言之，貴子就是被剔除了。這絕對不是一件讓人開心的事。

大木留在東邦升學補習班。他可以參與那邊的辦案，爲何只有搭檔的貴子被叫回來？雖然只是協助本廳的專家，但是否待在現場，有著天壤之別。況且，像這樣被排除在外，等於永遠沒有機會碰觸到小坂夫人。

——如果交給我，小坂夫人在想什麼、爲什麼從一開始就驚慌失措地一口咬定是綁架，這些令人費解的地方，我一定可以「讀到」答案。

爲了洩憤，貴子衝上警署樓梯，卻又停下腳步。

一定可以「讀到」答案。不，大概有辦法「讀到」？

她提心吊膽地抬起手，觸摸太陽穴失去感覺的部分。觸感和傍晚在醫院摸到時一樣。皮膚是死的，但範圍似乎並未擴大。或許和那股力量毫無關係，是不同的現象……

貴子用力甩頭，切斷亂糟糟的思緒。就算想這些也於事無補。她下定決心，打開刑警辦公室的門。

一片空蕩蕩，課長也不在。負責接聽電話的鳥島出聲慰勞「辛苦了」，並告訴她特別搜查總部設在二樓會議室。

「那邊應該煙硝味十足，不過託他們的福，這裡安靜許多。」

鳥島溫和的臉像抹上一層灰，變得毫無血色。他恐怕相當累了。

「我也負責待命。電話我來顧，鳥哥去休息一下吧。」

「該休息的不是我，是妳吧。不要太嚇人了。」

貴子連忙爲了害他擔心而道歉，解釋只是貧血。鳥島聞言，審視著貴子的臉，說：「妳的左眼有點腫。」

貴子的心一涼。左眼？那塊麻痺無感的部位也在左側太陽穴，連旁人都看得出不對勁嗎？

「因爲沒化妝啦。」貴子裝出輕鬆的聲音，「比起我，鳥哥看起來更像病人。」

「是啊，我可是不折不扣的病人。」鳥島笑道。「高血壓、高血糖、心律不整什麼的，每天都得吞上一把藥丸才行。上了年紀眞討厭。」

鳥島說完，稍微收起笑容。

「對了，那個徹底緘默的嫌犯……」

那起傷害案的頭號嫌犯。

「他依然不開口嗎？」

「老樣子。只是不開口，食欲倒是挺好，睡得也很香。今天又在偵訊室跟他一起吃了丼飯。飯後我吃藥，他就直盯著我。那是醫生開的藥，不是會一起裝在印有醫院名稱的藥袋嗎？他仔細看著那些藥，像要逐一確認。最後我吃下胃藥，他依然直盯著我，似乎在讀標籤，所以我問他要吃胃藥嗎？他搖搖頭。」

鳥島摸著頸脖，笑了一下。「雖然是小事，但我就是有些在意。」

「連他的身分都還沒查出來，對吧？」

「完全沒個底，他簡直像是憑空冒出來。被害者那邊，也還沒辦法問出任何事。」

「明天讓我幫忙吧。其實我今天應該要過去看看，抱歉給鳥哥添麻煩了。」

接著，貴子待在位置上，寫日誌、接電話，過了午夜十二點，鳥島去小睡。刑警辦公室雖然有人進進出出，但整體來說非常安靜，一點都不像轄區內發生綁架勒索案。原來被踢出案子，就是這種感覺嗎？貴子不禁感到寂寞。

她沉浸在寂寞中，一個想法無可遏抑地浮現腦海：只要能見到小坂夫人，只要能「讀到」她……然後每一次，相信一定能「讀到」的亢奮，與或許沒辦法「讀到」、或許力量會不斷衰退的恐懼，便輪流湧上心頭，攪亂貴子的情緒。

她忽然想起，傍晚在高田堀公園看到的鳩笛草那淡紫色的花朵。貴子喜歡那種花，想起為那種花命名的人。該去拜訪他嗎？若是他，或許會給我一些建議。等到手上的事忙完，就立刻動身嗎……？

內心的種種糾葛讓貴子精疲力盡，雖然只有短暫的一下子，但她似乎坐在位置上打起盹。「本田！」聽到有人叫她的名字，她醒了過來。

美濃田課長和脇田站在辦公室入口。兩人表情都很凝重。貴子連忙站起，眼前突然一陣天旋地轉，踉蹌一下。她抓住附近的椅背，椅子大大地滑動，撞到辦公桌，發出巨響。

「妳睡昏頭了嗎？」脇田厲聲說。

「抱歉。」貴子用力催促快打結的雙腿，跑向他們。

「妳立刻去醫院。共立大附屬的豐洲醫院。妳知道地點吧？」脇田以生氣般的口吻急促地說。

「我知道，可是怎麼了嗎？」

有誰受傷了嗎？

「小坂夫人割腕。」美濃田課長雙眉下垂，一副困擾萬分的模樣。

「怎麼會？」

「就是這樣。」脇田表情極為苦澀，「為了追究女兒遭到綁架是誰的責任，夫人和先生大吵一架，關在浴室裡割腕。雖然馬上開車送醫，但也許是傷口很深，需要住院。」

「好的。」貴子隨即準備離開辦公室，但脇田用力扯住她的衣袖說：

「小姐，以為我們叫妳去幹麼？別自作主張。我們是要妳去張羅夫人住院的東西。女人住院需要很多東西吧？像是睡衣之類的。」

「喔……」原來是叫我跑腿嗎？

「那是什麼失望的聲音？夫人有本廳那些人陪著，但歹徒可能在某些地方盯著，總不能叫本廳的人去跑腿吧？所以，輪到小姐妳出馬啦。聽著，妳裝成女傭或親戚前往醫院，送交東西後，立刻回來。妳的任務只有這一項，別多事啊。換上平常的服裝再過去。」

貴子的置物櫃裡有牛仔褲和襯衫，馬上就能換成便服。

「關於住院的用品，請小坂家先準備，我領了送去醫院是不是比較好？」

「說是不想要從家裡拿出任何物品，也不希望任何人離開。」課長回答。

誰說的？應該是本廳特搜班吧。

「小坂家有女傭，也被扣留在那裡。這麼晚了——」

課長看看手表，已是凌晨兩點多。

「有辦法買到必要的東西嗎？」

「我會想辦法。」

貴子跑到更衣室。沒想到會發生這種狀況，但這樣一來，或許就能見到小坂夫人！

如同課長擔心的，三更半夜幾乎沒有商店營業。幸好貴子的住處就在附近，她飛奔回家，從壁櫃深處取出乾淨的睡衣、幾條毛巾、備用的全新成套內衣褲，裝進紙袋。這麼說來，昨天貴子被送進醫院時，小室佐知子也爲她做了一樣的事。

本廳的刑警知道貴子會過去，在豐洲醫院的夜間櫃檯等她。對方年紀和鳥島差不多，但體格壯碩，看起來遠比鳥島健康。醫院大樓內是一片入睡後的寂靜，除了護理站以外，燈都熄了，兩人快步走過陰暗的走廊。

「夫人的傷勢如何？」

「聽說傷口並不深，但她情緒非常激動，我們認爲先安置在醫院比較好。」高大的刑警聳聳肩，「居然在偵辦綁架案期間出這種岔子，眞是教人不知道該怎麼說。」

「夫人的態度從一開始就很奇怪，」貴子應道：「莫名歇斯底里，總覺得她有所隱瞞。」

大塊頭刑警維持親切的態度，口吻也依舊柔和，卻不客氣地提醒：

「妳可別對夫人說這些多餘的話，會影響辦案。」

貴子忍不住看向對方。這顯然是她失策了。

「很抱歉。」貴子喃喃著，臉頰發燙。她有一堆問題想問，像是後來綁匪有沒有聯絡、是否正在與綁匪談判、小滿確定平安無事嗎？但這下全問不出口了。

直接負責偵辦的本廳刑警，應該也對小坂夫婦存有疑慮，這一點從美濃田課長剛才的話可見一斑。連女傭都被扣留不准外出，表示他們認爲小坂家的人可能與這場綁架有關，或是很清楚內情。若非有這種疑心，貴子現在的跑腿任務，只要派個護衛，請小坂家的人來處理就行。

夫人的病房在大樓南端，三間並排的特別單人房中間。雖然尚未掛出名牌，但有一名制服警官守在門外。警官一看到帶貴子來的刑警，立刻起身敬禮。貴子向他頷首致意。

大塊頭刑警輕聲敲了敲門，接著催促貴子：

「護士在裡面，妳轉交東西後就出來。」

貴子點點頭，踏進病房，心臟狂跳。

轄區的女性刑警，而且是菜鳥，不可能參與重大刑案。這一刻，貴子再清楚不過地體認到自身的處境，也因此更強烈地、幾乎要顫抖地渴望使用那股力量。孩子氣的反抗心在貴子的體內反覆吶喊著：看著吧！你們做不到的事，我有辦法——

她可以「看出」、「讀出」夫人的心思。

與其說是病房，其實更像飯店套房，貴子一時沒看見病床在哪裡。豪華沙發與玻璃桌相對，牆上掛著畫作。地上鋪著地毯，吸收了腳步聲。

沙發另一邊立著布製白色屏風，床就在屏風後面。貴子靠近，站在床腳的護士注意到她，點點頭。

「我是城南警署的本田刑警。」貴子抬頭挺胸地報上名號。「我帶替換衣物和盥洗用品過來。」

「啊，太好了。小坂女士，可以換衣服了。」護士說。是個笑容可掬、親切溫柔的中年婦人。

小坂則子背後墊著兩個枕頭，側坐在床上。她的左手直到手肘都包著繃帶，但沒有打點滴，也沒有輸血，傷勢應該眞的不嚴重吧。

她穿著像薄綿長袍的衣物，毯子拉到腰際，因此實際情況無法判斷，但看起來個子嬌小，體型與其說是纖細，更接近小孩子。臉蛋小巧，五官精緻。頭髮及肩，燙得非常鬈。這種髮型如果每天細心打理，應該會顯得氣質高雅，不過只要稍一疏忽，就會像是蓬頭亂髮，相當麻煩。

「從哪裡拿來的？」小坂夫人望向貴子手上的紙袋問。約莫是鎮靜劑的影響，聽起來有點大舌頭。

「如果能拿您的衣物過來就好了，但因爲不能隨便靠近府上，非常抱歉，睡衣是我的。」貴子說。「不過，不是太舊的衣物，也洗乾淨了。內衣褲是新的。」

「這樣很好啊。喏，小坂女士。」護士像在哄小孩子，接著對貴子笑道：「她現在先穿手術衣應急。」

「等店家開門，可以再去買新的，暫時先穿刑警小姐帶來的衣服吧。」

小坂夫人對護士和貴子的話都沒有反應，只是呆呆地看著紙袋。不久後，她顫抖著低喃：

「我要自己的衣服。我想回家。」

「暫時沒辦法啊，得先看情況。」護士應道。

「爲什麼不拿我的衣服來？爲什麼我先生不來看我？」

「妳先生現在不能離開家裡。」貴子回答。除了剛才的興奮之外，又加上扭曲到極點的疑問：這個女人是怎麼回事？這是女兒正落入綁匪手中的母親嗎？

「我要我先生過來。」小坂夫人用沒受傷的手捂住臉，哭了起來。「我要他陪我。我想回家。」

小坂夫人抽泣、哽咽，不停重複相同的話。護士溫柔地撫摸她的肩膀，勸慰著：「好啦、好啦，別哭。」貴子抱著紙袋愣住，護士小聲說「請把衣服給我」，她急忙拿出袋子裡的東西。不料，小坂夫人一把揮開樸素的印花棉睡衣。

「誰要穿這種東西！這種別人的東西！我才不穿綿的東西！」

貴子忍不住望向護士。護士維持著笑意。她不像貴子那樣驚訝，看起來有些困擾，並深為同情。

「要是不中意，不用勉強穿。先休息一下吧。」

「叫我先生來！我要見他！」

「晚點再問警察看看，或許就可以請他過來了。」

護士想哄小坂夫人入睡，貴子也伸出手。這是「讀」夫人的機會。她的右手指尖碰到小坂夫人左肘上的繃帶。

接著，貴子被猛力甩開。「不要碰我！」

然而，比起遭到拒絕的驚嚇，傳進貴子體內的情感帶來的巨大衝擊，更讓她驚愕屏息，當場怔住。小坂夫人的情感如電擊般迅捷，像鞭子毒辣地打在貴子的心上。

（那種女人怎麼不去死為什麼小滿好想死如果死了小滿也會爸那是什麼鬼話那種女人居然是小滿的母親……）

這是透過瞬間的接觸，貴子掌握到的話語。既像詛咒，也像是小孩子鬧脾氣的話語。毫無脈絡，甚至難以釐清意義。然而，隨著話語灌入內心的小坂夫人情感實在太陰暗，彷彿徹底浸染在哀痛中，貴子好似當頭被一條又濕又冰的毛巾罩住。

——那種女人？

那種女人居然是小滿的母親。
原來小滿不是小坂夫人的親生女兒嗎？

4

那天晚上離開醫院後，貴子回到警署，睡了三小時左右。妳的臉色糟透了，躺一下吧——在鳥島的大力勸說下，她蓋上警署休息室的薄毯躺下。或許眞的是累了，比起入睡，感覺更像昏厥過去，下一秒便失去意識。但她斷續夢見莫名其妙的情景，醒來後反而更累。她是在早上六點半醒來。

貴子在洗手間洗臉，小心地滑動手指檢查。太陽穴失去感覺的部位依舊沒有恢復——這個事實比她預期的更令人沮喪。

貴子的身體頑固地向她的心主張：妳的問題不是隨便躺一下就能解決，妳差不多該接受這個事實了。或許已嚴重到應該要爲範圍並未擴散感到安心，而非爲了沒恢復失望——她懷著這樣的心思，早飯味如嚼蠟。

綁架案的後續發展，刑警辦公室幾乎沒有接到任何消息。脇田和課長都沒露臉，也沒人再找她去幫忙，連大木都不見人影。不過，貴子還是跑去搜查總部探看情況，恰巧碰到戶崎走出來。戶崎雙眼充血，但也許是能夠參與大案，意氣軒昂，沒有疲累的樣子。

「欸，有進展嗎？」

一看到貴子，戶崎便露骨地展現優越感，微微仰起下巴。這男人未免太老實。

「不能向外人透露。」

貴子低聲下氣地說：「我不是想干預，只是關心而已。昨天晚上我去醫院，見到小坂夫人了。她太擔心女兒，幾乎快發瘋，實在可憐。」

戶崎東張西望，然後觀察著貴子的神情說：「沒有新的動靜。」

「確定小滿平安無事了嗎？」

「不清楚。打來勒索一億圓的電話以後，歹徒再也沒有聯絡。」

「眞奇怪……」

戶崎聳聳肩膀，「我們也很焦急。」

戶崎使用「我們」分明是在挑釁，貴子沒有讓他趁心如意。她有更想知道的事。

「問個奇怪的問題……小滿是獨生女，對吧？是小坂夫人親生的嗎？」

戶崎蹙起濃眉，「爲什麼這麼問？」

「想說也太晚生了，搞不好是收養的。」

「怎麼可能？是親生的。聽說是費盡心血，好不容易得到的獨生女，所以小坂夫人才會擔心到快發瘋吧。」

「也是……那麼，加油。」

貴子丟下一頭霧水的戶崎，回到辦公室，呆呆地坐在位置上。她在內心反覆琢磨昨晚從小坂夫人身上「讀到」的事實。

那種女人居然是小滿的母親。

外人都認爲，小滿是小坂夫妻的親生女兒。那麼，夫人的這句「話」，該如何解釋？

首先，異於表面，「小滿並非小坂夫妻的親生女兒」的前提已成立。小滿是養女，是不是可推測收養小滿的時候，小坂夫妻——不，至少小坂則子並不知道小滿的生母是誰？貴子認爲，如果收養小滿的時候就知道生母是誰，小坂夫人現在不會又冒出「那種女人居然是母親」的情感。小坂夫人恐怕是最近才得知小滿生母的消息。

如此一來，可推測小滿並非以正當程序收養的孩子。因爲在日本，並不承認隱瞞生母身分的收養。

那麼，他們之間是不正當的、私下的收養關係嗎？隱瞞生母的背景資料，偷偷要來孩子，當成親生的提出登記——在日本雖然罕見，但並非沒有前例。雖然是很久以前，但曾有醫師私下替人仲介收養而遭到逮捕，在當時成爲轟動社會的大新聞。

那種女人居然是小滿的母親。在小滿遭到綁架的非常時期，占據小坂夫人心思的卻是這樣的一句話——尋思至此，貴子似乎可看出，昨天去東邦升學補習班接小滿、據說和小滿手牽手親密離開的「阿姨」是誰。

是生母。生下小滿的母親。然後，小坂夫人知道把小滿帶走的是她的生母。從武田麻美那裡聽到小滿和自稱阿姨的女人一起離開，小坂夫人馬上察覺這一點。

在那個時間點，嚷嚷這是綁架，是否證明就在最近，小坂夫人與小滿的生母之間，正爲了小滿發生爭執？爭執的焦點當然是小滿。小滿的生母聯絡小坂夫妻，想討回自己的女兒。不僅如此，撇開她是否表明自己生母的身分，她已親近小滿本人，與小滿變得十分要好——

但小坂夫妻應該拒絕了生母的要求。爲了直接要回小滿，生母帶走她——

然而，依照這個推測，無法解釋那通勒索的電話。如果生母只是來帶回小滿，不可能打那樣的勒索電話。

貴子在桌上的筆記本胡亂寫下浮現腦海的想法，不停思索。

假設一，小坂家說接到要求一億圓贖金的電話是假的。會不會其實根本沒有這通電話？有沒有可能是小坂夫人爲了讓警方展開強硬的搜查行動而撒謊，導致這件事演變成綁架案？關於這一點，有必要確認接到電話的是誰、有沒有錄音。

假設二，眞的有這通電話，小滿的生母——雖然不清楚她是單獨犯案或是有共犯——眞的想勒索小坂夫妻。但這會有點麻煩，依小滿與此事的關聯，設想的情節也會跟著不同。小滿知道「阿姨」是她的生母嗎？或是不知道，只是被騙？還是遭到利用——

「這麼認眞啊？」

鳥島的聲音傳來，貴子一驚，從桌面抬起頭。鳥島從後方探頭看她的筆記，她急忙用手肘遮住。

「果然還是會在意。」鳥島微笑。「我也一樣。」
「只是在胡思亂想。」貴子笑道。「畢竟我又幫不上忙。」
鳥島拍拍貴子的肩膀，動作像父親一樣溫柔。
「給妳一個寶貴的忠告。要成爲獨當一面的刑警，就得學會被踢出大案子時該如何自處。重要的是，不爲此咬牙切齒，但繼續關注也很重要。」
貴子仰望鳥島。他看著特搜總部的方向，觸碰貴子肩膀的手傳來某種模糊的、難以捉摸卻十分明亮的能量。就像在鋼鐵門板另一頭，順暢驅動的強大引擎——雖然無聲，也沒有震動，卻確實感覺到它的存在。
「回到昨天的事。我把那孩子領出來，想偵訊一小時，妳要來幫忙嗎？」
「樂意之至。」貴子站起來。這時，她忽然一陣暈眩，桌上的筆記本轉了一八〇度又回到原位。
貴子按住額頭，閉上雙眼。鳥島以意想不到的強勁力道扶住她的肩膀。
「頭暈嗎？妳不要緊吧？」
暈眩像退潮般逐漸消散，貴子張開眼睛。
「抱歉，我沒事。」
「昨天也是這樣。」
被救護車送走時也是如此。昨天深夜被脇田和課長點名，她也感到頭暈目眩。當下她以爲是打盹被突然叫醒的關係，但——

「只是有點貧血。」貴子離開辦公桌前，「下次我會請醫生開藥。好了，我們上工吧。」

鳥島說的徹底沉默的「那孩子」右手包著繃帶，吊在肩膀上，應該是刺傷被害者時受的傷。除此之外，看起來精神不錯。

那是個高高瘦瘦、下巴尖細的年輕人。耳朵很大，體型頗有骨感，乍看之下，貴子聯想到大蝙蝠。他身上的薄T恤穿到領口全鬆了，牛仔褲破洞露出膝蓋。腳上穿的運動鞋倒是新的，相較於服裝像樣許多，但沒有鞋帶。牛仔褲褲頭鬆鬆垮垮，本來應該繫著腰帶。

聽說行凶之後，在公園被拘捕時，他整個人毫無反應，就像張著眼睛睡著了一樣，但現在他的模樣大不相同。貴子和鳥島一走進偵訊室，他的視線便移向兩人。看到貴子，他小小的眼睛微微張大，就像在說：「啊，來了張新面孔。」

「你好。」貴子對他說，也向走到旁邊桌子拿筆錄的巡查點點頭。

「轉換一下心情如何？」鳥島在他對面坐下。

「每次都是我，你也會覺得膩吧？這位是我們唯一的女性刑警。她想和你聊聊，所以我帶她過來。」

「早，敝姓本田，是鳥島刑警的學妹。」

貴子沒有立刻坐下，走近窗戶，從欄杆之間眺望外面的景象。和昨天一樣，是一片清朗的晴空。強風已歇，景色悠閒得讓人想裱框掛起來。

「天氣眞好。」貴子回頭看著年輕人，「關在這種地方很無聊吧？」

年輕人盯著隔開他與鳥島的桌面，一語不發。桌上空無一物，沒有菸灰缸、沒有杯子，也沒有鉛筆。只有各處留下偶爾在這裡食用的，外送丼飯碗公底部的圓圈。年輕人是在數那些痕跡嗎？

「傷口會痛嗎？」

年輕人眨眨眼，又微微閉上。看起來就像無所事事地坐在咖啡廳，等遲遲不來的同伴或女朋友，但他絕非毫無反應。唯一可確定的是，他並不是逮捕當時令人擔心的、脇田在太陽穴畫圈暗示的那種狀態。

貴子望向鳥島。只見他雙手在圓滾滾的肚腩上交握，靠著椅背，一派愜意。

「方便告訴我你叫什麼名字嗎？」貴子慢慢走到年輕人背後。「你知道你朋友被刺傷住院了吧？他保住一命，太好了。」

年輕人的視線沒有移動。

「你就在近處看到了嘛。後來，你在公園被我們警署的巡查拘留，帶到這裡。你朋友爲什麼會被刺傷，你是不是知道內情？如果你知道，希望可以告訴我們。被警察帶來，會緊張也是難怪，但你不必害怕。你能放輕鬆，試著協助我們嗎？」

貴子觀察著年輕人的神色。沒有換洗衣物的他，身上散發出汗味和體味。

「好嗎？讓我們通知你的家人，請他們帶換洗衣物過來吧。只穿這件T恤，晚上會冷吧？牛仔褲也鬆鬆垮垮……在警署裡，皮帶和繩子類的東西都得先沒收保管。換上舒適的服裝比較好。最好是運動服。」

貴子說著，左右手分別放在年輕人的雙肩，像鳥島剛才做的那樣，輕輕拍了拍。瞬間，她聽到音樂。實在太意外，貴子吃驚地用力捏住年輕人的肩膀。這音樂——是古典樂嗎？曲調可用「莊嚴」形容，卻十分淺薄，缺乏深度，彷彿以玩具組成管弦樂隊，演奏莫札特的交響曲。

年輕人的肩膀使勁一動，想甩開貴子的手。貴子驚覺，頓時放開。鳥島驚訝地看著她。

「唔，總之……」貴子的雙手有點不知道該往哪裡擺，毫無意義地輕拍一下。「今天請醫生來看看吧。得檢查傷口的狀況，換個繃帶才行。有開消炎藥之類的嗎？」

貴子是對著鳥島問。鳥島點點頭，「有啊，他都按時吃藥，也有接受診療。」

「那就好。」這回貴子站到鳥島旁邊，雙手輕輕扶著桌子。「見到醫生，也問問你朋友的狀況吧。或許你朋友已能說話。」

年輕人依然盯著桌面。雖然不清楚鳥島對貴子有何期待，但截至目前，似乎連轉換心情的效果都沒有。

偵訊這種類型的嫌犯，貴子是第一次。鳥島找她幫忙，其實是給她累積經驗的機會。貴子必須回應鳥島的期待，也很清楚鳥島的用心，但她連接下來該對年輕人說什麼都不知道。說些與案子更無關的事嗎？還是要板起臉來嚇唬他？

焦急與猶豫灼刺地催逼著貴子。她不假思索，幾乎是孤注一擲地，哼出剛才在年輕人心中聽到的那段音樂。

年輕人突然瞪大雙眼，幾乎站了起來。

鳥島是個老手，別說哼歌，即使貴子突然賞年輕人一巴掌，他就算會假裝吃驚，也不會眞心訝異吧。然而，他感受到年輕人的驚愕，差點從椅子上站起，坐在桌旁的巡查跟著作勢起身。

年輕人彎著腰，目不轉睛地注視著貴子。年輕人就要站起來的時候，貴子反射性地稍微退後，閉上嘴巴，但發現年輕人注視著她，臉上浮現明顯的震驚之色，又繼續哼唱。她把剛才聽到的音樂反覆哼了兩、三次。哼完第三次，她對年輕人微笑：

「你喜歡音樂？聽過這首曲子嗎？」

年輕人瞪著貴子，慢吞吞地坐下。他嘴巴半張，激烈地眨幾下眼，望向鳥島。

「她──」年輕人的嗓音比從他的體格更孩子氣。「叫她出去，我討厭她。」

說話了。

貴子的體內，心臟瘋狂跳動，好久沒有這種感覺。猜中了。我的力量。只有我辦得到的事。貴子得意洋洋，血液流速加快，太陽穴也傳來陣陣搏動──

忽地一看，年輕人裸露的右臂爬滿雞皮疙瘩。
鳥島飛快地與桌旁的巡查對望，接著緩緩起身說：
「那麼，本田，妳過來一下。」
他抓住貴子的手肘，準備離開偵訊室。貴子對著年輕人，又哼了一次那段音樂的一節，
但這次椅子上的年輕人沒有反應。
鳥島關上刑警辦公室的門，隨即轉身問：「那是什麼？」
「什麼？」
「妳哼的旋律，聽起來像古典樂。」
心跳仍十分劇烈，貴子得意極了。
「我忘記在哪裡聽過。沒什麼，只是哼一下。但他的反應實在太激烈，我嚇了一跳。」
「那妳是隨口亂哼的？」
貴子笑道：「當然啦。他怎會有那種反應？」
「音樂啊……」鳥島按住額頭。
「這可以當成線索嗎？」
「不知道。不過，那孩子總算開口，而且他要求妳離開，是受到驚嚇的緣故吧。會不會
和被害者有關？」
「要進行調查嗎？倉橋哥忙著處理綁架案，對吧？我這就去看看，或許被害者的CD或

錄音帶裡有這首曲子。你注意到了嗎？他起了雞皮疙瘩。」

「嗯……」

鳥島交抱雙臂。這時辦公室門打開來，有人拖著腳步進來。轉頭一看，是大木。他頂著一張熬夜的人特有的油光滿面的臉，襯衫衣領皺巴巴。

「啊，小碰。」大木大聲說：「人回來啦，平安無事。」

貴子和鳥島齊聲問：「誰回來了？」

「還用說嗎？當然是小滿啊。她被釋放，一個人回家了。」

接下來吵吵嚷嚷約一個小時，大木總算可以喘一口氣，把貴子帶出去。

「我從昨晚就沒吃東西，陪我去蕎麥麵店吧。我告訴妳詳情。」

戶崎告訴我——大木吸著天婦羅蕎麥麵，一邊說道：

「妳去過醫院，還說小坂夫人快急瘋了，很可憐。」

「現在她想必鬆了一口氣吧。」

貴子刻意放慢咬字，讓這句話聽起來別有深意。可惜小滿平安歸來，大木正感到安心，忙著填飽肚子，難得遲鈍，沒注意到貴子的語氣變化。

「眞是太好了。」

「可是，小滿獨自回來，表示沒抓到歹徒吧？眞的是歹徒放了她？還是，她是逃出來的？」

「其實很難說。」大木喝光涼水，長長地吁一口氣。「小碰，妳知道皇家飯店吧？在東京城市航空總站那裡。」

「我知道。」在本町開車約五分鐘車程的地方。

「小滿一直待在那裡。她從補習班被帶走後，便住在飯店十一樓的套房，和自稱阿姨的女子在一起。」

小滿說，不認識自稱「阿姨」的女子。昨晚女子聲稱是父親請她來接小滿，在皇家飯店訂了房間，要帶小滿過去，所以小滿才跟著走。來接小滿的女子自我介紹是父親的部下，姓遠山。

「但小滿不是對武田麻美說，女子是她的阿姨嗎？」

「小滿承認對武田老師撒謊。如果不說是親戚，武田老師不會放她回去，所以她故意撒謊。她完全相信女子的身分。」

雖然對大木很不好意思，但貴子忍不住嗤之以鼻：

「太扯了吧？況且，家長怎會在晚上九點訂飯店房間，把孩子叫去？真是離譜。」

「啊，我應該照順序說。」大木笑道。「畢竟小碰不知道嘛。小坂一家人住的寶橋公寓非常老舊，這一年來不是水管堵塞，就是水塔幫浦故障，停水好幾次。」

一個月前在晚飯時間突然停水，花了兩天才修好，整棟公寓的住戶都苦不堪言。

「那時候小坂一家人就住在皇家飯店，直到恢復供水。然後，昨晚去接小滿的女子，告訴她家裡又停水，暫時無水可用，所以她爸媽又訂了飯店房間。」

身爲區會議員的篠塚誠，原本是當地的大型不動產業者。女兒小坂則子就算嫁出去了，但一家人居然住在那麼破舊的公寓，實在有違常理。貴子指出這一點，大木笑了出來。

「小碰也像脇田哥一樣，會挑剔小細節。聽說篠塚誠大力反對小坂夫妻結婚，最後則子夫人形同私奔，離家和老公在一起。小滿出生以後，夫人和娘家似乎稍微和解，但他們夫妻和篠塚誠之間仍不能說是融洽。經濟方面也一樣，完全沒有得到娘家接濟。因此，小坂伊佐夫並未繼承岳父篠塚誠的不動產公司，而是在外面的公司當上班族，以他本身的實力，爬上滿高的位置。他們預定近期就要搬離那棟破公寓。」

如此這般，昨晚小滿毫不起疑地前往皇家飯店。抵達一看，父母卻不在那裡，一起去的「遠山」阿姨對小滿說：「妳爸還在工作，妳媽說要從家裡帶換洗衣物過來，或許會晚一點。」然後，她替小滿叫了客房服務的晚餐，藉口有事先離開。

「女子離開房間不久，小坂家就接到要求贖金的電話。」大木興沖沖地說。

小滿吃完晚飯，悠閒地看著電視。她並未起疑，因爲父親總是晚歸，母親每次出門都拖拖拉拉，經常遲到。

「沒多久，她就累得睡著。」大木接著說：「今早醒來一看，房間裡只有她一個人。她覺得不對勁，打電話回家，居然是父親接的，她嚇了一跳。本廳那些人說，小坂先生吩咐小滿乖乖待著，但小滿一發現自己被綁架，非常害怕，實在沒辦法再待下去。幸好她身上有點錢，便坐計程車回家，和急忙趕到飯店的本廳那些人錯過。他們付了房錢，正在進行現場勘驗。」

大木抬頭看一眼時鐘，上午十一點多。

「下午要開記者會，應該已登上新聞。」

貴子搖頭，「這套說詞我覺得非常假。」

「假？」

「對啊。那綁匪呢？目的是什麼？開口勒索一億圓，怎會半途就放走小滿？」

「確實是有許多匪夷所思的地方。」大木同意。「這件事沒有公開，其實本廳一開始就懷疑這不是眞的擄人勒索。」

「他們怎麼說？」

「可能是一種騷擾行爲。」

「是指換氣塔建設反對派的人？」

「不是啦，本廳的人推測是小坂伊佐夫在外面有什麼男女糾紛。他有外遇，對象是他的下屬。」

貴子皺眉看著大木。大木緩緩點頭，接著道：

「因爲這件事，從半年前開始，夫妻倆似乎鬧得非常僵。小坂先生承認，兩人曾鬧離婚。事實上，小滿一被帶走，夫人就割腕了不是嗎？」

「那麼，是外遇對象爲了破壞他們夫妻的關係，假裝綁架，把小滿帶走。等目的達成，便把人放了？」

「本廳的人是這麼推測。」

「飯店人員有看到自稱『遠山』的女子長相嗎？」

「有，也畫了人像。但那個『遠山』不是小坂先生公司的職員。換句話說，並不是他的外遇對象。或許是共犯。不管怎樣，都有熟悉小坂家內情的人涉入其中——畢竟那個人知道公寓斷水，還有住飯店的事。依我個人的看法，小坂先生本人最可疑。」

「武田麻美說，小滿向來接她的女子伸出手，主動牽了女子。」貴子敲打桌面說。「十一歲的女生——正值相當敏感的年紀，當然也發現爲了父親有外遇的事，父母起了爭執吧。這樣一個女孩，會一下就對自稱父親下屬的女子，表現出如此親密的態度嗎？未免太奇怪。」

貴子說話的氣勢，讓大木不禁縮起肩膀：

「小滿和自稱『遠山』的女子是否眞的很親密，這一點還不確定吧？她本人的說法是，對方是父親公司的人，她覺得必須有禮貌一些。」

「武田麻美都看到了。」

「只有她看到。況且，親不親密，是主觀問題。」

「哪有什麼主觀不主觀。」貴子拉開椅子，「我要去找武田麻美。這樣下去，她不就變成騙子了嗎？」

「小碰，妳冷靜點。何必那麼認眞？妳有點怪怪的。」

「你聽好，小滿剛被帶走，武田麻美就遭到小坂夫人恐嚇，說『萬一小滿有什麼三長兩短，都是妳的責任，我要告妳』，還搬出當議員的父親威脅她。所以，武田老師嚇壞了。處在這種狀態，她會隨口亂說嗎？我認爲她說的是實話，小坂滿才是在撒謊——至少她沒有吐露眞話。」

大木瞄了一下周圍。貴子的聲音高亢，隔壁桌的客人驚訝地看著他們。

「小碰，小聲點。」

約莫是一時氣憤，腦袋發昏，貴子喝一口涼水，吁了一口氣。

「總之，小坂滿的綁架案疑點重重，眞想見見她本人。」

「她現在被本廳那群人團團包圍，偵訊還沒有——」

突然間，大木的聲音遠離，地板猛地抬升。貴子的心一涼，抓住桌邊。

彷彿冷不防挨了一記重拳，太陽穴——有著那塊失去感覺的皮膚的腦袋左側，一陣劇痛。眼皮底下碎裂出無數光點，接著眼前像閃光燈一亮，陷入一片白茫。

貴子往前倒，膝蓋撞到桌腳，發出巨響，但沒有疼痛感。毫無感覺。感覺得到的，只有充斥著亮白閃光的視野、愈來愈劇烈的頭痛，以及身體顫抖，不聽使喚——

「小碰！」

不知不覺間，貴子被大木抱住。貴子跪在地上，幾乎整個人依偎在大木身上，手腳麻痺，嘴巴也無法開闔。

「振作點。喂，幫忙叫一下救護車！」大木轉頭大叫，店裡的客人一陣騷動。

貴子挪動麻痺的手，敲打大木的胸口，拚命努力轉頭，擠出話聲：

「不用，我沒事。」

「妳在胡說什麼！妳得去醫院才行！」

「不用，我要回家。」

她不想被人看見這副模樣，不想被任何人知道，不想引來更多質疑。

「說什麼傻話——」

「拜託，我想回家，送我回去。」

貴子試著自行站起，虛弱的腳沉重得像濕答答的垃圾袋，一邊的鞋子脫落。

「拜、拜託……」

貴子嘴唇顫抖，感覺到濕熱的液體滑下臉頰。是眼淚。啊，我在哭。

「帶我回家，求求你。我不想、去醫院。」

貴子的住處在四層公寓的二樓。大木幾乎是用扛的，把無法自力行走的貴子帶回家。回家途中，劇烈的頭痛漸漸平息，但手腳麻痺，甚至無法從皮包裡掏出鑰匙，需要大木幫忙開門。

大木像對待易碎品一樣，把貴子放到沙發上。總算到家的安心感，讓貴子再次湧出淚水。

「謝謝你。」

大木跪到貴子近旁，彎身看著她。

「沒事，我好多了。」

「一點都不好。」大木低聲說：「哪裡好了？」

「我會去醫院。」貴子抬起沉重的手臂，抹了抹臉。「我保證一定會去看醫生。所以，這件事暫時先替我保密，不要告訴任何人。」

「小碰——」

「我會打電話去署裡，下午請假。喏，這樣就行了吧？」

「搞不好是什麼重病的徵兆啊。妳真的會去醫院？」

「真的。」

「那現在就去。只要不被署裡發現就行了吧？不必聲張，我帶妳去。」

貴子搖頭。頭一動又痛了起來，光點在眼皮底下閃爍。

「現在不行，我晚點會去。」

「為什麼？太沒道理了。」

「就算沒道理，我也要這麼做。大木哥，你回去署裡吧。不是還有很多事要忙？」

然而，大木沒有離開的意思。他緊緊握著碩大的拳頭，一看就是極不甘心、氣憤的模樣。

「但我知道原因。」

「對不起。」貴子悄聲說。她打心底感到抱歉。這股歉疚讓她吐出接下來的話。

「咦？」

「我知道自己哪裡不對勁。」

我漸漸衰弱了。那股力量漸漸衰退。掌管那股力量的大腦某處奄奄一息。大概是這樣。一定是這樣。我一直恐懼著，或許會有這樣的一天。

「既然知道……」

「就算去醫院，醫生也無能為力，我很清楚。」

「哪有這種事！」

「就是有這種事。」貴子努力微笑，「大木哥，手借我一下。」

大木伸出手，貴子盡全力緊緊握住。

什麼都「看」不見，比空白更糟。關掉電源的電視、沒裝電池的收音機、無法收訊的天線。連碰到大木時，總是可以感覺到的那種渾圓光滑的明亮都沒有。現在他心中的憂慮與混亂，還有對不聽勸的貴子的憤怒，都感覺不到。

只能透過觀察大木的表情、聆聽他的聲音，來得知他的情感。我變成普通人了。開關關閉了嗎？電箱跳電了嗎？啊，這下我真的完了嗎？貴子心想。出局。結束。就這樣？她低垂著頭，不停落下淚水，滴在大木的長褲膝上。

大木看著貴子和她的淚水，表情像挨打的狗。他的眼眶也紅了。貴子覺得是熬夜的關係。他不可能要哭出來了吧——

大木伸手，圈住貴子，緊緊抱住她。貴子感覺到大木在發抖。稀疏冒出鬍碴的下巴碰到她的臉頰，刺刺的。

「小碰，什麼啦？」大木的聲音在發抖。「妳在隱瞞什麼？那是什麼意思？妳到底怎麼了？」

貴子又想說對不起，卻發不出聲音。淚水泉湧不斷，她抽噎著，頭靠在木大的肩上，無力地哭泣。

「我們去醫院吧。給醫生看看，一定會好起來。」大木溫柔地搖晃著貴子的肩膀。「如果有什麼不能說的理由，不用說也沒關係。可是拜託妳，去給醫生看看吧。我想要妳好好的。我不想要妳死掉。」

「我不會死的……」

「可是妳一臉快死掉的樣子！妳明白嗎？喂！」

大木看著貴子說。他的眼神比貴子更恐懼。

他想起來了，貴子暗忖。他想起以前失去未婚妻的噩夢。對大木來說，失去親近的人，或許遠比他自身的死亡更讓他感到恐懼。

「妳一天裡昏倒兩、三次耶！臉色蒼白得像鬼一樣。妳看起來隨時會死掉。」

「我不會死啦。」貴子在心裡補了句，雖然沒有確證。

失去能力時，肉體會有什麼變化？對貴子來說，這是完全未知的領域。那個人——為鳩笛草命名的人也不知道。雖然兩人討論過，卻沒有結論。

或許會死亡。或許大腦會死掉，肉體再也動彈不得。沒錯，期待就算能力消失，也只是恢復成普通人，其餘一切正常，未免想得太美，所以才會出現暈眩、麻痺和頭痛的症狀。

即使如此——

「我不會死的。」貴子再次低喃。真希望可以就這樣睡著。一閉上眼睛，彷彿便會沉眠。大木的臂彎好溫暖。

大木擠出聲音：「愛上的女人都死了，不要讓我變成這麼慘的人好嗎……？」

是這樣嗎……？原來是這樣嗎……？但我從未在你的內心，看到這樣的情感啊……

貴子微笑，閉上眼睛。如同小石子沉入水中，陷入昏睡。

5

——遠處有人聲。

好暗。陰暗，有點冷。身體一動，貼在身上的毯子便滑落，她的肩膀露了出來。

貴子眨了眨眼。她躺在自己的房間，自己的床上。窗簾拉上，燈也熄滅。人聲是從關上的門另一頭，小客廳兼廚房傳來。

貴子爬起來，腳放到地上。只穿著內衣褲，難怪會覺得冷。

（我醒了——）

我還活著，沒有死掉。沒有一睡不醒。貴子淡淡想著，彷彿事不關己。

她抬手碰了碰太陽穴，觸感異常，臉似乎腫起來。但慢慢用指尖探索，她發現不是臉腫了，而是麻痺的部位擴大，所以摸起來感覺像浮腫。

失去感覺、形同皮膚死掉的部分，覆蓋額頭、太陽穴、臉頰、下巴，差不多左半邊的臉。頭部左半邊感覺也膨脹起來。

狀況變本加厲了……不對，應該說惡化才貼切嗎？這現象顯然與貴子能力的衰退，和身體的失常有密切的關聯。

客廳持續傳來人聲。她的腦袋漸漸清醒，不必刻意聆聽，也能聽出是電視機的聲音。客廳開著電視，似乎是新聞節目。

這時，門鈴響了。先是拉椅子的聲音，接著是拖鞋聲，待在客廳的人走向玄關。住處很小，很快傳來開門聲。

「抱歉，拖到這麼晚。」

是大木的聲音。然後，傳來小室佐知子的聲音：

「哪裡，我完全無所謂。不過，警署那裡沒關係嗎？」

「我設法溜出來了。」

兩人都壓低聲音。他們折回客廳，大木問：

「她的情況如何？」

「一直在睡。我一過來，她響亮的鼾聲就停了。」

「妳幫了大忙。不好意思，一再給妳添麻煩。」

「不會啦，別放在心上。」佐知子的語氣很溫柔。「小碰是勸不聽的，難爲你了。」

現在到底是幾點？看看枕邊的鬧鐘，是晚上七點多。貴子等於昏睡了半天。

約莫是貴子睡著，大木一籌莫展，再度向小室佐知子求援。佐知子過來後，他便拜託佐知子照顧貴子，先回警署。然後，現在又過來探望她，是嗎？

必須感謝大木聽從貴子的請求，沒有送她去醫院。

「那我差不多得走了……」

「謝謝妳。」
「你要好好訓小碰一頓，告訴她健康是很重要的。她還在睡嗎……？」
貴子聽見佐知子走近臥室的聲音，連忙躺回床上，拉上毯子蓋好。這時，門開了。
「她在睡。」佐知子小聲交代：「我煮了稀飯，記得叫她吃。」
「眞的太感謝妳了。」
臥室門關上，貴子從毯子探出頭。
「署裡兵荒馬亂，你一定也累了吧？」
「沒什麼，畢竟綁架案那邊最後是那樣收尾。」
「唔，沒事最好。」佐知子輕笑。「總覺得是奇妙的案子。記者會也不開了，對吧？聽說是自導自演，眞的嗎？」
「還沒辦法確定。」
「是啊，你也不方便隨便談論案情。那我先走了，有什麼狀況再聯絡我。」
大木再三向佐知子道謝，送她離開後，回到客廳，坐在椅子上。傳來如大象般沉重的嘆息。
貴子向來習慣把睡衣折好塞在枕頭下。她伸手一探，確實就在那裡。她飛快穿上睡衣，再披上薄袍子，確實繫緊腰帶，悄悄打開臥室的門。
大木面對客廳的茶几，托著腮幫子。衣服和白天一樣，外套衣襬皺巴巴。他沒有立刻注意到貴子，滿臉憔悴，呆望著半空。

「對不起。」

聽到貴子的聲音，大木嚇一大跳。貴子急忙走近，制止他站起來，然後慢慢坐下。

「妳起來走動沒關係嗎？」

「嗯，我覺得舒服許多。好像又麻煩小室學姊了。」

「妳聽見啦？」

「嗯，我剛醒。」

大木神情有些尷尬。「我這個人很笨，只知道找她幫忙。其實，要是我可以一直在這裡陪妳就好了……」

「很難吧。」貴子鄭重行禮。「給你添麻煩了，對不起。」

「別這麼說。重點是，我擔心妳的身體。小室也一樣。」

大木看起來像是生氣、受傷，也像是傷心。貴子與大木坐在彼此的近旁，處在一種大吵一架後，不曉得該說什麼、眼睛該往哪裡看的尷尬氛圍。

調小音量的電視機，窸窸窣窣地播報著新聞。貴子盯著表情明亮地說明今天運動賽事的結果，與中場狀況的年輕女主播。女主播看上去非常健康，人生無憂無慮。

「我替妳遞假單了。」大木沒有望向貴子，低聲解釋：「我說妳身體狀況還是不太好，沒有回警署，直接去醫院了。課長聽了很擔心，鳥哥表示如果要住院，他可以介紹不錯的醫生。」

「謝謝。」

「我還是希望妳去醫院，要是妳無論如何都不願意，暫時回老家休養怎麼樣？」

大木應該想了很多。他結結巴巴拚命地說，但視線低垂，不肯看貴子。

「我會考慮。」貴子望向大木，「大木哥，你看看我。」

大木轉過來。貴子覺得他的眼神就像不知道該如何應付鬧脾氣的小孩，最後快要一起哭出來的年輕媽媽。同時，她對大木湧出一股溫暖的情感，幾乎快被壓倒了。

「眞的對不起。」她喃喃道，喉嚨一陣酸澀。

驀地，她無比羨慕起不久前還在這裡的小室佐知子。溫柔又剛強的佐知子。値得獲得幸福的佐知子。貴子應該也能過著像她一樣寧靜平和的生活，沒道理不行。只要沒有這股棘手的力量——這股一直以來幫助她許多，現在卻逐漸淪爲累贅的力量。

「不要哭啦。」大木軟弱地說。「與其哭，倒不如去給醫生看看。妳說知道哪裡不對勁，是騙我的吧？如果妳有什麼不想說的事，我不會勉強逼妳說出來。」

「我沒有要哭。」貴子搖搖頭，用指頭揩拭發熱的眼角。「大木哥，你看我的臉，是不是很奇怪？」

「我從來不認爲妳長得怪啊。」

「不是說長相啦。你仔細看。」貴子指著臉的左半邊。「這半邊是不是怪怪的？就算我在笑，眼角和嘴角也不太會動，對吧？」

大木表情凝重，湊上前仔細端詳。貴子試著改變表情。

「好像……和妳說的一樣。」

「沒感覺了。」貴子下定決心繼續道：「從昨天晚上就是如此。昨晚還只有左側太陽穴周圍而已。」

大木露出不安的眼神，「怎會這樣？」

貴子握住他的手。大木吃了一驚，但並未縮手。

唯一清楚的是，貴子什麼都感覺不到，僅剩若有似無的感應——那明亮的氛圍，就像瞇眼細看遠方亮起的檯燈，就像即將燒斷的電線勉強通過的一絲電流。很快地，那電流也會斷絕吧。力量日漸衰退。

貴子盡量平靜地說：

「你可以不要吃驚、不要否定、不要說不可能，一直聽到最後嗎？我會告訴你一切。」

一切——貴子從發現這股力量的童年說起，花了兩個多小時才全部說完。大木一動也不動，專注地聆聽。只有途中貴子喉嚨乾了，聲音沙啞，去倒一杯水給她，其餘時間大木都定定坐在椅子上。

說完，貴子重重嘆息。長年扛在肩上的重擔彷彿終於卸下，但這只是錯覺，她得繼續扛起，而且搞不好會變得比告訴大木之前更沉重，不過她現在確實鬆了一口氣。

大木並未馬上開口。他起身幫自己倒一杯水，仰頭喝光。然後，他慢慢回過頭。

「妳爸媽知道嗎？」

很像孝順的大木會問的問題。以前不小心「讀」到大木時，貴子發現他漫不經心地想著「媽的生日快到了……」。聽說大木是九州人，家裡的事業由兄嫂繼承，父母都健在。

貴子點點頭。「知道。倒不如說，最先發現的是我媽。小時候我根本不知道自己在做的事，就是所謂的『透視』。」

「也對。」大木的喉嚨發出咕嚕一聲，像是用力嚥下難以吞嚥之物。「是所謂的千里眼。」

「現在沒人會說什麼千里眼啦。」貴子輕笑。笑過之後，心情輕鬆了一點。

「妳媽沒叮囑妳不可以亂用能力嗎？」

「有啊，但就是會讀到嘛。所以我練習控制，也學會絕口不提。」

「妳是多大的時候才學會運用這種能力——或者說，不被人發現、不會搞砸，和力量和平相處？」

「大概十五、六歲的時候吧。」

「花了這麼久的時間啊……」

「大概就是那個時候吧，我告訴自己，如果長大以後，不從事能活用這項天賦的工作，就太浪費了。」

「所以妳才想當警察？」

「對，這股力量非常管用。」

「妳是個優秀的警官。」

「多虧有這股力量。」

大木想說什麼，又閉上嘴巴。貴子趁著他還沒開口，接著道：

「大木哥，我並不覺得這種能力有多特別。不，它很特別，不過純粹只是因爲我能夠運用一般人並未使用──無法使用的大腦某部分，所以我並不認爲有多奇特。」

「這是超能力啊……」

「是嗎？往後大腦的研究持續進步，或許就能完全解開謎團。雖然或許會是非常非常久遠以後的將來。」

大木一臉困惑地搖搖頭，用大大的手掌抹臉。

「由於懷著這樣的想法，我明白這股力量遲早會衰退，就像老花眼、上了年紀重聽、肌力減弱而無法從事劇烈運動一樣。還有，這類視力或運動能力的衰退，一般都是漸進式，但我的力量非常強大，想必衰退的時候，應該也會來勢洶洶。」

大木看著貴子。

「只是，問題是我……身爲刑警的我，完全依靠這種能力在支撐。如果缺少這種能力，我就比剛踏進警界的菜鳥女警還要沒用了。」

「哪有這種事？妳的想法太極端。妳也是累積經驗——」

貴子猛烈地搖頭，「我沒有累積經驗。我什麼都沒在學，只是利用這股力量而已。少了這股力量，我什麼都不是。」

「我不這麼認爲。」大木加重語氣，「我不同意。鳥哥和脇田大哥一定也會這麼說。」

「那都只是安慰罷了。」貴子心中一陣酸楚，話聲顫抖。「一旦學會怎麼使用工具，就沒辦法再赤手空拳上戰場，不是嗎？這是一樣的道理。如果失去賴以維生的能力，我實在不可能繼續當警察。雖然可悲，但我沒有那麼大的毅力和能耐。」

「不試試看怎麼知道？」

「有辦法試嗎？」貴子懷疑地抬頭望著大木。「看看現在的我，完全就是個病人。掌管這股力量的大腦的部分，恐怕已徹底耗損，快壞死了，所以我才會頭暈、昏倒，失去感覺。不是腦袋的左半邊，這裡有某些未知的大腦功能。不曉得源自哪個部位，連有這樣的部位都不知道，當然也不清楚要如何治療。因此，就算去醫院也沒用，不可能治好的。然後，當這股力量徹底消失、發揮這股力量的大腦部位死掉的時候，也無法預料會對我的身體造成什麼影響。或許我會死亡，或許會半身不遂。到底會變成怎樣，我的心裡完全沒底。」

被貴子的語氣震懾，大木困擾地眨著眼，尋思該說什麼。但貴子氣喘吁吁地收聲後，他便悄悄遞出話似地開口：

「小碰，妳從未告訴過家人以外的人嗎？妳是不是和什麼人聊過這種能力？這些都是妳的想法嗎？」

貴子再次感到驚訝，大木的思考眞的十足刑警模式。

她微笑著說：「我實在對你刮目相看。」

「妳果然跟別人談過吧？」

「只有一個人。」

「誰？醫生，還是科學家？」

「我們認識的時候，他在飯店工作。是都心的超高級飯店。他是那裡的老闆。」

「男的？」

「對。也沒什麼，我開了他違停罰單。」

「那是妳在交通課的時候？」

「對。距離最後一次見面，已過一年。我們聊到萬一能力消失會是什麼情況。」

大木的語氣有點變化，「妳們在交往？」

貴子噗哧一笑，「他比我大二十歲，有個漂亮的太太，兒子都上大學啦。」

「這樣啊。」大木揮棒落空似地喃喃道。

「不過，我們見過幾次面，都是爲了聊我們這種人的煩惱。我們都是你口中的『千里眼』。」

貴子至今依然記得一清二楚。從貴子手中接過罰單時，他的——那個人的臉上浮現驚奇之色，彷彿在說：我長年來尋尋覓覓的夥伴居然就在這裡。貴子也吃了一驚。短短一瞬間相觸的指頭，傳來意料之外的反應——貴子「讀到」對方的同時，對方也傳來「被讀到」的觸感。

那個時候，他說：

（妳也是嗎？）

貴子一時答不上話。於是他笑道：

（要妳別驚訝不太可能，畢竟我也很驚訝。不過，不用害怕，妳並不孤單。也就是說，我並不孤單。）

不孤單，還有別人。冷靜想想，確實有這種可能性。

（妳是本田貴子，對嗎？別人都喊妳「小碰」。妳小時候養過名叫「小白」的狗，和父親一起蓋的狗屋每次下雨就嚴重漏水，對嗎？）

全說中了，而貴子從他身上「讀到」的內容也是正確的。他之所以違停，是工作上必須緊急聯絡什麼人，車用電話卻故障，於是他急著尋找公共電話。

（妳猜對了。）

他遞給貴子一張名片，請她有空務必光臨。

（罰單我會乖乖繳清。）

貴子猶豫一個星期，難以決定是否該去找他。最後，她無法放棄生平第一次遇到的「夥伴」，還是出門了。她從未那樣緊張過。

「你們見過幾次面？」

或許是十分在乎，大木儘管客氣，仍忍不住問。貴子微笑：

「三年之間，見過四、五次面吧。他是個大忙人，但我非常開心。因爲覺得有了倚靠。那個人從飯店門房一路當上老闆呢。他說這股力量幫了非常大的忙，誇我很聰明，選擇能活用這種力量的職業。他告訴我是怎麼和太太認識的，談戀愛的時候該如何使用或節制這股力量，以及遇到的種種辛苦，毫無保留。」

大約一年前，他接下北海道新開幕的度假飯店的經營工作，離開了東京——此後兩人再也沒見面。雖然留下聯絡方式，但兩地相隔遙遠，貴子無法前去拜訪，日子就這樣一天天過去。

貴子覺得沒必要刻意去拜訪。她已能獨當一面，工作忙碌，況且，她早就能熟練地運用這股力量——

然而，如今力量卻逐漸衰退。痛苦地、急遽地衰退，所以她才會不停想起那個人。在他離開東京以前，最後一次見面時，兩人深入聊到這股力量的神祕、源自何處，以及萬一力量消失，會變得如何。

（既然我都活得好好的，本田小姐的力量，想必也能一直發揮到我這個年紀。）他這麼說。（雖然之後我會怎樣就不清楚了。）

（你想過萬一力量消失會怎樣嗎？）

（想過啊，經常會想。）

（不會害怕嗎？）

（會啊。更別提我就是靠著這股力量才有今天。萬一力量消失——或許我也活不下去了。因爲我太習慣依靠力量。）

他笑著說：如果能夠，希望那天永遠不會到來——

「想太多了。」大木低語。

「咦？」

「我說，妳想太多了。那個人一定本來就有才幹，又肯努力——當然應該也有運氣的幫助——所以才有辦法從飯店門房做到老闆。不光是有透視能力而已，根本多心了。小碰也一樣。」

貴子什麼也沒說。即便說了，大木也不可能懂吧。他不可能理解我和那個人——擁有這股力量的人——對這股力量的依賴有多深。

「我有個請求。」

「是我做得到的事嗎？如果要我帶妳去北海道，我可以請假。」

貴子笑道：「不是啦，是綁架案的事。聽說記者會取消，本廳的人猜測可能是自導自演？」

大木皺起眉頭，「原來妳聽到了？」

貴子說出從小坂夫人和武田麻美那裡「讀到的內容」，並詳述她昨天絞盡腦汁得到的結論。

「小滿不是親生的……」

「對。我覺得以這個前提去思考，似乎就能看見這起案子令人費解的部分。」

「那妳想拜託我做什麼？」

「讓我見小滿。如果不行，讓我進去她過夜的皇家飯店客房，或許我能讀到什麼。趁我……完全變成廢人以前……」

「妳才不會變成什麼廢人。」大木斬釘截鐵地說：「所以先別管什麼綁架案，休養身體——」

「我現在休假。」

貴子滑下椅子，走向臥室。應該有剛從洗衣店拿回來的套裝。

「要做什麼是我的自由吧？」

在變成廢人以前、在力量消失以前，最重要的是，趁身體還能活動，至少得把小坂滿的案子理出頭緒。即使只是自我滿足、只是戀戀不捨地想把這股力量用到最後一點一滴。

大木沒有動作。貴子著手換衣服。

「饒了我吧。」他呻吟起來。「我不能讓妳見小滿，轄區警署沒有那種權限——」

貴子穿上絲襪。

大木嘆氣，「如果是皇家飯店的客房，或許有辦法。」

「謝謝。」

又一陣頭暈目眩，貴子強忍下來，對大木微笑。

現場勘驗已結束，負責綁架案的搜查總部同意飯店方面可自由處置房間，但也許是有所顧慮，皇家飯店的那間客房仍空著。大木表示「不好意思，有些地方想再調查一下」，飯店人員並未特別抗拒，交出了鑰匙。

那是一間裝潢時尚，以鮭魚紅和苔綠色統一的套房。一踏入其中，貴子便緊張得手心冒汗。

門把，許多人觸碰的部位。敏感度逐漸遲鈍的貴子的天線，只感覺得到難以掌握的雜沓人潮般的觸感。

踏進房間。牆壁。桌子。立燈。大型扶手沙發。

貴子四處走動，朝各處伸手。她閉上眼睛，鎮定心緒，豎起全副神經，準備接收一切所感，不管是什麼都好。

大木稍微遠離貴子，雙手插在西裝口袋裡，略略縮起肩膀，靜靜守望著貴子的行動。

有時，會如同電池即將耗盡的收音機接收到斷斷續續的聲音，零碎的話語、人影、類似氣息的東西，就像被風颳入窗內的落葉，飄進貴子的腦袋裡。但也只有這樣而已，沒有完整的事物。

消退了。衰弱了。從來沒發生過這種情形。而且在房間裡走來走去，貴子多次感到頭昏眼花。幸好並未嚴重到站不住，她也成功掩飾，沒被大木察覺，心中的不安卻愈來愈強烈，甚至還有種到胃浮起來般不適的嘔吐感，貴子好幾次差點哭出來。

拜託、拜託，如果衰退得這麼快，起碼在最後讓我留下一點成果——貴子在內心拚命祈求。會消失得這麼快，是我濫用力量的關係嗎？是過度操勞了嗎？如果這是應有的報應，我甘願承受，所以至少最後再一次——

「小碰，妳還好嗎？」

就在這一瞬間，手碰到小滿睡過的床鋪和枕頭的瞬間，貴子的眼底浮現少女的臉，就像剪下來的照片般鮮明。帶著哭腔的聲音響起。

（媽，不要這樣！）

是小坂滿的聲音。還有這張臉，和照片上看到的一樣。比實際年齡成熟許多，將來肯定會是大美人。那雙纖長大眼噙滿了淚——

（我也想和媽一起生活，但妳不必這麼做……）

貴子用力抓住枕頭。就是這裡。小坂滿和她的「母親」待過這裡。是昨天晚上。她制止了什麼事——制止「母親」想要「這麼做」的事。

「大木哥。」

「嗯？」

「你知道小滿怎麼稱呼她的父母嗎？」

大木歪頭，「這個……好像是爸比、媽咪。」

貴子慢慢點頭。小滿口中的「媽」，不是小坂夫人。

（我也想和媽一起生活……）

錯不了。

大木站在臥室門口看著貴子。貴子手放在枕頭上說：「大木哥，小滿果然不是小坂夫妻的親生女兒。雖然戶籍上是親生女兒，其實不是。她是養女。把她帶來這裡，共度一個晚上的『阿姨』才是她的生母。你能以此爲前提進行調查嗎？有辦法巧妙行事嗎？能不能技巧性地引導本廳的人？」

停頓相當久的一段時間，大木終於回答：「我試試。」

雙腳一陣虛軟，貴子坐到床上。這時，不經意地扶在邊桌的手，感應到其他影像。是腕表。古色古香的銀製表帶、羅馬數字錶盤，罕見的款式，一定是小滿生母的。她昨晚解下來，放在這裡吧。

「小滿的生母戴著很漂亮的腕表。」

貴子說明腕錶的樣式，大木筆記下來。接下來，貴子又堅持三十分鐘，但再也「看不到」、「讀不到」任何東西。她衰弱到極點。

「或許派不上什麼用場。」

回程的計程車裡，貴子有些自嘲地低喃，大木生氣地說：

「要說那種洩氣話，倒不如什麼都別做。」

「你說的對，抱歉。」

大木的聲音變小：「我也是，抱歉。」

貴子沒辦法自行回到住處，又請大木帶她回家。明明已走不動，貴子卻說個不停。說手上的案子，說另一個超能力者。

「對了，昨晚去高田堀公園的時候，我看到鳩笛草。」

「鳩笛草？」

「其實我不知道正式的植物名稱，是一種野草。我猜應該是龍膽的一種，會開出漂亮的淡紫色花朵。由於形狀肖似鳩笛，所以這麼稱呼。」

是那個人取的名字。

「那個人喜歡鳩笛草，說鳩笛草很像他。」

「男人怎會像花？」

貴子笑了。對，當時貴子住的公寓近旁有條河，兩人在河邊散步。河邊開著鳩笛草。

「鳩笛草會唱歌。」

「唱歌？鳩笛草是花吧？」

「嗯。風強的夜晚或清早，或許只是風穿過花瓣之間的聲音，但眞的會唱歌。而且聽起來就像鳩笛的音色。我聽過，雖然只有一次。」

那個人指著鳩笛草，說那花很像自己——很像自己這種擁有不可思議能力的人。

「會唱歌的花，在花裡算是異類吧？要避人耳目，於是只在清晨或深夜悄悄地唱。不過，鳩笛草一定是喜歡唱歌的。雖然這花並不醒目，十分樸素，一點都不起眼，但肯定是在享受它能唱歌的事實——那個人這麼說。」

所以，如果不能再唱歌，即使是花，也會感到難過——他說。

「而且鳩笛草很短命。」

「下次我會試著找找。」大木說。「小碰……」

「什麼？」

「我非常擔心妳，今晚我留在這裡過夜。」

「沒有棉被耶。」

「我睡地上。」

「大木哥。」

「什麼?」

「今天白天,你在這裡對我說的話,是真的嗎?」

大木沉默了一下。他背對貴子,點燃瓦斯爐。

「小室幫妳煮了稀飯,吃一些吧。」

「大木哥……」

全身虛軟無力,即使坐在床緣,感覺也快癱倒,但貴子仍努力抬頭看著大木的背影。

「我不會對那種事撒謊。」

大木背對著貴子回答。

「只是,如果妳不恢復健康,我不可能再提,太難受了。」

白天大木說,他不想再看到愛上的女人死掉。

「留下來過夜吧。」貴子說。

6

貴子的休假從三天延到四天,從四天延到一星期,從一星期延到半個月,拖拖拉拉。身體狀況愈來愈差,天天都在跟暈眩和嘔吐感對抗。左半邊臉失去感覺的部位沒有變化,不過漸漸地,手腳偶爾也會感到麻痺。雖然不到無法動彈的地步,但嚴重的時候,連咖啡杯都端不起來。

力量持續衰弱，彷彿一落千丈。更多時候，她無法捕捉到任何事物，偶爾似乎感應到什麼，接下來便有如反作用力，被劇烈的頭痛侵襲。

要結束了——貴子躺在床上，看著窗外亮起又暗下的天空，這麼告訴自己。力量正在消失。那個部分日漸死去。

或許我的生命也將隨之消逝。但如果力量消失，貴子本來就沒有活在世上的意義，這樣不也挺好？

大木每天都來，佐知子也不時上門探望，並照顧她身邊的大小事。得知應該說服貴子的大木，竟支持貴子不去看醫生，佐知子非常生氣。

貴子考慮辭職回鄉，總不能全靠大木和佐知子照顧，在不知道往後將何去何從的狀況下，無法虛度時光。力量徹底消失的貴子——無論那會是什麼狀況，在穩定下來之前，待在老家低調地休養身體或許比較好。

貴子打電話回家。母親接起電話。說到一半，母親先哭了出來，要她回家。妳一定會康復，那種麻煩的力量，消失了最好——母親說。

「我送妳回去。妳的老家在靜岡，對吧？我借車載妳回去。」

「或許我沒辦法再回來東京。」

「所以才要送妳一趟。我也想見見妳的父母。」大木脫口而出。爲了掩飾害臊，他擺出生氣般的表情。「更何況，妳一個人怎麼回去？」

貴子忍不住哭了一會。

「你要不要考慮調來靜岡？」

「好主意，靜岡感覺很悠閒，應該不錯。」

「你瞧不起靜岡，以爲是多鄉下啊？」

大木突然轉頭看貴子，「對了……小碰，妳也一樣，等身體康復，留在靜岡當警察就好啦。」

「就算身體康復，少了那股力量也不行。」

「沒那種事——」說到一半，大木有些遲疑。

「怎麼了？」

「妳記得鳥哥負責的那個完全不開口的嫌犯嗎？」

「嗯，記得。」

「那個嫌犯在妳昏倒的隔天就招了。」

貴子想起碰到他的時候，聽見熱鬧淺薄的有趣音樂。

「聽說，他和被害者是透過網路認識的朋友。兩人都遭大學退學，除了打工，整天遊手好閒。這倒是沒關係，但被害者邀他一起開軟體公司什麼的，花言巧語，把他僅有的五十萬圓騙得精光。所以他一怒之下，持刀刺人。」

嫌犯認爲，雖然渾身是血地被警察逮捕，但只要一語不發，或許有辦法混過這關，於是決定徹底保持緘默。

「他拚命去想別的事，這樣不管警察說什麼、問什麼，便不會有反應。他甚至去讀鳥哥服用的藥物標籤，最後終於沒有東西可想，因此他光憑記憶，打起紅白機電玩。鳥哥聽了非常驚訝。」

嫌犯說，他在腦中重現喜愛的角色扮演遊戲，專注回想遊戲劇情，來阻絕外界的話聲。

貴子「聽到」的就是遊戲的配樂。

「那傢伙會願意開口，是因爲小碰識破他腦中的音樂。」

「我嗎？」

「嗯。他說當女警哼起音樂旋律時，不禁毛骨悚然，覺得什麼事都瞞不過警察。」

「實在天眞。」

「鳥哥說都多虧有妳。」

「不是我，是我的力量。」

即將消失不見的力量。

「我就知道妳會這麼說。早知道就不說了。」

小碰就是小碰，即使失去力量，妳還是小碰——大木喃喃道。貴子並未接腔。

進入四月下旬，鳥島和倉橋一起來探望她。他們說工作剛好有空檔，倉橋一如往常地隨和，鳥島那張穩重的大臉布滿汗珠。

兩人捎來消息。

「小坂滿的綁架案，似乎可以圓滿落幕。」

雖然未遂，但綁架就是綁架。警方仍持續低調偵辦。大木說在水落石出之前不能透露案情，堅守沉默，因此這是案發之後，貴子第一次得知小滿的狀況。

「小滿不是小坂夫妻的親生女兒。」倉橋說。他帶來一大籃水果，不知道該往哪裡放，走來走去。貴子要起身泡茶，鳥島制止她，走向廚房。

「小坂夫妻從沒有經濟能力、無法養育小孩的未婚母親手上——赤裸裸地說，就是買來嬰兒。」倉橋接著解釋，端正的臉上浮現些許不愉快的表情。

「小坂夫妻無法生育，醫生也勸他們放棄。夫人的父親篠塚誠強烈反對這樁婚姻，又因爲他們生不出小孩，說了相當難聽的話。他們受不了種種刺激——似乎是這樣的背景。仲介人已抓到，應該會是另一個案子。」

仲介人向小坂夫妻提出條件，不能追究生母的身分，因此他們完全不知道小滿的母親是誰。但隨著時間過去，生母愈來愈思念送養的孩子。

「雙方都太可憐了……」

那個生母，就是小滿喊她「阿姨」的女子。幾年前，她查出小滿的下落，頻頻向小坂夫妻表達想要回小滿。她也私下接觸小滿本人，籠絡她的心，提議一起生活。

小坂先生有外遇，小坂家就算客套地說，也不是個美滿的家庭，加上對生母的孺慕之情，小滿似乎心動了。但小滿這個年紀，無法輕易做出如此重大的抉擇。

皇家飯店一事，原本是生母爲了逼迫小滿下決定而演出的一齣戲碼。

「小滿的生母說想好好談一談，去東邦升學補習班接小滿，帶小滿去皇家飯店。她試著說服小滿不要回去小坂家，希望一起遠走高飛。然而，小滿卻說沒有爸比和媽咪——和生母在一起的時候，小滿這麼稱呼小坂夫妻——沒有他們的同意，不能離家。於是生母說，既然如此，從飯店打通電話跟爸比媽咪說一聲不就得了，怒氣沖沖地聯絡小坂家。」

但那個時候，小坂夫人陷入恐慌，警方已展開行動——貴子回溯那天晚上的記憶，點點頭。

「小坂夫人不是一得知小滿被人帶走，就嚷嚷著是綁架嗎？此時，她又接到小滿生母的電話。她本來就是容易失控的女人，這下更是完全失去理智，然後……」

「她謊稱綁匪勒索一億圓是嗎？」

「就是這麼回事。」倉橋苦笑。「那通電話沒有錄音，我們只是從接到電話的小坂夫人那裡間接得知，有點大意了。」

鳥島泡著即溶咖啡，呵呵一笑。

倉橋瞥了鳥島一眼，接著說：「夫人會撒那種謊，是認為宣稱女兒遭人綁架——證據是綁匪打電話勒索——警察就會更認眞找人，讓小滿更快回家。」

去醫院病房看過夫人後，貴子也曾懷疑小坂夫人說接到勒索電話是在撒謊。

「噯，小坂夫人沒辦法說出眞相，立場相當為難。」倉橋撩起頭髮，「但撒那種謊，等我們抓到歹徒以後，她打算怎麼辦？差點被誣賴成綁架勒索的嫌犯，小滿的生母一定會全力反抗。她一定會抗辯，吐露實情。」

「有些人情緒一來，就沒辦法理智地思考。」貴子說。

她想起在病房摸到小坂夫人的手。那種女人居然是小滿的母親——小坂夫人詛咒般不斷重複這些話，陷入憎恨與憤怒的泥沼，爬不出來，大聲哭喊。那個時候的小坂夫人，不可能有餘裕去分析、推測或思索眼前的狀況。

「眞可憐。」貴子再次低喃。

「小坂夫人嗎？我倒是不怎麼同情。」倉橋冷漠地說。「比起母親，我更覺得小滿了不起。當天晚上，那孩子實際上形同被軟禁在皇家飯店。生母就算不知道小坂夫人謊稱她勒索，也清楚小坂家一定會鬧得雞飛狗跳，所以哭訴她已沒有退路，試圖說服小滿。但小滿耐心十足，反過來哄勸生母，說小坂媽咪似乎很激動，今天先讓我回家吧。然後，她打電話回小坂家，發現自己被綁架，又嚇一跳。於是，她拚命轉動那顆小腦袋，編造情節，塑造出一個不存在的綁匪，好讓小坂媽咪不用變成騙子，生母也不會被警察抓走，眞教人甘拜下風。」

「那孩子很了不起。」鳥島也用力點頭，似乎是由衷佩服。

「可是，既然眞相大白，表示有人說出實話了吧？」貴子問：「是誰先招認？」

「小滿的生母。」倉橋回答。「我們查出她的身分，並且找到她。由於報紙上寫的案情實在太誇張，背離事實，她約莫是慌了手腳，很快就吐實。她似乎鬆了一口氣。其實她在猶豫要不要去投案，因爲不能再讓小滿繼續撒謊。」

默默喝著即溶咖啡的鳥島，忽然抬頭盯著貴子：

「查出小滿生母身分的線索，是大木帶來的。」

「大木哥嗎？」

貴子必須動員全身的演戲細胞，才能若無其事地回視鳥島。

「沒錯。」倉橋接著說：「那傢伙不知道從哪裡掌握到消息——他怎樣都不肯透露消息來源，只說和小滿一起投宿皇家飯店的女人，戴著非常特別、款式復古的腕表。」

是那腕表嗎……？貴子想著，感到一陣清爽的風拂過心頭。它派上用場了嗎？

這是我最後一次奉獻——她在心中呢喃。如此誇張的形容，她覺得有點好笑，但又覺得誇張又何妨，畢竟我是公僕嘛。我是公僕——曾是公僕。多虧那股力量——現下再也無法使用的力量。

鳥島注視著兀自沉思的貴子。倉橋沒有注意到兩人的互動，繼續道：

「然後，我們以腕表爲線索，尋找目擊證人。飯店的門房領班記得曾幫戴那種表的女客叫計程車，比對時間，是在小滿回家之前。門房領班也記得是哪家計程車公司，於是我們找到載客的司機，調查乘客在哪裡下車，接下來一切迎刃而解。」

貴子不停眨眼，努力盯著咖啡杯，以免被看出她的情緒高亢。鳥島依然注視著貴子，半晌後，他抿嘴一笑：

「這咖啡很好喝。即溶咖啡這麼好喝，眞難得。是哪一牌？」

「呃……是哪一牌呢……」

其實是大木買來的。

「好像是進口的咖啡，別人送我的。」

貴子拿起即溶咖啡罐，鳥島對她說：

「如果小碰辭職，我們下午三點的午茶時光會變得很無聊。」

貴子垂下頭，倉橋意外地驚呼：

「咦，妳要辭職？不是休假嗎？我聽到的是休假耶。」

「我還沒決定……」

貴子的聲音變小。鳥島看起來十分寂寞。倉橋看著兩人，像要勉強炒熱氣氛地笑道：

「哎，不管怎樣，健康最重要。等妳康復再回來上班，愈快愈好啊。脇田大叔成天嘮嘮叨叨煩死了。自治會費盜領案告一段落，他去辦那起高田堀公園的變態男案，莫名其妙地嚷嚷什麼『這種沒出息的傢伙就該讓女人去抓』。我想這句話也反映出，脇田大叔對妳的惋惜。」

這麼說來，那起案子也半途而廢了。貴子沒敢抬頭看倉橋。

臨別之際，倉橋和鳥島都莫名鄭重地要求握手。

「保重。」

「要愛惜身體啊。」

倉橋的手十分堅實，鳥島的手很溫暖。貴子無法從兩人的手「讀到」任何東西。這比什麼都清楚地證明貴子的力量正逐漸枯竭，但相較於這件事，非離開他們不可，更讓貴子感到難受和悲傷。

下樓梯之前，鳥島回頭看了一下。那張圓臉轉向她，欲言又止，最後什麼也沒說就走了。

貴子扶著門，一直佇立在原地。她寂寞得不得了。兩人早已下樓，身影都消失不見了，她仍無法說出「再見」兩個字。

這個星期日，大木笑吟吟地來訪，說他請了一整天的假。

「睽違兩年，我終於在星期日休假。小碰，回老家之前，妳有沒有想去的地方？妳想去哪裡，我都奉陪。」

正值大型連假期間，電影院、遊樂景點和餐廳等人潮聚集之處，一定都擠得水洩不通。貴子歪頭看著堆得高高的紙箱，上面印有搬家公司的名稱。

「東西還沒整理完……」

大木的表情有些遺憾，「女人搬家眞麻煩，是因爲東西很多嗎？」

「反正不管去哪裡都是人擠人。」

「也是。沒辦法，那幫妳一口氣收完吧。」

「嗯。」貴子笑著點點頭，「不過，我還是想出門一下。欸，可以帶我去高田堀公園嗎？然後，我們一起去吃『甲州庵』的蕎麥麵。」

「眞是廉價的假期行程。」大木眨眨眼，「妳怎會想去高田堀公園？」

「我想去看看鳩笛草。之前，我在那座公園發現鳩笛草開花，或許已枯萎。就算是殘骸也好，我想去瞧瞧。」

貴子這麼說明，但大木依然無法釋懷。

「喔……是這樣嗎？」

貴子有些詫異，然後她靈光一閃：

「看你這麼不樂意，是高田堀公園那一帶又出了什麼事吧？難不成那個白色風衣暴露狂再度出現？」

大木直盯著貴子，提出質疑：

「妳就是知道才想去吧？」

「才不是。我什麼都不知道好嗎？我是從你剛才的反應推理出來的。」

「可是，上星期倉橋和鳥哥不是來過？妳是聽他們說的吧？」

「他們只是來探望和道別。」

「說溜嘴了。」大木輕輕咋舌，與龐大的身軀頗不搭調。

「你這就叫打草驚蛇。」

據說，上週一晚上九點多，在公園裡散步的一對情侶，遭到白色風衣男騷擾。他突然從樹後跳到兩人面前，對著女方發出怪聲，隨即跳進樹林逃走。男方追上去，但白色風衣男跑出公園就消失無蹤。

「這次他沒有打開風衣嗎？」

雖然不莊重，但貴子咯咯笑了起來。大木並未跟著笑。

「風衣鈕釦沒扣上，底下或許跟之前一樣是赤裸的，但沒刻意暴露。不過，我們熟悉的變態男這次雖然沒有現寶，卻掏出別的東西。」

「什麼東西？」

「刀子。」

貴子收起笑意。

「女方說，看見變態男子右手握著刀子。」

貴子輕咬下唇，「或許犯罪手法逐漸升級了。」
「我也這麼認爲。不快點逮到他，恐怕會從單純的暴露狂變成眞正的罪犯。」
大木摸了摸脖子。
「由於發生這些事，我以爲妳關心案情，才想去高田堀公園。」
「可惜，是你多心。」
「看來是呢。」
「不過，既然我都知道了，還是會好奇。我們去散個步吧。」
「晚上不行。」
「是是是，白天去就好了。」貴子輕輕聳肩，「現在我沒有任何職務、權限和義務。就算有，既然那股力量消失，我也沒辦法再以警察身分爲大家效力。」
貴子努力說得輕鬆，像在開玩笑，表情也像在說「我已放下這件事，早就看開，沒事的」，但大木沒接話，只是一臉困擾。
「來收東西吧。」他慢慢站起來。
高田堀公園新綠洋溢。
「綠意盎然，對吧？」大木說。「來勘驗發生在星期一的那件案子的現場時，我有感而發『啊，春天果然美好』，鳥哥卻說這時期的草木，到了晚上就會散發味道。」

「味道？」

「嗯，他說是一種類似荷爾蒙的獨特味道。」

「跟森林浴的效用有關嗎？」

「不知道。根據鳥哥的說法，那種氣味對一部分的人具有危險的作用，會讓心靈的螺絲鬆掉。所以，樹木萌芽的季節很可怕，會散發出引誘的味道。」

兩人悠閒地走到只剩綠葉的成排櫻樹下。配合貴子的步調，自然會變得宛如牛步。幾天前，貴子左腳逐漸麻痺，不太好走。在旁人眼中，那步態應該就像扭傷腳一樣吧。

但身體感覺並不糟。貴子害怕頭暈和突然站起會天旋地轉，這陣子一直不敢獨自外出，因此對她來說，這是久違的戶外空氣與陽光。她盡情伸懶腰，雙手伸到頭頂，感覺心情隨著消瘦緊繃的肌肉舒緩了一些。

「鳩笛草在哪裡？」

貴子拉著大木的手，走到遠離櫻樹的灌木叢旁。途中，她注意到這是第一次和大木牽手。大木似乎早就意識到，貴子一回頭，他便露出靦腆的笑容。

「這裡。這棵樹底下開了三朵花。」

那是枝葉繁茂的懸鈴樹下。大木蹲下身，環顧被雜草覆蓋的樹根處。

「花謝以後就看不出來了。」

貴子也在一旁蹲下。

不只是花，鳩笛草連葉形都和龍膽很像，卻比龍膽嬌弱，莖也比較短。花期結束後，莖葉都會枯萎，彷彿使命已達，只留下根部附近如子葉般緊貼的幾片葉子。要在強健的雜草中發現鳩笛草，果然相當困難。

「眞想看看那種花。」大木低喃。

「明年可以再來看看啊。如果運氣好，一定也會聽見鳩笛草唱歌。」

貴子說著，伸手分開雜草。蒲公英葉子上的幾隻螞蟻像是工作遭到驚擾，慌慌張張地消失在葉背。

「是啊，應該要來聽聽。」大木望向貴子，「小碰也一起來吧。」

貴子假裝沒聽見。

「啊，是這個嗎？」她指著一株雜草，刻意發出驚呼。「就像這種葉子吧。啊，果然不是。」

眞想再看看鳩笛草的花——貴子心想。大木站起來，繞到懸鈴木後方。對著應該躲在草叢中悄然呼吸的鳩笛草，貴子以大木聽不到的音量，小聲說「掰掰」。

沿著散步道朝「甲州庵」走去，右側有塊嶄新的立式看板。白底黑字，多處以紅色粗體字強調，是轄區警署的誰寫的嗎？

「那就是星期一的案發現場。」

大木嘆了口氣，「用不著我說呢。」

看板是用來告訴行人案件概要，在徵求線索的同時，也呼籲民眾小心。出沒的可疑男子（也就是變態男）的特徵是年紀約二十多歲，身高一七〇公分左右，體型偏瘦，頭髮偏長，穿白色風衣。「有時會攜帶刀子」的部分以紅字強調。

陽光下，貴子忍不住瞇眼，環顧四周。情侶從驚嚇中振作起來，男方追趕穿過樹林逃走的變態男，從最近的出口跑出公園後，就追丟了人——

離這裡最近的出口，通往石島二丁目。這一區有許多民宅和小工廠，建築物密集。歹徒又鑽進這種地方，利用對地理的熟悉，輕鬆逃離了嗎？

貴子閉上雙眼，輕輕搖頭。算了吧，想也沒用，我什麼都做不到。

回過神，大木正看著她。

「不舒服嗎？」

「沒有，我不要緊，只是覺得陽光很刺眼。」

大木遲疑地說：「根據現場勘驗的結果，那傢伙當時就跟妳站在一樣的地方。」

貴子望向腳下。

「有什麼感應嗎？」

貴子抬眼，搖了搖頭。大木點點頭說：

「去吃午飯吧。」

「嗯。」

兩人慢慢往前走。迎面走來一名中年婦人，與貴子和大木擦身而過，忽然停下腳步。貴子不經意地回頭，發現婦人站在看板前，抬頭在讀上面的文字。

那是個嬌小樸素的婦人。白毛衣搭灰長褲，繫著淡灰色的長圍裙，右手提著超市購物袋，應該是要去購物吧。

立那種看板還是有用的——貴子剛這麼想，大木低聲說：

「那個大嬸上次也在這裡。」

「咦？」

兩人離那名婦人並不遠，貴子也小聲反問。中年婦人沒注意到他們，仍專心盯著看板。

「什麼時候？」

「上星期二，也就是案發隔天。我來畫現場平面圖，那時候她也像這樣——」

大木若無其事地將視線從婦人身上移開，手插進口袋裡。

「一直盯著看板。」

貴子舉起雙手，做出「啊，眞舒服」的伸懶腰動作，同時以眼角餘光觀察婦人。

婦人目不轉睛地瞪著看板，一次又一次反覆重讀，然後微微偏頭，彷彿注意到自己身在公共場所，鬼鬼祟祟地東張西望。她發現貴子和大木就在附近——或許只是貴子的心理作用，她似乎嚇了一跳。

婦人繼續往前走。這或許也是貴子的心理作用，但婦人的腳步比來的時候更匆促，逐漸遠離貴子和大木。

還來不及細想，貴子便脫口而出：「要不要跟上去看看？」

大木從口袋裡抽出手，附和道：

「我正想這麼說。」

從高田堀公園徒步不到十五分鐘。經過當初接到小坂滿事件的緊急通知時，攔下計程車聯絡警署的那台公共電話前面，在第二個路口右轉的第四戶。木造瓦頂灰泥牆，看上去屋齡約三十年的雙層透天厝，只有窗框和門板似乎是最近幾年換新。中年婦人在與龜裂的外牆格格不入的時髦西式門板插進鑰匙打開，消失在屋內。

門牌是金屬框插上手寫卡片的類型。泛黃的卡片中央，客氣地寫著小小的「小川」二字。暴露在風吹雨打中，已完全褪色，幾乎消失。但底下有著粗大許多的黑字，是用不同筆跡添上的「淺井祐太郎」這個名字。

貴子站在房屋正面，抬頭仰望。二樓窗外晾著衣物。兩根曬衣竿拉出間隔，掛著許多衣物。兩條顏色張揚的方格四角褲、一件大號白T恤、幾雙男襪、藍色浴巾——上面有商標，但無法辨識。還有一條又舊又皺的牛仔褲。如果這也是男性衣物，腰圍偏細，但算是標準長度。

雖然只走不到十五分鐘，但貴子已頗爲疲累。她扶著屋子外牆，稍稍休息。這段期間，大木走到別處，不久後從屋子另一側冒出來。

「有自行車。」他的口吻像在聊天氣，「滿新的，而且是男用自行車。」

「男用自行車？」

「越野摩托賽那種粗獷的款式，剛才的大嬸不可能會騎吧。」

現階段無法再進一步行動，於是兩人離開這裡。大木攙扶貴子，兩人像情侶一樣光明正大地挽著手。這樣好走許多。

「地址我記住了。」大木說。「從門牌來看，除了剛才的大嬸和她的家人以外，那一戶還有別人同住。」

「那個大嬸不一定有家人。門牌只有姓氏，或許只有她一個女人。」

「是這樣嗎……？」

「況且，那些晾著的衣物，」貴子繼續道：「以一個家庭來看，量太少了。今天天氣這麼好耶。」

「可能是分幾次晾吧。」

「不無可能。但就算衣服太多，一般也會晾得更密集一點，一次晾完。而且，晾在那裡的全是年輕男人的衣物。不管是內褲、襪子，還是牛仔褲。如果是一家人的衣物，種類應該更多吧？比如兒子的襪子和父親的襯衫，或是兒子的T恤和母親的圍裙等組合。會分開晾，表示那不是家人的衣物——」

大木看著貴子。

「意思是，那個大嬸是獨居，淺井祐太朗是房客？」

「不知道……不過會在門牌補上名字，表示可能會收到郵件吧。而且，我覺得淺井祐太朗是年輕人。他的名字讓我頗在意。」

「名字？」

貴子辛苦地邁出右腳，抬頭望著大木說：

「『祐太朗』是年輕人的名字。三十歲以上的人，應該沒什麼人取這種名字。喏，女生的情況不也一樣？名字像藝人般時髦的女生，多半是十幾二十歲。名字是有世代差異的。淺井祐太朗是年輕人。」

兩人停下腳步。大木回頭看小川家。沒有任何人的動靜，晾曬的衣物在春風中搖擺。

「不管怎樣，都讓人介意。」大木說。「是兒子或房客？還是有兒子和房客？總之，那個家裡有年輕男人。然後，跟那個年輕男人一起生活的母親、姑姑或阿姨，看起來對白色風衣男事件憂心忡忡。」

憂心忡忡。對身邊某人的行跡感到不安，萌生疑心。

貴子拉扯大木的手臂，「去『甲州庵』前，我想拜託你一件事。」

「儘管吩咐。」

「我想確認住在小川家的那名婦人的職業。」

停頓片刻，大木的眼睛一亮：

「小碰……」

「萬一她是電表或瓦斯表的抄表員……」

話還沒說完，大木已拉著貴子往前走。

猜中了。距離小川家約十公尺的商店街，一家洗衣店的老闆娘，非常愉快地說出她和小川太太都隸屬町內會的婦女部。

——小川景子太太，對吧？她先生過世以後，她就一直獨居，大概是去年吧，妹妹的兒子過來寄住。那個年輕人來東京考大學，不過聽說已確定要重考第二次。

——對對對，小川太太在瓦斯公司待很久了。那一行也很辛苦。沒錯，她說每次只要換負責的區域，都得費一番工夫重新記地點，成天跟地圖大眼瞪小眼。她的地圖畫滿記號，是私人祕笈。

經過慎重的調查與訪問，在貴子和大木遇到那名婦人四天後，城南署的刑警前去拜訪寄住在小川景子家的外甥祐太郎。聽到有刑警來訪，淺井祐太朗從寄住的二樓三坪房間破窗試圖逃走，卻被晾在二樓窗外的大床單擋住視線，困在原地，遭到壓制。

他的房間裡，改造壁櫃而成的衣櫥深處掛著白色風衣，左邊口袋有一把全新的水果刀。

大木把淺井祐太朗帶回警署，當晚莫名紅著臉造訪貴子的住處。他不是喝了酒，似乎是相當激動。

「倉橋要我轉告妳。」

「轉告什麼？」

「第一個提出高田堀公園的變態男，可能認識瓦斯或電力表的抄表員的，就是妳吧？」

「……」

「倉橋說敗給妳了，甘拜下風。他要請妳吃『上總』，想吃什麼都隨妳點。」

貴子不由得熱淚盈眶。她以為再也沒有這種機會。

「即使沒有千里眼的能力，小碰就是小碰啊。」大木說。「不折不扣的小碰。這下妳明白了吧？」

連假結束，世人和交通狀況都恢復常態時，貴子出發返回老家。城南署的成員都很忙碌，沒人來送別，但大木扛起送貴子回老家的任務，意氣飛揚地前來。

「車子雖然是租的，不過是新車喔。」

同時，他捎來大夥交代的話：

「大家要說的都一樣：快點回來。脇田大哥還不屑地補了句：『忙成這樣還請長假，女人就是這麼傷腦筋』。」

前天開始，貴子頻繁感到暈眩，情緒極爲低落，唯獨這時忍不住哈哈大笑。她邊笑邊指著眼角。

「很好，就是這樣。」大木開出車子。「要暫時跟東京道別了。」

充滿回憶的熟悉公寓逐漸遠去。貴子躺在後座，透過搖晃的車窗仰望藍天，茫然思索著。不停地思索。

力量消失以後——如果我還活著，也能展開新的人生嗎？

如果擁有新的人生，貴子還能是貴子嗎？

（如果能重新來過……）

那麼，我要回去東京。回去城南署。然後，聯絡那個人嗎？要跟那個人說什麼呢？雖然發生許多事，但我還活著，你好嗎？——試著這樣說吧？

並且告訴他，即使不再歌唱，不起眼的鳩笛草，依然開出美麗的花。

如果能通電話就好了，貴子暗想。如果能活下來，如果能在沒有這股力量的情況下重新來過，相信或許能有第二段人生，又有何妨？

這個想法第一次凝聚成形。雖然還只是又小又軟弱的幼苗。

「到妳家以後，我該怎麼自我介紹？」大木問。貴子噗哧一笑。雖然又一陣有些難受的暈眩襲來，但笑著笑著，那陣暈眩也過去了。

解說——路那

我們這些有「能力」的人：《鳩笛草》解說

※本文涉及關鍵情節，未讀正文者請慎入

日常的異能者，與異能者的日常

提到被稱爲「平成國民作家」、「松本清張女兒」的宮部美幸，會立刻跟在後面的句子，大抵不脫她如何善寫「下町風情」與其間人生百態——宮部美幸，寫的是「我們的故事」，是平凡的一般大眾。

然而實際上，宮部筆下描繪了爲數不少的異能者故事。舉例來說，如〈燔祭〉的續篇《十字火焰》、《龍眠》、《蒲生邸事件》、「通靈阿初捕物帳」系列、《鎌鼬》與《樂園》等。若牽涉到怪談故事，那麼這類角色就更多了。

宮部在描繪異能者時，大抵喜歡把他們放在一個普通而平凡的環境。透過日常的視線，折射出周遭對異能者的懷疑，以及異能者自身如何去適應異能、面對自己、親友與世界。異能者一如普通人，沒有特別偉大，也沒有特別渺小，同樣品嘗了歡樂與艱辛，這或許是爲什麼讀者們很難意識到，宮部其實描繪了許多異能者的原因吧？在她筆下，異能者如凡人。

超能力做為隱喻

宮部寫異能者的第二個特徵是，不以證明其爲假爲小說的目的，而偏好在「異能確實存在」的隱藏前提下去描繪故事。爲何如此？在本書日文版的解說中，評論家大森望引用了宮部對於超能力的觀點：「不管是奧運選手還是鈴木一朗，對我來說都跟超能力者沒兩樣。他們做的都是我絕對辦不到的事……超能力做爲一種隱喻，相當方便。」大森望指出，「對不會寫小說的人來說，宮部美幸的『創作力』，完全就是超能力吧。」確實，「寫故事」也是一種天賦，一種許多人渴望卻不見得每個人都有、看似可以學習但又好像也講天生才情的能力。從這個意義上看來，宮部美幸寫的是她自己。

然而這個「她自己」，實際上也即是我們所有人。無論多不起眼，我們總有著屬於自己的能力。這些能力也許無用如智子，也許強烈如淳子，也許燦爛如貴子，但它們確實存在。相對地，我們是像智子一樣，對能力由仇視到接受？是像淳子一樣，不僅任由能力的欲求控制自己，更說服自己那其實是「對的」作爲？又或是像貴子一樣，過度依賴自己的能力，以至於害怕一旦失去，自己就一無所有？《鳩笛草》中的三篇小說，分別展示了主角與能力相處的三種方式：智子的「遺忘」、淳子的「擁有」與貴子的「流失」。

哪種相處方式比較好呢？實際上，無論是哪種方式，都充滿著痛苦：智子因不知道自己的能力是否預知了父母的悲劇而痛苦、淳子因強烈的渴求釋放與正義感而痛苦、貴子因能力逐漸失去掌控而痛苦。有意思的是，三人之中，唯有一心伸出援手，卻不願接受他人好意的淳子，無法在她的〈燔祭〉中得到救贖（也因此，才有了《十字火焰》）；同時，〈燔祭〉透過另一角色描述事件的故事結構，也拉遠了讀者與淳子的感覺距離。對照宮部美幸近期強調以敘說撫平傷痛的「三島屋百物語」系列，顯見疏離與孤立，才是宮部心中最致命的環境。

日本社會與超能力者

宮部美幸對超能力者的關注與思考，並非天外飛來。其背後有著自明治維新以降的歷史淵源。在富國強兵的思想下，日本社會對科學可說無比關注。相應地，投注在僞科學、超科學等部份的思考，也絕非等閒。明治時期知名的「千里眼事件」即是一例。

事件的開頭，是名爲御船千鶴子的女性彷如眼見地說出日本軍隊的臨時調度、替財閥三井集團看透地底找到煤礦等事件，號稱擁有「千里眼」的超能力。由於事蹟歷歷，日本社會爲之轟動。她的出現，也引發了日本各地自稱的異能者現身，長尾郁子是其中最知名的人物。

相信千鶴子與郁子的東京帝大助理教授福來友吉，透過一連串的實驗證明異能的存在。然而，以反駁超能力屬實爲理念的物理學家山川健次郎，檢視測驗後卻發現一連串問題。一開始高捧超能力好棒棒的社會與媒體，全回過頭質疑她們是騙子。不久，千鶴子服毒自盡，郁子也因病身亡。堅持出版著作宣揚超能力存在的福來友吉，後來遭到東大免職。不放棄信念的他，設立「福來心理學研究所」，持續研究超能力者。這段故事，成爲《七夜怪談》、《魍魎之匣》的靈感來源。

時序拉到戰後。在冷戰體制下，日本迎來經濟高度成長期。在兩大陣營忙於軍備競賽、科技一日千里的同時，科學與互爲表裡的神祕學風潮一同席捲日本。到了七〇、八〇年代，不僅科幻小說成了暢銷文類之一，海外科幻譯作也源源不絕地進入。影響宮部美幸寫下〈鳩笛草〉一作的《內死》（暫譯，*Dying Inside*）亦是其一。這本科幻小說家羅伯特・西爾柏格（Robert Silverberg）的作品，講述的正是擁有讀心能力的男子，其異能逐漸消退的故事。神祕學部分，則由五島勉在一九七三年掀起諾斯特拉達姆斯（Nostradamus）預言的熱潮。隔年，自稱擁有超能力的尤里・蓋勒（Uri Geller）來到日本。他在電視節目上表演的念力，引發一陣心靈能力的旋風。如同千鶴子引出郁子，蓋勒也引出宣稱擁有超能力的少年清田益章，而本次擔綱山川健次郎角色的，則是《週刊朝日》的記者。

被影響與影響他人

一九六二年生的清田益章，只比宮部美幸小兩歲，且一樣是東京都出身。曾熱衷於特攝怪獸的少女宮部美幸，必然也經歷過當時群體對超能力少年的狂熱：清田益章的橫空出世、騙局被揭發後的顏面無光、信者與不信者之間未曾停止的口舌爭執……等到宮部美幸開始寫作時，這一切便透過她的思考，重現於故事之中——這大概也是爲何宮部筆下的超能力者，與日常生活那麼貼近的原因之一吧。

儘管蓋勒與清田的超能力被證明爲假，但神祕學熱潮依然不衰。到了九〇年代，靈能、靈異等已是大眾娛樂中不可或缺的項目。宮部美幸描寫超能力的作品，也多半是成書於此時：除了在一九九四到九五年間在推理雜誌《EQ》首度發表的本書三作之外，另有《龍眠》（一九九一）、《鎌鼬》（一九九二）、《顫動岩》（一九九三）、《蒲生邸事件》（一九九六）、《天狗風》（一九九七）、《十字火焰》（一九九八）等，集中在九〇年代的情形相當明顯。

儘管如此，宮部非是盲目跟隨著社會風潮創作。她的作品毋寧是作家在社會陷入對超能力與超能力者的狂熱之中時，仍能保持著冷澈的思考力，才可能寫出的作品。此外，宮部的訪談與日後的創作，也說明了她對此一主題的關心自有其內在驅力：「無論是什麼能力，除了帶來方便與快樂以外，必定隱藏著艱辛的一面」。比起描繪「方便與快樂」，擁有「寫作力」的宮部，似乎更喜愛描繪異能者如何努力讓自己側身於日常生活之中、如何與自身的異能相處等「隱藏著的艱辛」。透過這些描寫，宮部細緻地描繪了與「異能」（亦即我們自身）相處的方式。

這麼說來，宮部顯然知道如何與之共處。

我與你，我們這些有「能力」的人呢？找到了嗎？

作者簡介

路那

「疑案辦」副主編、台灣推理作家協會成員、台大台文所博士候選人。熱愛謎團，最大的幸福是閱讀與推廣推理小說與台灣文學。合著有《圖解台灣史》、《現代日本的形成：空間與時間穿越的旅程》、《電影裡的人權關鍵字》系列套書。

宮部美幸

作品集 / 70
Miyabe Miyuki

鳩笛草

國家圖書館出版品預行編目資料

鳩笛草 / 宮部美幸著；王華懋譯. - 初版.- 臺北市：獨步文化：
家庭傳媒城邦分公司發行, 民 109.12
面；　公分. --（宮部美幸作品集：70）
譯自：鳩笛草
ISBN 978-957-9447-91-1（平裝）

861.57　　109016716

原著書名 / 鳩笛草・作者 / 宮部美幸・翻譯 / 王華懋・責任編輯 / 陳盈竹・行銷業務部 / 徐慧芬、陳紫晴・編輯總監 / 劉麗眞・總經理 / 陳逸瑛・榮譽社長 / 詹宏志・發行人 / 涂玉雲・出版 / 獨步文化 城邦文化事業股份有限公司　台北市中山區104民生東路二段 141 號 5 樓　電話 / (02) 2500-7696　傳眞 / (02) 2500-1966; 2500-1967・發行 / 英屬蓋曼群島商家庭傳媒股份有限公司城邦分公司 台北市中山區民生東路二段 141 號 11 樓・讀者服務專線 / (02)2500-7718; 2500-7719・服務時間 / 週一至週五：09：30-12：00、13：30-17：00・24小時傳眞服務 / (02)2500-1990; 2500-1991・讀者服務信箱 e-mail / service@readingclub.com.tw・劃撥帳號 / 19863813 書虫股份有限公司・香港發行所 / 城邦（香港）出版集團有限公司 香港灣仔駱克道 193 號東超商業中心 1 樓 / (852) 25086231 傳眞 / (852) 25789337 E-mail / hkcite@biznetvigator.com 馬新發行所 / 城邦（馬新）出版集團 Cite (M) Sdn. Bhd. 41, Jalan Radin Anum, Bandar Baru Sri Petaling,57000 Kuala Lumpur, Malaysia. 電話 / (603) 90578822 傳眞 / (603) 90576622・封面設計 / 高偉哲・排版 / 游淑萍・印刷 / 中原造像股份有限公司・2020 年（民109）12月初版・定價 / 360 元
Printed in Taiwan　ISBN 978-957-9447-91-1

宮部みゆき